La fille du Port de la lune

Simone Gélin

La fille du Port de la lune

Policier

Les Nouveaux Auteurs
éditions

Éditions Les Nouveaux Auteurs

4, rue Daru. 75008 Paris
www.lesnouveauxauteurs.com

 ISBN: 978-2-819500-29-2

La plupart des gens ne meurent qu'au dernier moment,
d'autres commencent et s'y prennent vingt ans à l'avance, quelquefois
davantage, ce sont les malheureux de la terre.

Louis-Ferdinand Céline,
Voyage au bout de la nuit, 1932.

Je leur dédie ce livre.
S.G.

On appelle le port de Bordeaux « Port de la lune » parce que la Garonne dessine, à cet endroit, un méandre en forme de croissant de lune.

Avant-propos

Janvier 2006

La jeune fille assise près de la fenêtre semble singulièrement absente.

L'homme, assis à côté d'elle, a plusieurs fois tenté d'engager la conversation, lançant quelques banalités tombées comme des flops. En vain, elle n'a même pas donné un signe qui pourrait indiquer qu'elle a entendu, ou compris, pas un sourire, pas un regard, pas même une marque d'attention.

Indifférente, elle parait ignorer ce qui se passe autour d'elle, les yeux rivés sur le paysage monotone et sans intérêt qui défile à la fenêtre sans même paraître le regarder.

Est-elle sourde ? Une étrangère peut-être ? Jolie fille tout de même !

Elle ne bouge pas, ne bronche pas, figée, immobile, seule, sa respiration est vivante, elle est ailleurs.

« Bizarre », se dit l'homme, regrettant de ne pouvoir avoir meilleure compagnie.

Le trajet va lui sembler long, il est déçu, ravi qu'il était, il y a quelques instants, se découvrant chanceux d'une aussi jolie compagnie de voyage.

Enfin, après que le train ait dépassé Poitiers, elle se lève pour attraper son sac, en extrait un stylo et un carnet qu'elle dépose sur ses genoux, et reste à nouveau pensive pendant de très longues minutes.

L'homme ne peut s'empêcher de l'épier, elle semble ne pas le voir, elle écrit sur le carnet et il peut y lire quelques mots.

Prologue

Janvier 2006

Ce sont des jours comme ça qui, par de petits signes négatifs, d'insignifiants désagréments, ou parfois seulement une morosité ambiante jalonnée de contrariétés, s'annoncent dès les premières heures comme de mauvais jours.

Ce matin-là, malgré un ciel magnifique et une certaine douceur hivernale et ensoleillée, en ce mois de janvier bordelais, il se sent comme en attente d'un éventuel forfait du destin, auquel du reste il ne croit pas, mais dont il se méfie.

Se défendant de cette superstition, comme d'un contresens, Simon ne peut s'empêcher de le remarquer, d'y attacher une certaine attention et même de se laisser impressionner. Peut-être parce qu'il a autrefois reçu des coups qu'il n'avait pas vu venir et qui l'ont frappé d'autant plus fort.

Il sait depuis longtemps que le destin, sur lequel il ne fonde rien, donc, est cependant comme une mauvaise bête à l'affût. Silencieux, tapi, il fait ses coups en douce.

Aussi, a-t-il appris à ne jamais le lâcher des yeux, à l'épier, à le surveiller, parce qu'oublié ou négligé, par distraction ou par excès de confiance, il est capable du pire, et à notre insu, il fait des siennes. Il surprend toujours où on ne l'attend pas, quand on ne l'attend pas, semblant vouloir se venger des hommes qui l'ignorent.

Chaque fois que Simon s'est abandonné, qu'il s'est laissé aller à la quiétude, glisser dans l'insouciance du bonheur, il a trébuché et croisé le drame, comme si c'était une faute dont il devait payer le prix, d'avoir oublié un instant l'incertitude de l'existence.

Bien qu'il ne croie pas à la fatalité, bien qu'il soit certain que le destin ne puisse être inscrit dans l'avenir mais seulement dans une interprétation du passé, qu'il n'existe donc qu'à posteriori, dans l'histoire, et qu'il ne soit donc qu'un mot, malgré tout cela, soumis à cette crédulité, comme à une mauvaise fièvre qu'il aurait attrapé avec le malheur, il se tient depuis sur ses gardes.

Il n'irait pas jusqu'à prétendre qu'il avait prévu ce qui pourrait arriver ce jour-là, mais il était seulement, sans savoir exactement pourquoi, juste à cause de ces présages dérisoires, en position d'attente, de repli, sur la défensive, comme un boxeur sur le ring qui s'apprête à encaisser et ne sait pas d'où les coups vont pleuvoir.

Il travaillait encore sur cette affaire de voitures volées. Une histoire rocambolesque et étonnante qui l'intriguait depuis quelques semaines déjà, quand il entendit frapper à la porte de son bureau.

Il sut instinctivement qu'il allait devoir affronter quelque chose de grave ou de particulier qui allait l'accaparer, et ses sens étaient déjà en éveil.

Alors, rapidement, face à l'urgence, mobilisant ses forces et ses ressources, oubliant sa mauvaise humeur et émergeant de cette apathie qui le paralysait, il raviva son énergie.

— Inspecteur !

Simon lève les yeux, surprenant son interlocuteur par l'intuition et la clairvoyance qu'il peut y lire : quelques minutes lui suffisent pour réagir et être dans l'action.

— On y va !

Un quart d'heure plus tard, ils roulent, sirène hurlante, le long des quais, brûlant les feux rouges et se frayant un passage dans la circulation déjà dense à cette heure.

« Pour quelle urgence ? » se demande Simon avec un sentiment d'absurde et déjà comme un vague goût morbide dans la bouche, lui qui ne s'habituerait jamais au crime et à la souffrance, alors même que son travail consiste à s'y confronter quotidiennement.

Un attroupement silencieux s'est formé sur les lieux, contenu avec peine par quelques policiers. Les visages sont graves, marqués par une forte émotion. Il y a comme une tristesse dans l'air, une communion face au drame, devant cette mort qui brusquement attire ces spectateurs involontaires, les détournant d'une promenade matinale, d'un dimanche paisible, pour leur rappeler en un éclair, l'identique précarité de leur condition humaine.

Simon s'approche et découvre le corps gisant sur le quai : Une jeune fille étendue là, abandonnée aux yeux de tous, ruisselante et splendide, livrant aux regards curieux, à la peur qui s'y reflète, l'indécence de sa mort dans une gracieuse posture.

Il est frappé comme les autres, impressionné. La silhouette menue, épousée par les habits mouillés ne semble pas inerte. On dirait qu'elle suspend un mouvement souple de son bras vers sa jambe repliée, à la manière d'une danseuse. Sa jeunesse est si palpable, si évidente. « Si vivante », frissonne-t-il.

Ce corps sans vie sur l'asphalte lui remémore un autre jour, une autre mort. Et la petite phrase cruelle danse dans sa tête : « À ce soir sale flic ! », mais il est habitué à cette voix et aux fantômes.

Il entend, comme à travers un brouillard, les renseignements qu'on vient lui apporter, il fait signe d'un revers de la main agacé : « Plus tard ! Plus tard ! »

Il lui importe davantage de s'imprégner de l'atmosphère de ces instants, des dernières images de la petite morte et de fixer dans sa mémoire cette beauté, déplacée et choquante, comme autant d'indices précieux qui vont s'évanouir, éphémères. Des morts, des victimes, il en a déjà vu d'autres, mais celle-là, lui tord le ventre et lui donne la nausée.

Cette silhouette gracile, étendue sur le ciment, ce visage encore enfantin, balayé par les mèches trempées, il ne sait pourquoi, à cet instant, lui évoquent tout le désespoir du monde, réveillant plus qu'à l'habitude sa révolte et sa colère.

Mais il faut bien souscrire à la routine et accomplir ce qu'on attend de lui : écouter, machinal, des témoins, prendre des identités…

Le corps va être déplacé et emmené en ambulance jusqu'au service médico-légal. Le légiste lui donne un premier avis sur ce décès : « La jeune fille serait morte vers le milieu de la nuit, semble-t-il. »

Il entend déjà parler de suicide, mais le mystère de cette vie, venue s'achever ici lui paraît d'instinct beaucoup plus profond.

Pour retrouver son sang-froid, ordonner ses pensées et sa réflexion, Simon s'autorise quelques pas le long du fleuve.

La victime n'avait pas le moindre papier sur elle, pas le moindre indice permettant de l'identifier, songe-t-il.

Il ne sait pourquoi, comme quelquefois lorsqu'une idée étrange et absurde nous traverse, cette intuition insensée l'effleure, que cette mort et l'affaire de vols de voitures dont il s'occupe en ce moment pourraient ne pas être étrangères. Il perçoit comme un lien mystérieux, quelque chose d'inexplicable mais, rationnel, il tente de rejeter cette idée stupide : il est ainsi, Simon, Simon le cartésien, un maniaque de la logique. Cependant quelquefois, c'est comme un court-circuit dans l'enchaînement de ses idées, une ou plusieurs petites idées insolites qui s'insinuent, étrangères, incongrues. Car, il ne faut pas croire que les idées sont des choses inertes. Cueillies ça et là, les idées ont leur propre vie. Entrées dans votre esprit, elles prennent leur indépendance, indisciplinées — surtout les plus belles —, fabriquant sans forcément vous avoir demandé votre avis des idées adjacentes, consécutives ou contraires, contestataires, rebelles, engageant des polémiques. Simon aime les idées qui s'empilent, s'encastrent, s'épaulent pour construire des édifices, qui découlent et s'enchaînent pour ouvrir des chemins à la pensée, mais quelquefois, ses idées se tamponnent, indépendantes, volages, antinomiques. L'engrenage se détraque. Son esprit est alors comme un capharnaüm qu'il faudrait laisser reposer. Il lui semble qu'il devrait sortir une à une ses idées, les épingler, les aérer, les défroisser pour pouvoir ensuite les ranger, les trier, les classer selon son obsédant goût de l'ordre, du raisonnement, de la déduction, de l'argumentation, de la démonstration, de l'analyse et la synthèse.

« Je fais des fixations sur cette affaire de bagnoles ! Rien, mais vraiment rien, ne permet de relier ces deux affaires, c'est une idée stupide ! »

Décidément, il semble perturbé en ce moment.

S'éloignant de l'agitation, il arpente les quais et une évidence le submerge : crime ou suicide, il ressent

— comme un devoir — l'importance de donner une explication à cette mort qui la mérite, parce que même dans ce monde barjo, on ne doit pas pouvoir impunément mourir si jeune sans qu'il ne soit dit pourquoi.

Première partie

Malik

Automne 2005

1

Depuis quatre jours, ça barde dans la cité.

Malik et sa bande de copains, entraînés dans une violence qu'ils ne comprennent pas très bien, gagnés par cette effervescence, débordés par la tournure des évènements, suivent quand même le mouvement, sans savoir où il va.

Dans le petit F3 qu'il habite avec Khadija, sa mère, à deux heures de l'après-midi, il a du mal à se tirer du lit. « Comme d'hab ! » : le manque d'envie, la sensation de néant, de vide, le manque d'intérêt et le dégoût qui va jusqu'à la nausée.

Il s'étire paresseusement, accroche du regard les photos épinglées sur les murs, cherchant vaguement une évasion… Ne pas affronter la journée.

Le silence de l'appartement, l'absence de sa mère partie bosser le ramènent à une réalité qu'il aimerait fuir. Il est assailli comme chaque matin par la certitude de prendre un chemin qui ne mène à rien, le chemin de l'échec et de l'exclusion.

La rage coutumière monte et le submerge. Il se sent paralysé, enfermé dans un carcan qui l'empêche d'envisager autre chose, de voir plus loin... Il faudrait réagir, mais c'est déjà comme dans un mauvais rêve, il ne peut pas.

Khadija ne dit rien. Que connaît-elle de ses ennuis ? Difficile de savoir avec elle. Malik ne parvient pas toujours à décrypter son mutisme.

Parfois son regard inquiet semble le sonder jusqu'au fond de l'âme. Parfois, l'espace d'une fraction de seconde, une expression fugitive passe sur son visage, reflétant une grande frayeur et dévoilant les stigmates d'une adolescence interrompue.

Ici, au pied des tours et dans les cages d'escaliers, tous connaissent son histoire. Quinze ans, amoureuse d'un garçon rencontré au collège, enceinte, puis dans la rue, ses parents l'ayant chassée : « couverts de honte par sa faute », disaient-ils.

Une histoire banale, mais l'existence et les bagarres qu'elle a dû mener lui ont par obligation forgé le caractère. Contrainte à la discrétion pour se protéger des calomnies et des ragots, elle s'est réfugiée dans le silence et la retenue.

La force et le courage lui sont venus ensuite, par nécessité, mais elle est naturellement digne, avec modestie, avec parcimonie et sans même le savoir.

Elle est si jeune pourtant, il arrive même qu'on la prenne pour sa grande sœur.

Au premier regard, on ne remarque pas sa beauté puis, si l'on y prête un peu attention, on découvre la délicate régularité de ses traits, on est surpris par le lac de patience de ses yeux, séduit par la résignation de son sourire esquissé, par sa façon de se mouvoir et ce petit geste machinal et gracieux pour balayer son front.

Pour tout cela sans doute, et beaucoup d'autres choses, les voisins se taisent.

Malik a le teint mat et les cheveux noirs de sa mère et

des yeux bleus qu'il doit tenir de son père dont il ne sait rien. Il n'a pas le tempérament calme et réservé de sa mère, il est vif et passionné, quelquefois trop.

Dans le quartier, il est considéré comme un meneur et les autres l'écoutent, il ne sait pas vraiment pourquoi.

On ne sait vraiment jamais exactement comment, ni pourquoi une meute de loups, un troupeau de brebis, un clan ou une bande d'individus choisissent un chef. Par nécessité ? Pour s'organiser ? Par souci d'efficacité ? Ou seulement pour exister ?

Le hasard et les circonstances, autant que sa personnalité — peut-être son physique : ni blanc, ni beur, les deux à la fois ; ou peut-être cette force qu'il dégage, doublée pourtant d'une si grande fragilité — l'ont amené à jouer ce rôle qu'il s'est naturellement senti le devoir d'investir, puis d'assumer. Peut-être aussi parce que c'est sa manière de s'affirmer, de régler certains problèmes, celui par exemple de cette douloureuse « différence » — une de plus... La pire ici, au cœur même des différences ! — et faire taire ceux qui pourraient y faire allusion, ceux qui ont un père !

Alors il cache son mal-être sous un air insolent, provocateur et agressif à l'occasion, et les occasions aux alentours ne manquent pas !

Il voudrait tout casser et laisser parler la violence, il a comme des bouffées de désir destructeur, un torrent qui gronde en lui, le dévaste et qu'il ne peut endiguer. Il ne sait pas comment apaiser cette colère ni vers quoi la diriger, il n'en peut plus de la contenir, de la refréner, elle le bouffe de l'intérieur. En même temps, il voudrait voir le bout du tunnel, il voudrait tant que les choses changent, ou savoir s'il est vain de rêver d'un autre monde, d'oser rêver d'un monde qui ne leur fermerait pas la porte, d'un monde où l'espoir serait, pourrait être, partagé.

Il a plein la tête une multitude de rêves et dans le cœur des trésors de tendresse pour sa mère, pour ses copains et pour Zora. Alors, sans cesse tiraillé entre ses émotions contraires, partagé entre sa fièvre destructrice et ravageuse et ses élans d'espoir, il vit comme sur un fil, incertain de son avenir qu'il imagine parfois comme le plus noir : imaginer le pire pour ne pas rencontrer la déception, n'est-ce pas la meilleure et la plus sage alternative ? Convaincu de n'avoir rien à attendre de l'existence, il tente de se priver volontairement de toute forme de confiance. Il passe son temps à tuer l'espérance dans l'œuf. Prendre les devants sur le malheur, pour mieux le dompter et pourtant, malgré ça, il ne parvient pas à étouffer complètement en lui le souffle de sa jeunesse, la fougue, la force de la vie.

Il s'est fait virer du lycée comme élément perturbateur et pourtant il aime étudier mais « Ça n'a pas pu le faire quand même » comme il dit. L'échec était programmé, inéluctable, alors il l'a provoqué pardi, précipité, anticipé, comme pour narguer la fatalité, une manière comme une autre de ne pas subir son destin.

Il n'a pas encore eu le courage de l'annoncer à sa mère, il s'en veut, il regrette. Il a le sentiment de trahir cette confiance silencieuse qu'elle lui a accordée sans jamais lui demander de comptes. Et enfin, de ne pas être à la hauteur, ce qui décuple sa honte.

Mais, aujourd'hui Malik est préoccupé par autre chose : la situation. Car ça va mal dans les cités. À Paris, Marseille, Lyon, l'agitation est en train de gagner partout. Au début, il était content et s'est jeté dans la bagarre avec toute l'exaltation de sa jeunesse dévoyée, il a cru que cette révolte allait s'organiser et donner naissance à un vrai mouvement, il pensait que cette fois, puisque les feux étaient braqués sur eux, qu'on semblait leur donner de l'importance, ils allaient enfin se faire entendre, on allait les écouter. Mais il s'est rapidement aperçu que les motivations étaient très diverses, impossibles à fédérer, que surtout le manque de motivation, de réflexion empêchait toute coalition, toute coordination.

Leur colère avait jailli abrupte, spontanée. La révolte, éclatée à Paris sur un fait divers dégénérant en drame, s'est répandue comment un incendie, les prenant au dépourvu. Ils se sont enflammés : la haine refoulée, l'agressivité retenue ont explosé sans qu'ils maîtrisent cette force et cette fureur.

Leur violence n'est que violence, leur déchaînement est aveugle, une furie ravageuse qui les dépasse : ils cassent, ils brûlent, tout et n'importe quoi, détruire pour détruire, ils provoquent et ça ne s'arrête plus : ça recommence toutes les nuits. Et maintenant tout dégénère : c'est la guerre entre les cités, entre les bandes, entre les clans, des copains qui finissent par se foutre sur la gueule ! Les descentes de police attisent la violence et ne règlent rien.

On n'y comprend plus rien ! Cela n'a plus de sens. Ou alors, il faudrait regarder un peu plus loin pour comprendre qu'une violence qui s'est nourrie du désespoir pendant trop longtemps peut soudain s'octroyer le droit d'éclater comme une folie, au grand jour, seulement comme une réponse brouillonne, insensée, au monde absurde qui l'a engendrée et qui ne mérite pas mieux.

« Mais merde, se dit Malik, c'est nos bagnoles qu'on crame ! Qu'est-ce que ça veut dire ? En tout cas, moi, c'est pas ça que je voulais, foutre le bordel, oui ! Mais pas entre nous ! Pas comme ça ! »

Il sent bien que ces révoltes ne déboucheront sur rien, l'opinion publique va s'apitoyer un peu sur leur sort le temps de les oublier vite dès que les médias auront trouvé un sujet plus croustillant à jeter en pâture, un truc plus vendeur.

Qu'est-ce qui leur restera quand tout ça sera calmé ? Après l'exaltation, quand certains auront payé au prix fort leurs exactions, ils retrouveront les mêmes problèmes avec juste un peu plus de regrets, un peu plus de nostalgie et de solitude.

La voisine est venue pleurer hier soir, à la maison : une voiture achetée au prix de je-ne-sais quels sacrifices, qui ne sera pas remboursée par l'assurance — quand elle est assurée — parce qu'elle est trop vieille. Ah c'est trop nul !

Malik cette nuit a essayé de s'interposer pour empêcher la casse mais ça n'a servi à rien et il est passé pour un dégonflé.

Il faut réfléchir. Il se sent une fois de plus partagé, partagé entre la colère contre ce vandalisme inorganisé, totalement irréfléchi, qui selon lui, leur fait perdre une belle occasion de se faire entendre, et la compréhension de ce mouvement incontrôlé et incontrôlable, de cette explosion qu'ils ressentent tous comme une légitime défense : c'est leur révolution quoi ! Et s'il fallait en passer par là ?

On sonne : c'est Zora. Elle est là sur le palier, souriante comme d'habitude. Jolie fille c'est vrai, avec cette cascade de cheveux fous et ses beaux yeux, et gentille en plus, mais il n'a pas envie de se laisser entraîner dans cette aventure, qu'est-ce qu'ils peuvent attendre ? Qu'est-ce qu'il pourrait lui promettre ? Faut pas rêver !

Pourtant Zora s'en fout de l'avenir, elle l'aime, un point c'est tout.

Lui, préfère les brèves étreintes avec des filles connues pour ça et pas de complications, mais Zora s'accroche et ça lui pose problème, parce que, Zora, c'est quand même le seul rayon de soleil dans sa vie et des fois, il se laisserait bien tenter par cette douceur si facile !

Ils ont grandi ensemble, avec les mêmes manques, comme frère et sœur, ils se comprennent sans même se parler.

Zora est venue lui apporter les cours : c'est ce qu'elle fait tous les jours depuis qu'il s'est fait virer du lycée, avec acharnement et sans accorder d'importance aux événements qui secouent la cité. Il essaie de suivre tant bien que mal, il aimerait malgré tout passer le bac — Zora prétend que c'est possible —, partagé entre ce rêve et la tentation de la résignation, du fatalisme.

Ils se mettent au travail : il recopie, elle explique, patiemment, avec douceur, ils échangent sur tout, ils oublient le monde et ne sont plus que deux lycéens comme les autres avec quelques facilités en moins, soudés par une affection qui leur semble naturelle et indéfectible.

L'après-midi studieuse se déroule vite et le crépuscule les surprend, fourbus et abrutis. Malik, met un terme à l'étude, préoccupé à nouveau par les évènements.

Il conseille à Zora de rentrer chez elle, sans conviction, sachant qu'elle ne l'écoutera pas…

Livres et cahiers fermés, ils descendent.

Un peu plus bas, sur un palier, ils retrouvent un groupe de copains assis sur les marches, déjà bien échauffés, équipés de foulards pour s'en faire des masques, munis de barres de fer et de bidons d'essence. Armés pour leur guerre, ils attendent la tombée de la nuit.

Malik s'assoit sur une marche, au milieu des autres :

— Qu'est-ce que vous allez foutre avec ça ?

— On va bastonner mec ! Tu vas voir, ça va chauffer ! ricane Momo

Mohamed, dit : « Momo », c'est un dur. Des problèmes avec la police depuis l'âge de neuf ans ! Toujours fourré dans des mauvais coups, il vole, il agresse, il insulte, n'importe qui, n'importe quand, il ne respecte rien ni personne, il agit sans réfléchir, cédant à ses pulsions, sans vergogne, sans foi ni loi ! Malik ne l'aime pas et c'est bien réciproque, ils se sont frottés et savent tous les deux à quoi s'en tenir.

— Ouais, c'est ça ! Vous êtes ouf les gars ! souffle Malik

— Ça va péter on te dit ! Et si tu te dégonfles, casse-toi !

Zora intervient :

— Viens Malik, laisse-les, on s'en va.

— Toi la meuf, boucle-la ! fait Momo qui se sent des envies d'être le chef et de le faire savoir.

Malik agacé :

— Zora, va voir chez ta mère si j'y suis ! Tu veux ?

— Pff ! T'es aussi nul qu'eux ! réplique Zora qui tourne les talons, et déjà Malik se sent les coudées un peu plus franches.

Il essaie de calmer le jeu, de retrouver un ton de camaraderie, de complicité, de toutes les façons, il ne veut pas les laisser se mettre dans la merde.

Après une heure passée à glander, à emmerder, sans méchanceté, les voisins qui rentrent chez eux, ou ceux qui sortent, un peu comme eux, à la nuit tombée. Une heure passée à fumer, à dégoiser, à se croire plus fort que tout, à cracher sur le monde et la société, finissant par se trouver les meilleures raisons de ne pas « rentrer dans le rang » et une quantité de prétextes à leur rébellion, ayant épuisé leur vocabulaire et attisé leur besoin de se défouler, ils se décident à aller traîner devant l'immeuble, sur les pelouses, à la recherche de quelque chose à saccager. Malik les suit, inquiet.

Le désordre règne déjà dans le quartier, des petits groupes bruyants et excités se sont formés.

Armés de barres de fer, certains cognent sur une balustrade sans s'occuper des cris des locataires, un local à poubelles est mis à feu, d'autres s'en prennent à l'entrée d'un immeuble, et d'autres encore, à la rescousse, cassent des boîtes à lettres. L'agitation, bien que totalement désorganisée, monte rapidement en puissance. Derrière Momo, ils rejoignent un groupe : au milieu de l'espace vert, ils ont démonté les bancs qu'ils font brûler au milieu du bac à sable avec un vieux canapé, ils sont déchaînés, le feu, la fumée semblent les exalter. Malik, désarmé, demeure planté là à regarder ses potes se jeter dans cette cohue, impuissant à les arrêter, ne pouvant se résoudre à les rejoindre,

On entend les sirènes des voitures de police, mais pour l'instant elles sont encore assez loin, n'empêche, l'excitation redouble, les cris, les insultes pleuvent.

Et puis, poussés par leur frénésie enragée, tant qu'ils estiment en avoir encore le temps avant l'arrivée des keufs, quelques-uns munis de bidons s'échappent en courant, un peu plus loin, vers les parkings. Malik les rattrape, comprenant ce qui va arriver, il se jette sur la voiture que les autres s'apprêtaient à arroser d'essence : il gueule :

— Putain ! Merde ! À qui elle est, cette caisse, hein ? À ton cousin peut-être, ou à ton voisin, c'est pas chez nous ici ? Vous avez un pois chiche dans le caillou ou quoi ?

Momo s'interpose :

— Oh ! Hé ! T'es un peu relou toi, si t'as la trouille, lâche l'affaire, va ! Lâche-nous !

Ils sont tous là, face à Malik, étonnés qu'il ne soit pas des leurs, le regard plein de reproches, ils ne comprennent pas pourquoi ils les a lâchés. Il voudrait leur expliquer, mais ça lui paraît inconciliable et d'un coup il se sent fatigué.

À cet instant, la raison l'abandonne, il n'a plus qu'un désir : être comme eux, leur ressembler, ne plus se sentir différent, réintégrer le groupe, c'est trop dur de n'être d'aucun côté, de se sentir à part.

Une immense bouffée d'amitié le saisit, le submerge, emporte toutes ses réticences, annihile son discernement et fait taire sa conscience, il a besoin d'action.

À son tour, libérant son émotion, il laisse éclater sa colère :

— Ah vous voulez cramer des bagnoles ? Bon, d'accord les mecs : on y va… Mais pas ici, pas chez nous ! Je vais vous en faire voir des caisses, moi ! Je sais où on va aller foutre le feu, pour ceux qui ont pas les foies !

Médusés, ils s'arrêtent, perplexes, mais les propos de Malik ont fait mouche, ils sont déjà prêts à le suivre.

— Suivez-moi, allez ! On y va chez les tunés, vous voulez voir où ils crèchent ? Mais je vous préviens, faudra faire gaffe, parce que la flicaille va vite rappliquer là-bas, c'est pas comme ici où ils s'en foutent pas mal qu'on foute le bordel.

— Ouais ! Ouais !

Les voilà tous partis derrière Malik, pris à son propre jeu, réchauffé par le sentiment d'avoir réintégré les siens, encouragé par leur enthousiasme et la complicité retrouvée, animé à son tour par l'agressivité et la révolte, après tout, qu'ont-ils à perdre ?

Ils traversent le boulevard. Il les emmène vers les quartiers chics autour du Parc bordelais, mais devant les façades bourgeoises, pas beaucoup de voitures, à cette heure-là, les belles caisses sont rentrées derrière les grilles en fer forgé et les portails vernis.

Loin de l'agitation, dans le calme, le froid, la nuit et le silence, leur colère retombe, leur combativité aussi.

Ici, ils ne sont pas chez eux, ils ont la trouille. De plus, ils sentent bien que ce pas, une fois franchi, peut les conduire derrière les barreaux et aucun d'entre eux n'est encore allé jusque-là, ce ne sont que des gosses, des petits nains en survêt' et sweat à capuche et deux fois étrangers.

Leur excitation s'est effondrée, les laissant abattus, découragés et presque honteux de ce qu'ils ont fait, s'apprêtaient à faire, ou — le savent-ils vraiment ? — de ce qu'ils n'ont pas fait.

Cette virée nocturne les laisse désorientés, face à la réalité, à leurs doutes, à leurs peurs. Malik, calmé comme les autres, sent bien le changement d'ambiance et se dit qu'il a bien joué. Sans l'avoir vraiment prémédité, il les a conduits ici, au pied du mur, face à eux-mêmes et à leur propre violence, face au risque. Il les a fait réfléchir et reculer.

Il s'apprête à rapatrier ses troupes, dont il sent bien qu'il a récupéré la conduite, quand un homme surgit à l'angle d'une rue, se dirige vers eux et les apostrophe :

— Qu'est-ce que vous faites là ?

— Si on te demande, tu diras que tu sais pas, papa ! fait Momo content de trouver une tête de turc pour passer sa mauvaise humeur

— Vaurien ! Espèce de... réplique l'homme

Malik s'approche de lui et lance, à quelques centimètres de son visage, le regardant jusqu'au fond des yeux :

— Espèce de quoi ?

Et il enchaîne, provoquant :

— Espèce humaine ! Tu piges ? Espèce humaine ! Rappelle-toi ça !

— Espèce humaine toi-même !

Les jeunes ont aussitôt, en renfort, entouré l'homme. Ils ont besoin de se défouler, les grossièretés fusent, ils font mine d'être menaçants mais la situation peut dégénérer, les nerfs sont encore à vif, l'électricité est dans l'air.

Malik les écarte des deux mains :

— Laissez-le !

Et, s'adressant à lui :

— Allez va, bourge de mes fesses, fous le camp !

L'homme ne se fait pas prier, il disparaît au coin de rue, Malik fait signe de laisser tomber.

Comme ils n'ont pas envie de finir la soirée dans la morosité, les garçons décident d'aller se consoler et se distraire du côté de la victoire, là-bas, ils trouveront bien de quoi ! Et puis toujours quelques copains qui traînent.

Arrivé sur la place le groupe se disperse, au hasard des rencontres, des opportunités, et des affinités.

Nous avons étouffé en nos cœurs la tendresse
Et nous avons tué notre propre jeunesse
Parce qu'il faut vivre avant tout
Nous sommes devenus des loups.

2

Beau quartier, lycée privé et chic pour « fils de », ceux qui doivent réussir, « préfabrique » d'ingénieurs, d'avocats, de médecins ou d'énarques, la caste supérieure. Belles voitures sur le trottoir, vêtements griffés mais même cohue à la sortie, mêmes bousculades.

Au milieu du désordre, Marion aperçoit une silhouette et court pour la rejoindre :

— Chloé ! Chloé ! Attends-moi !

Chloé se retourne et sourit. Les deux jeunes filles s'embrassent affectueusement.

— On va boire un thé ? Je t'invite.

— D'ac !

Elles vont s'installer au Mc Do voisin.

— Ça fait un bail ! dit Marion qui reprend en plaisantant :

— Qu'est-ce que tu deviens ? Je ne t'ai pas vu depuis des semaines ! Tu ne sors plus ! Tu files dès la sortie ! Qu'est-ce que ça veut dire ça ? On sent mauvais ? Tu snobes ? Ou alors t'es amoureuse ?

— Non, non, rien, j'essaie de bosser, c'est tout et je me connais, si je commence à traîner… je fous plus rien, j'ai pas envie de me planter cette année tu vois, le lycée j'en ai tellement marre ! Il me tarde de passer à autre chose, alors j'essaie d'assurer.

— Ah ? Et c'est quoi : « autre chose » ?

— Bof, je sais pas trop encore, peut-être le droit.

— Ah ? Le droit ? Pour quoi faire ? avocate, non ?

— Oh ! ne t'emballe pas, avocate c'est dur ! Tu me connais, je ne sais pas si j'y arriverai.

— Mais si ! Tu y arriveras bien sûr, ça t'irait bien ! Là je te vois, avec la robe et tout

— C'est bien toi ça, y a que l'habit qui t'intéresse ! éclate de rire Chloé

— Normal, je serai styliste, moi ! répond-elle du tac au tac.

— C'est bien, je crois que t'es douée, enfin moi, j'aime tes dessins ! dit Chloé gentiment.

— Merci, tu me fais plaisir !

— C'est vrai, en tout cas, t'as de la chance d'avoir une vraie vocation, toi, parce que moi… Mais à part ça, quoi de neuf ? Tes amours, ça va toujours ?

— Ah non ! C'est fini avec Étienne, mais on est resté copains. D'ailleurs il fait une fête pour son anniv', ça te dirait de venir ?

— Bof !

— Oh allez ! Tu vas pas te cloîtrer quand même ! Allez viens ! Et puis tu sais, c'est pas tout de suite : le 15 décembre, c'est la fin du trimestre, quoi ! Il fait ça dans sa cave, vers dix-neuf heures.

— Bon alors je verrai, peut-être oui, tu me le rappelleras ? Mais bon, il faudrait aussi qu'il m'invite, parce que tu sais, entre nous, ça n'a jamais été le grand amour !

Marion éclate de rire :

— Ça, tu l'as dit ! Bon, c'est acquis, tu viens, et je compte sur toi : tu ne te défiles pas, me raconte pas encore une fois que t'as rien à te mettre !

Elles rient.

Un peu plus tard, les jeunes filles se séparent avec les embrassades habituelles.

Chloé rentre chez elle et son cœur s'alourdit à mesure qu'elle approche, elle regrette à présent de n'avoir pas plus franchement parlé à son amie, mais quoi lui dire ?

Elle ne sait pas elle-même ce qui lui arrive : c'est venu progressivement, insidieusement, cette lassitude, cette sensation de vide, d'inutilité et elle ne l'a pas senti venir. Elle fait semblant d'y croire, à un avenir et à tout le reste, mais tout lui paraît artificiel et surfait.

Faudrait-il faire semblant ? Est-ce cela vivre ?

Pourtant, avant, il y a quelque temps, il lui semble se rappeler qu'elle avait parfois des bouffées de vraies aspirations : la justice, c'est une idée qui lui plaisait, elle voudrait y croire encore, mais elle a peur de ne pas être capable, ou de s'y perdre, entre idéal et illusion, vocation et désillusion :

Elle est où d'ailleurs la justice ? Pour qui ?

Est-ce que c'est vraiment ma voie ?

Mais quelle autre voie ?

De toute façon je ne sais rien faire d'autre, alors ! Les maths et la physique, c'est pas mon truc ; je ne suis pas non plus assez littéraire ; le commerce, je ne le sens pas ; reste le droit, il faut bien s'orienter ! S'orienter par défaut, défaut de talent ! Défaut de motivation, de volonté !

Il paraît que le droit, c'est le refuge de ceux qui ne savent pas quoi faire d'autre !

Pas étonnant que j'en fasse partie, ça me ressemble ! J'aurais aimé être douée pour un truc, comme Marion par exemple, ça doit être un peu plus motivant.

Être une artiste, avoir un talent, une passion, ça lui semblerait plus facile d'envisager un avenir, mais rien ! Rien !

Ça lui donne le vertige de penser que toute sa vie va se jouer bientôt, qu'elle ne pourra peut-être plus revenir en arrière ou changer de route. Et puis, ce verbe : « devenir », qui la hante et qu'elle hait. Elle se souvient, un jour, elle était encore toute petite, une voisine lui a demandé : « Qu'est-ce que tu veux devenir, quand tu seras grande ? » Elle n'a pas su répondre et l'angoisse lui est restée. Elle ne sait toujours pas si elle souhaite « devenir ». Devenir ! Devenir ! Faudrait-il à tout prix devenir quelqu'un ?

Elle aimerait être encore un peu plus longtemps une petite fille, elle a grandi trop vite, pas vu arriver l'adolescence, pas eu le temps de se forger un mental, il lui faudrait encore un peu de cocon, la vie lui fait peur ou plutôt, elle a tellement peur de la rater, sa vie !

Peur de se tromper, peur d'être seule, peur de ne pas rencontrer l'amour, ou peur de le trouver et de souffrir…

Elle ne sait pas quoi en faire, de sa vie ! Elle la voit, là, devant elle, debout, au bord de ce précipice ou devant ce désert sans horizon.

Quelquefois, il lui prend l'idée de renoncer, une vague envie d'en finir avec la vie, dont le manque de sens, le côté absurde et aléatoire l'angoisse jusqu'à l'insupportable. Il y a des jours où elle passe son temps à se poser la même question, à propos de tout : À quoi bon ? À quoi bon se lever, se nourrir, aller, venir, attendre ? Pourquoi ? Pourquoi respirer et réfléchir ? Pour qui ? Pour quoi ? Espérer, aimer ? Question sans réponse, béante et vertigineuse.

Dans ces moments-là, elle pense qu'il serait peut-être préférable de mourir. Enfin, mourir, elle n'y tient pas vraiment, ce serait plutôt ne plus vivre, ce qui est un peu différent, mourir, n'étant qu'un passage obligé, il ne faudrait pas non plus y attacher trop d'importance.

Peut-être un jour — finalement cela tient à un fil, il

suffirait d'une fraction d'instant, d'un trop plein de désespoir ou d'une dose suffisante de courage, selon la façon de voir les choses — elle « passera à l'acte », comme ils disent dans le jargon médical, l'expression manque de poésie. Ils ne savent pas, évidemment.

Elle se demande si Marion est aussi gaie et décontractée qu'elle en a l'air, est-ce possible une telle insouciance ? Une telle joie de vivre ? Marion, ses flots de paroles et ses éclats de rire légers comme des papillons, Marion en adéquation avec le monde, immergée dans la vie.

Est-ce que c'est ça, la réalité ? Réalité qui lui échappe, qu'elle voudrait atteindre et qui pourrait la calmer, qui glisse entre ses doigts comme une chose visqueuse, gluante,

Marion aurait-elle une recette ? Une recette de vie ? Saurait-elle quelque chose qu'elle, Chloé, n'aurait pas vu sur le parcours ? Elle aurait dû lui parler, elle se promet de le faire la prochaine fois.

Arrivée à la maison, elle a le sentiment d'être encore un autre personnage : pas vraiment elle non plus. Donner encore le change, jouer la sérénité, ne pas laisser transparaître son mal-être pour ne pas sentir la pression déjà trop pesante de sa mère et de son père, à l'affût de ses réactions.

Je ne suis plus leur petite fille, il me faut trouver un autre statut, la séparation est déchirante.

Elle ne supporte plus leurs questions, ni leur bienveillance. Eux, ils ont l'air de tout savoir, d'avoir toujours su, d'avoir réussi, de ne pas s'être trompés, ils ont l'air « adaptés », à tout, au monde et même au temps qui passe, qui a l'air de glisser sans les toucher, sans les abîmer.

Elle ne s'y retrouve pas, dans cet univers trop ordonné auquel elle se sent étrangère, où chaque chose a l'air à sa place, elle qui perçoit le monde comme une gigantesque machine prête à la broyer.

Ils sont trop lisses, trop parfaits, trop unis, trop sages, trop propres. Ils ont mis la barre trop haut.

Ou alors, quelquefois, elle se demande si ce n'est pas un mirage. Leur bonheur a l'air d'un placage… Du toc ?

Cela soulève une deuxième question, une question presque aussi importante que la première : Serait-ce cela le bonheur ? Cette fadeur ? Cette monotonie ? Il lui semble parfois que cette platitude pourrait n'être qu'une usurpation du bonheur.

Elle voudrait palpiter, frémir, brûler, s'exalter, elle cherche autre chose que cette douceur insipide.

Ils croient ainsi la rassurer, elle voudrait tant, au contraire, voir leurs doutes, leurs failles, leurs souffrances, elle a envie de leur crier : « Aidez-moi ! Regardez comme vous m'avez faite ! Médiocre, ordinaire, faible ! »

La vie me semble vide
Et dépourvue de sens
Le cours de l'existence
Et les jours insipides.

3

L'Europe, je l'ai parcourue, petite fille des rues d'une Italie entrevue, de l'Espagne madrilène, de Bruxelles, d'ailleurs, d'ici… Loin de chez moi.

Déambulant sur le trottoir, faisant les cent pas, racolant, je l'attends, le prince charmant, mais il a perdu sa belle allure depuis qu'il goûte la luxure…

Ici, sur les quais, les charmes sont à vendre.

Le fleuve s'écoule, silencieux, tranquille dans la nuit, mais obstiné, impatient de se jeter dans l'océan, il s'en va vers le pont d'Aquitaine dont on distingue un peu plus loin, esquissée par la guirlande de lumières, l'imposante silhouette.

Quelquefois, brusque comme une pulsion, une idée me vient, dont l'énorme lassitude, la résignation ou le manque de courage qui m'habitent parviennent à me détourner, l'envie de marcher jusque-là, de gravir l'édifice.

Là, tout en haut du pont, elle regarderait longuement la ville si jolie avec toutes ses lumières, puis elle regarderait le ciel, vers l'est, les étoiles sont-elles les mêmes, en Ukraine ?

Enfin, elle prendrait une grande inspiration, elle s'élancerait, elle volerait, les bras tendus. Planer quelques instants, avant de se laisser emporter par le courant, vers l'estuaire, vers l'Atlantique, libre, enfin !

Mais de toute façon, elle sait bien que son destin lui a échappé depuis longtemps.

Elle n'avait pas compris ce qu'on lui voulait, ni où on l'emmenait, elle n'avait vu que le désespoir dans les yeux de sa mère. « Est-ce qu'ils m'ont vendue, ces parents qui m'aimaient ? »

Cela ne lui paraît pas possible, non ils ne savaient pas,

Mais pourquoi le vieux professeur pleurait-il ?

Elle avait déjà peur, ça ne faisait que commencer.

Après, les souvenirs sont flous et ils s'entremêlent.

Moi qui voulais voyager, j'ai voyagé !

D'abord dans cette voiture, des jours entiers et je ne me souviens de rien, je ne cessais de dormir, j'avais perdu la notion du temps, je n'arrivais pas à regarder les paysages et je ne savais plus quelle ville, quelle campagne ou quel pays nous traversions, moi qui étais curieuse de tout, cette torpeur — qui me donnait la nausée et me faisait trembler de temps en temps — m'empêchait même de me poser la moindre question, j'étais droguée.

Je voulais voir la mer et je l'ai vue !

D'abord, j'ai cru que c'était la mer noire.

On a embarqué de nuit sur une embarcation gonflable, quinze ou vingt, serrés dans ce petit bateau qui fonçait dans le noir. Le grand air m'a un peu dégrisée et la peur est revenue, avec toutes ces questions que je n'osais même pas formuler jusqu'au bout. J'entendais parler des langues que je ne connaissais pas, mais je reconnus quelques mots d'italien dans la bouche du type à la barre. J'ai pensé alors que ce devait être une autre mer et que j'étais loin de chez moi.

Où allions-nous ? Qu'allait-il advenir ?

La manière dont nous avions été traitées jusque-là, ne laissait rien présager de rassurant : bousculées et verbalement méprisées, réduites au silence, nous ne recevions aucune explication et nous n'osions pas en demander, l'atmosphère était pesante, l'angoisse nous tenaillait.

J'ai cherché à m'enfuir, mais cela n'a pas été possible.

Adolescente, j'aspirais à comprendre et à toucher la liberté, j'allais comprendre en la perdant que ce n'est pas qu'un concept.

Cependant, jusque-là, on ne m'avait pas encore frappée, ni forcée à quoi que ce soit.

Jusque-là, j'étais encore Helena, petite fille de seize ans, innocente et ignorante. J'étais encore moi.

J'avais grandi dans la misère, comme tant d'autres, en Ukraine.

J'étais assez maigre et je me souviens que j'avais toujours froid, cependant, mon corps et moi, nous faisions bon ménage, on s'entendait bien, aucune tension entre nous, pas de sujet de dispute — sinon quelques broutilles à l'occasion —, on s'accommodait l'un de l'autre avec tolérance, bref je vivais avec lui en harmonie.

On n'allait pas tarder à divorcer, à ne plus se parler, je n'allais plus lui pardonner ce qu'il me ferait endurer, j'allais le quitter, et ce que je n'aurai pas prévu c'est qu'il me le ferait payer cher.

Tiens, voilà un habitué, un « gentil », respectable, un peu vieux et gras, mais gentil. Il vient m'acheter, timidement, de brèves épousailles, propres, simples comme l'homme et je vais lui livrer une enveloppe vide.

Après, dans son regard gêné, qui brillait tout à l'heure d'envie et de besoin, il n'y aura plus que de la honte et du dégoût.

Alors, moi, petite marchande d'illusions, les yeux fixés sur un autre horizon, je rêverai au ciel de mon pays, je reverrai ses hivers transis, et pour ne pas mourir ici, je m'inventerai une autre vie.

Quand on a débarqué sur cette plage, le jour se levait, je ne savais pas que c'était l'Italie.

Très vite, on est monté dans une grosse voiture, deux autres filles jetées à l'arrière avec moi, des Roumaines.

Après avoir roulé longtemps, on nous a fait descendre et pénétrer à l'intérieur d'une bâtisse sale et vétuste.

Les jours obscurs et les nuits blanches se sont succédé, identiques et sombres. Soumise, forcée, frappée, et par tant d'hommes chevauchée ! Ces hommes avec leur brutalité et leur indécence, pesant sur mon adolescence !...

Le corps éclaté, fourbu, résigné, l'âme désespérée, le cœur en sang, l'esprit en révolte, attisé par la haine, ils m'ont fait même regretter la faim, le froid et la pauvreté.

Mais par-dessus tout il y avait la peur, la peur physique, animale, indomptable.

Supporter ! Comment supporter ?

Je me suis souvenue de ce petit papier, que le professeur m'avait glissé au creux de la main au dernier moment, avant le départ :

Plus fort que toutes les brimades
Par-dessus tes pires défaites
Au delà ton esprit s'évade
La liberté est dans ta tête.

Je me suis souvenue, le cœur serré, des moments passés à l'écouter, à apprendre, à rêver des personnages sortis de ses histoires ou de son imagination, ou de ces pays qu'il me décrivait si bien qu'ils se dessinaient dans ma tête.

Avec lui, j'avais découvert les livres, l'histoire, la

musique et les langues étrangères, surtout le français qu'il aimait et dont il m'enseigna les rudiments. Il m'avait montré toutes les beautés de la nature et comment veiller à ne m'en éloigner jamais.

Il m'avait tout enseigné, appris à discerner le bien du mal, à reconnaître et à aimer la simplicité des êtres et leur sincérité, l'indulgence et la patience,

J'ai compris l'amitié, l'affection, l'altruisme, la générosité, l'espoir, l'imagination et le rêve.

Parfois il était un peu étrange et énigmatique : ainsi, avec un sourire singulier, il m'appelait Psyché, dont il me contait l'infinie beauté, et les amours douloureuses. Il affirmait que comme elle, j'aurai à me méfier de cette beauté qui attire la convoitise ou la méchanceté. Il me racontait que dans l'antiquité, pour représenter la beauté féminine, les sculpteurs grecs venaient recruter leurs modèles parmi les femmes ukrainiennes qu'ils enlevaient parfois.

Il me disait aussi qu'il lui avait fallu de nombreuses vies pour atteindre un degré acceptable de sagesse.

Je ne savais pas ce qu'il voulait dire mais cela me plaisait, car il devenait ainsi pour moi un personnage mystérieux qui parlait à mon âme enfantine. Aujourd'hui, je mesure l'importance qu'il avait pour moi et c'est à lui que je songe dans les moments les plus difficiles, lorsque le souvenir même de l'affection maternelle ne peut rien pour me réconforter.

Veillant ainsi à mon éducation, dans un monde difficile fait surtout de privations et plutôt dépourvu d'espoir, il m'insufflait une force intérieure qui m'aidait à grandir.

Plongée dans mes souvenirs j'avais oublié le carrelage froid sur lequel il me fallait, par punition, dormir, je m'aperçus que la douleur m'avait quittée.

Plus tard, je reçus les coups avec indifférence, je ne criais plus, je ne pleurais plus, mes bourreaux s'acharnaient alors pour mieux m'asservir, mais les yeux obstinément fixés sur le passé, je m'évadais.

Peu à peu, je parvenais à m'abstraire, je quittais progressivement mon corps, spectatrice impassible de ce qui lui arrivait.

Je l'abandonnais puisqu'on en disposait à mon insu, je le méprisais.

Au bout de quelques jours de cet entraînement, il me semblait que je n'habitais plus mon corps.

J'avais acquis le pouvoir de quitter mon enveloppe et je ne ressentais presque plus rien des sévices qui m'étaient infligés, j'étais comme immatérielle.

Je m'étais détachée de ce corps souillé, pour préserver une autre part de moi-même, par instinct de survie.

Me restaient cependant l'humiliation et le déchirement de tout mon être désormais scindé en deux.

Depuis, je ne vivais plus qu'ainsi : double, ou plutôt amputée d'une partie de moi-même.

Ensuite, je suis passée de mains en mains, vendue, revendue, ils m'ont expédiée en Espagne, dans un appartement sur la côte, nous avons dû encore subir les pires humiliations.

De jour en jour, l'espoir s'éloignait de retrouver une existence normale, je voyais bien poindre la résignation. Je la lisais chaque jour dans les yeux de mes compagnes, mais je voulais de toutes mes forces la refuser, je voulais au moins dans ma tête, rester combative.

Aussi, j'alimentais la haine, la révolte, la colère, je les nourrissais tous les soirs de toutes les images indécentes et violentes qu'on m'avait imposées et de tous mes souvenirs de tendresse de ma vie d'avant.

J'attisais ainsi mon chagrin, de peur de l'oublier, je faisais couler les larmes, je sanglotais parfois, je m'imposais ce rituel avant de m'endormir, pour rester moi-même, pour ne pas me trahir, pour ne pas m'oublier.

Quand un client s'est montré généreux, je peux m'accorder un moment de répit.

J'en profite pour rêver en contemplant le fleuve, je regarde passer les gens et j'essaie d'imaginer leur vie.

J'aime bien regarder passer les amoureux, et je m'invente des histoires.

En voilà deux qui doivent avoir à peu près le même âge que moi.

Depuis quand se connaissent-ils ? Amour d'enfance ? Amour débutant ? Amour secret ? Ou peut-être interdit ? S'aimeront-ils encore à Noël ? Dans un an ? Dans vingt ans ?

Et moi ? Moi qui sais si bien l'art d'être deux, moi, je n'ai jamais eu d'amoureux !

4

L'homme assis sur ce banc du jardin public ressemble plutôt à un clochard, la saleté de ses vêtements dépenaillés traduisant son indigence, et cependant il se dégage de son allure, de sa silhouette, comme une singulière prestance, une élégante dignité qui force, sinon le respect, du moins la discrétion des passants.

La nuit a été fraîche, l'automne, doucement, décourage l'été qui s'était, comme à son habitude ici, attardé. Mais bientôt, trouver un abri pour dormir deviendra une préoccupation essentielle et vitale. S'occuper à survivre permet au moins d'oublier tout le reste, enfin presque. Subsister, peut tenir lieu quelquefois d'occupation, de but et d'unique raison de vivre.

L'été aquitain, les canicules et les nuits tièdes, la douceur des beaux jours, le rendent mélancolique, le plongeant sans cesse dans ses souvenirs de la vie d'avant, avant cette déchéance. La chaleur estivale, insistante cette année, a fini par réveiller des sensations qu'il n'imaginait plus, des émotions qu'il croyait consommées.

Chaque matin, le vide de son existence lui donne le vertige au point qu'il ne sait ce qui le fait se lever encore et chercher à survivre.

L'hiver, la faim et le froid relèguent au second plan la solitude, l'abandon et le désespoir comme la souffrance physique efface la souffrance morale, mais fait taire l'humain.

Secouant, d'un même élan, son énergie et ses habits fripés, le vieil homme se redresse, façonne le bord gondolé de son chapeau, lisse sa barbe, et, déployant sa silhouette pathétique, s'avance vers la sortie du jardin.

Comme il répugne à mendier, il s'est résolu à voler : sa dignité en souffre moins.

Pour se nourrir, il chaparde un peu sur les étals, dans la rue, sur les marchés, et même dans les grandes surfaces quand les vigiles le laissent entrer. Quelquefois, il consomme sur place. Une fois, il y a déjà longtemps, il a réussi à se laisser enfermer le soir dans un grand magasin. C'était confortable, il ne s'est rien refusé : champagne, foie gras, et tout le reste. Il en garde un souvenir amusé. Il n'ose plus rééditer l'exploit à cause des alarmes, il se dit que ce ne doit plus être possible aujourd'hui avec les nouveaux systèmes de surveillance.

Pour l'argent, c'est plus difficile. Ce qu'il préfère, c'est la rapine des pourboires laissés dans la soucoupe, sur les tables de terrasses de bars ou de restaurants. Parfois, il y a même un billet. Il faut faire vite et discret, c'est amusant mais très peu lucratif. Il s'est même fait prendre, deux fois, et pour une poignée de centimes, il a passé quelques nuits à l'abri. Pas si mal quand il fait froid.

Lorsqu'il se trouve vraiment dans le besoin, il passe aux choses plus sérieuses, l'escamotage dans les sacs à mains ou les poches. Il a développé une dextérité dont il ne se serait pas cru capable, lui qui ne savait rien faire de ses doigts. Mais il a une éthique : il dérobe de préférence aux riches, on les repère facilement avec l'habitude.

Depuis combien de temps s'est-il ainsi laissé glisser dans cette peau, dans cette vie ? Il ne sait plus, le refus de compter. D'ailleurs, aujourd'hui, cela n'a plus d'importance, les jours, les mois, les années ne comptent plus, le passé non plus. Il n'est plus que ce pauvre clodo, sans autre existence que celle-ci, réduite à ce présent, à cette préoccupation quotidienne d'assurer sa survie. Les gens ne savent pas, ne peuvent pas comprendre. Pourtant la vérité est là, c'est ça la vraie déchéance : lorsque même la solitude ne compte plus, quand on n'est plus que « ça » : un estomac vide, des membres fourbus et transis. Voilà la vraie misère. Quand l'être humain, enfin « l'autre », celui d'avant, a disparu, est oublié comme s'il n'avait jamais existé et que jusque dans sa tête, alors, on n'est plus que « ça » : cette précarité.

Ses pas indifférents le conduisent du côté de la place Gambetta. Là, à midi, par ce temps, les terrasses sont bien garnies. À distance, presque invisible, il étudie sa stratégie ;

Deux hommes d'affaires, polarisés par une discussion d'où semblerait découler l'avenir de l'humanité, sont installés à une table bien excentrée. L'un d'eux a négligemment suspendu sa sacoche en cuir au dossier de sa chaise. La tentation est forte, d'autant que l'intervention paraît possible, il ne voit plus que ça : cette sacoche pendue. La manœuvre est facile, il est encore vif, il ne lui faut qu'un instant pour dérober l'objet, un autre pour déguerpir avant d'être repéré.

La proie ne s'est aperçue de rien. Il est rapidement hors de tout risque de poursuite.

Il remonte la rue Porte Dijeaux encombrée de passants, zigzaguant entre eux comme il peut, coupe par une petite rue, traverse le cours de l'Intendance, reprend sa course le long des allées.

Essoufflé, il s'arrête enfin devant le monument aux Girondins pour examiner son butin. C'est toujours un petit moment d'excitation savoureux, que ne vient jamais gâter le moindre soupçon de culpabilité. La nécessité justifiant, à ses yeux, les moyens.

Il s'assoit sur les marches pour ouvrir la sacoche, sous le regard bienveillant de la Liberté exhibée au sommet de la colonne — ce clin d'œil ironique l'amuse — avec, à ses pieds l'Abondance et la Fraternité unies contre le Vice et ses chevaux fumants ! Bien entouré donc.

Au nom de toutes ces valeurs que la société a cru bon d'exalter ici, pour se déculpabiliser peut-être de les malmener, il dépouille tranquillement le contenu du portefeuille : cent quatre-vingt-dix euros, pas mal ! Le reste ne présente guère d'intérêt : cartes de crédit et chéquier sont bien trop difficiles à utiliser, inutile de se compliquer la vie.

Il aime bien aussi entrer dans l'intimité de ses victimes, des prénoms, des noms de famille et des noms de rues, des photos… Toute une existence qui parle à son imaginaire et lui qui n'a plus rien, s'immisce dans ces vies par effraction.

Mais aujourd'hui, en ouvrant ce portefeuille, il reçoit un coup dans l'estomac. Il en retire une photo qui fait trembler ses doigts. Le retour de son indiscrétion le frappe en plein cœur, ses jambes flageolent.

Leurs existences se croisent une fois encore, et de quelle étrange façon ! S'il n'y a pas de hasard, quel fil étrange guide les rencontres ? Une avalanche de souvenirs l'envahit, des lambeaux de sa jeunesse.

« Mon amour, tu te souviens ? Ici sur cette place des Quinconces, un jour de septembre, une belle journée estivale, la place avait le même air qu'aujourd'hui, un parfum d'été qui s'en va en traînant les pieds, à regrets. Pas encore l'automne, mais les premières feuilles mortes des platanes. Nous étions si sûrs de nous, de nos vingt ans, de la jeunesse éternelle, invincible, de l'amour, de la vie, je peux encore me souvenir de l'émotion de ce jour-là, intacte, précieuse, immortelle.

Tu m'as envoyé ta photo !

Nous avions rendez-vous ici, aujourd'hui après tout ce temps passé !

La tête me tourne, mais ce doit être le jeûne. »

5

Un client, puis un autre, quelle importance, puisque je ne suis pas moi ?

Le moindre contact, le moindre frôlement de peau, la moindre ébauche de caresse déclenche immédiatement mon évasion, c'est automatique et tellement pratique que ce serait presque devenu confortable. Si ce n'était tragique, ce pourrait être amusant. Depuis quelque temps, je suis même parvenue à m'épargner le spectacle impudique de mon corps : moi qui n'ai aucun goût pour le voyeurisme, cela finissait par me gêner d'assister à mon propre viol. Il me suffit à présent de détourner les yeux ou de fixer mon attention sur autre chose, et le reste se passe sans moi.

Mais je ne contrôle pas non plus le retour dans mon corps : je ne peux y revenir que lorsqu'il est tranquille et solitaire.

Je ne décide plus du moment où je l'habite ou pas, cela échappe à ma volonté, c'est le prix à payer sans doute pour ce pouvoir qui m'a été donné de m'en évader.

Alors, quand j'en ai assez de flotter comme un esprit, sans enveloppe charnelle, quand j'ai envie me sentir « vivante. », je vais regarder le fleuve et il m'apaise, Lorsque je suis tout à fait prête, je me glisse dans cette peau qui redevient mienne et la moindre caresse du vent venu de l'estuaire, l'odeur imperceptible de l'océan et de la liberté, me réconcilient avec mes propres sens, me rendent ma chair, me ramènent à la vie.

« Mélancolía », m'avaient-ils baptisée en Espagne, en insistant sur ce « í », parce que lorsque la nostalgie m'étouffait, je plongeais la tristesse de mon regard dans la mer, de la fenêtre de cet appartement où nous sommes restées séquestrées plusieurs semaines.

Pendant des jours et des jours, torturée par la question de mon enlèvement, dans l'incompréhension totale de ce qui m'était arrivé, je ne cessais d'échafauder des hypothèses sans jamais parvenir à une version satisfaisante :

Mes parents s'étaient-ils rendus complices de ce crime ?

Cela me paraissait impossible à croire et pourtant, étaient-ils à ce point naïfs pour ne pas deviner ce qu'il adviendrait de moi à l'issue du voyage ?

Que leur avait-on raconté ?

Que leur avait-on promis ?

Quel chantage a-t-il pu être exercé ?

Mélancolía ! Ça les faisait ricaner, les Espagnols, mais quand ils m'ont revendue le surnom m'est resté, je l'ai adopté.

En Espagne, une matrone nous a soumises aux bonnes manières, sans méchanceté, avec indifférence, puis on nous a expérimentées sur les trottoirs de Madrid.

Bien sûr, mon corps vide et sans émotion provoquait parfois la colère, le mécontentement du chaland, mais finalement, comme il y a des amateurs, on me confia à cette clientèle particulière.

L'homme s'approche, il l'a repérée, pourtant elle ne se donne pas beaucoup de mal pour appâter le flâneur, elle ne se fend même pas d'un regard.

C'est déjà assez dur d'être ainsi offerte comme une marchandise à la convoitise des passants. Sa beauté figée de cariatide, sa froideur, son silence, contrastant si bien avec l'impudeur provocante des autres filles, attirent les rêveurs, les sentimentaux... Mais aussi quelquefois les pervers.

Cette fois, ce ne doit pas être le cas, bien qu'il faille se méfier des apparences, elle le sait par expérience. Celui-ci est bien mis, un bourgeois élégant, il s'avance, mine de rien, semblant flâner, l'air gêné, un peu crispé, puis il se lance vers elle et balbutie :

— Combien ?

Elle indique le tarif comme une enfant qui compterait sur ses doigts !

— D'accord, où ?

— Viens, fait-elle avec un mouvement du menton vers la rue en face.

L'un et l'autre absorbés par l'incongruité de l'instant, ils ne prêtent pas attention au pauvre bougre qui croise leur chemin.

Celui-ci pourtant s'arrête net et les dévisage avec stupeur.

Il vient de reconnaître l'homme distingué à qui il a dérobé la sacoche il y a quelques jours, place Gambetta.

Il avait bien compris, l'autre jour, en trouvant la photographie dans le portefeuille dérobé que leurs destins allaient encore se croiser, mais là... ils s'entremêlent !

Quel est ce fil mystérieux qui fait encore une fois se rencontrer leurs existences ?

Il n'avait pas prévu qu'il recevrait un deuxième signe si tôt, et ne sait comment interpréter ce pavé dans l'eau morne et glauque de son existence.

Il n'attendait plus rien. Il n'envisageait plus depuis longtemps que le vide comme avenir. Se pourrait-il qu'il n'ait pas achevé de remplir sa vie ? Ou est-il seulement en train de perdre la raison, de se fabriquer des histoires, cousues avec des bribes de son passé et son imagination attisée par la faim et les nuits d'insomnie ?

Au moment de pénétrer dans l'immeuble, l'homme élégant se ravise, l'insalubrité du taudis le fait reculer.

Comme il lui faut rapporter ses honoraires, au risque de devoir payer encore plus cher, à défaut de trouver des mots ou une phrase qui ne viennent pas, à défaut d'un sourire aussi, qu'elle a perdu, elle lève la tête et lui plante, jusqu'au cœur, sa seule arme, l'éclat de son regard de saphir, elle fait mouche et ils montent…

Peu m'importe qu'il soit gentil, c'est pour moi la même affaire, le voilà qui se dévêt et moi je ne suis déjà plus là, je flotte en dehors de mon corps, lâchement je l'abandonne, je vais le laisser se débrouiller pour simuler et faire son travail.

Pendant ce temps je regarde, par la fenêtre, le spectacle de la rue, en bas, que je connais par cœur et qui m'indiffère.

Je joue à imaginer des choses et à changer le décor, les personnages et les couleurs, j'invente, je me raconte, pour passer le temps, des histoires de petite fille.

L'homme exhibe un sexe vaniteux. Il précipite son étreinte. Il s'affaire en moi, transpire, geint, convulsif, étranger à la montée de mon mépris, indifférent à ma froideur.

Oublier ce corps sur le mien, ne rien sentir, ni le contact de cette peau étrangère, ni son odeur, ni ses frémissements. Attendre, stoïque, le spasme de sa délivrance.

Pendant qu'il se rajuste, j'aperçois en bas, sur le

trottoir, une silhouette, qui me paraît familière, attire mon regard : celle d'un vieil homme.

Il s'arrête devant l'immeuble et lève la tête vers la fenêtre d'où je l'observe, il me semble alors que nos regards se croisent, je suis perplexe et curieusement émue, car les regards que j'ai pu croiser depuis des mois m'ont tous laissée de marbre.

Puis l'homme s'en va, lentement, et mon cœur se met à battre plus fort sans que je comprenne vraiment pourquoi. Je voudrais crier, l'appeler, ai-je su son nom ?

Le visage de mon professeur me vient à l'esprit, mais je suis folle, c'est si loin l'Ukraine ! Je me sens tellement seule dans ce pays que j'en ai des hallucinations !

Une fois les accordailles conclues, voilà mon client tout penaud, embarrassé. C'en est un qui n'a pas l'habitude. Qu'est-ce qui a bien pu l'amener là aujourd'hui ? Quelle solitude ? Quel chagrin ? Quel drame conjugal ?

Il veut s'expliquer, comme se racheter. En se rhabillant, il bredouille quelques justifications que je n'entends même pas puis :

— Voilà, excusez-moi… Excusez-moi., répète-t-il. Pardon. murmure-t-il encore en laissant la porte entrouverte derrière lui.

Il m'a laissé trois fois plus qu'escompté, mais pas de pardon et pas de pitié, je n'en ai plus assez pour moi-même.

Je rafle les billets et dévale l'escalier, espérant rattraper le vieil homme aperçu de là-haut et qu'il m'avait semblé reconnaître.

La rue est déserte : il a disparu, je cours dans la direction que je lui ai vu prendre, en vain !

Je ne sais déjà plus si ma vision était réelle, tant il m'arrive de choses étranges depuis que l'on m'a enlevée.

6

Malik remâche sa colère comme un truc trop cuit. Il savait bien que ça finirait comme ça, une fois de plus, toute cette casse pour rien, on les a déjà oubliés,

« Pff, c'était même pas une révolte ! », se dit-il, c'était un coup pour rien. Encore un coup pour rien !

Il n'y avait rien de prémédité dans leur explosion de violence, ils n'étaient pas organisés, ils n'avaient pas prévu ces événements et ne les ont pas maîtrisés. Malik songe qu'il ne leur a manqué qu'un leader, un vrai. Aucune révolution ne se fait sans chef, mais eux n'ont personne.

Il n'est rien ressorti des bagarres dans les cités, des affrontements avec la police. La bulle médiatique qui les a entourés pendant quelques jours, laissant croire à certains qu'ils pouvaient se prendre pour des héros, s'est dégonflée, les laissant tous aussi démunis qu'avant, et plus abandonnés que jamais.

Malik lui, rêve d'autres combats, avec des objectifs, des luttes menées dans l'espoir de gagner quelque chose, une vie meilleure, un peu plus de justice, le droit de vivre, mais là, rien ! Ils n'ont rien obtenu !

Humiliés ! Voilà ce qu'il ressent. On les a seulement humiliés et traités de racaille.

Vers onze heures du soir, Malik racle un moment le bitume autour de chez lui avant de se diriger du côté de la place de la Victoire à la recherche d'autres compagnies, et dans le vague espoir de s'aérer les idées.

Sur la place, à la terrasse d'un café, il aperçoit, une vieille connaissance, un ancien de la cité, un qui se débrouille comme il peut, avec de temps en temps quelques démêlés avec la justice.

On dirait que ça va pour lui : bien sapé, le « Dany ». Ah oui : il se fait appeler Dany pour essayer de dissimuler ses origines, parce que Karim, c'est déjà un handicap ! Et aussi parce qu'il est fan de Dany Boon.

« Style ! Le Dany, se dit Malik : genre sport, mais de marque ! »

— Salut, Malik !

— Salut !

— Qu'est-ce que tu fous, mec ?

— Bof, fait Malik. Rien, je me fais chier.

Dany rigole :

— J'te paye un verre ?

— Ça roule.

— Alors, vous avez foutu le bordel dans le quartier, il paraît ? Y'a eu de la casse ?

— Ouais ! N'importe quoi !

— T'as pas pris ton pied, hein ? Tu m'étonnes !

— Je te dis : c'était nul ! Et puis, j'ai pas envie de parler de ça, ça me gonfle ! Mais tu sais, c'est pas parce qu'il n'y a plus de bagnoles qui brûlent que le feu couve pas encore ! Et quand il va se rallumer, ils pourront toujours sortir leurs putains de Kärcher, ça suffira pas pour éteindre ! Un beau jour, ça pétera pour de bon ! Je te le dis ! Et là, crois-moi, j'y serai !

Pour changer de sujet, ils échangent quelques bons souvenirs, du temps où ils faisaient ensemble des conneries, où l'amitié se nourrissait de cette complicité et de leur manque d'espoir.

Ils passent en revue les uns et les autres, ceux qui sont partis, ceux et celles qui ont mal tourné, ceux qui restent et pour qui c'est toujours pareil, un horizon indubitablement bouché.

Malik raconte :

— Je m'suis fait éjecter du bahut.

— Merde ! C'est dommage !

— Bof, tu parles ! De toute façon... J'aurais fait quoi ?

— Attends, t'étais fortiche, toi, à l'école ! Qu'est-ce qui t'a pris ? T'as foutu le bordel ou quoi ?

— Bof, à peine !

— Raconte, qu'est-ce qui s'est passé ?

— On avait un prof, franchement, les notes, c'était à la gueule du client. Ça m'écœurait quoi ! Alors tu vas voir, tu sais ce que j'ai fait ? Un tableau, avec toutes les notes de la classe. J'ai regroupé les notes de tous les élèves beurs ou portugos ou noirs, enfin tous les étrangers quoi, sur une courbe et tous les autres sur une autre courbe. Je te dis que c'était clair, la première courbe était vachement en dessous, le tableau je l'ai affiché un peu partout, le prof s'est senti visé, il m'a passé un savon ! Je l'ai traité de raciste, là, c'est pas passé. Conseil de discipline et tout ! Ils ont dit que depuis le début de l'année j'avais un mauvais esprit et que je cherchais à foutre le bordel : « élément perturbateur » ! C'est vrai que j'avais des arriérés ! Ma mère n'est pas au courant, j'ai intercepté les lettres.

— Eh bé ! c'est con ça !

— Mais je vais peut-être me tenter le bac quand même, en candidat libre. J'essaie de bosser avec Zora, à voir...

— T'es avec Zora ?

— Pas vraiment non, c'est juste comme ça. Une copine quoi !

— Bon bon bon.

Pendant quelques minutes, les garçons se taisent, sirotant leur verre, matant à droite à gauche, pensifs.

— Ben écoute Malik, moi… je me démerde. Alors si t'as besoin, des fois, j'aurais peut-être un petit job pour toi, et qui paye bien.

— Du genre ?

— Genre, euh… dans le commerce.

— Quoi comme commerce ?

— Bagnoles.

— Je vois, et la vente c'est tout bénef ? Tu risques pas de payer la TVA ou les impôts, hein ? T'avais déjà bien commencé avec les mobs ! Mais j'ai pas l'intention d'aller au trou, moi !

— Bah ! C'est sans risque, c'est du fastoche : fingers in the nose, sûr !

— Tu parles ! Non, Dany, ça me branche pas tes combines ! Je te connais !

— Comme tu veux mon pote ! Mais si t'as besoin de tune, viens me voir. On sait jamais. Tiens, voilà où je crèche !

Dany griffonne une adresse, un numéro de portable sur un coin de la nappe en papier qu'il déchire et tend à Malik. Celui-ci fourre le papier dans une poche de ses jeans. Dany se lève :

— Bon ben, moi j'ai rencard, je me taille, à plus ! Salut mon pote et cogite à ce que je t'ai dit !

— Bye ! répond seulement Malik.

Dany s'éloigne, levant encore le bras en signe d'amitié.

Malik se demande parfois si le seul moyen pour eux de survivre correctement ne serait pas d'emprunter un chemin de traverse, comme Dany.

D'ailleurs, autrefois il lui donnait de temps en temps un coup de main, ils se sont fait des mobs et des accessoires, mais il avait les chocottes, surtout par rapport à sa mère.

Malik se désespère, mais il ne veut pas aller en taule.

Un peu plus tard, ayant erré sans trouver personne avec qui tchatcher, Malik finit par se résoudre à quitter la place et sans le vouloir, ses pas désabusés le mènent vers les quais. Il va longer le fleuve pour faire durer encore un peu la nuit. Après, il rentrera.

Devant le *Colbert*[1], il remarque une fille, à demi assise sur un bloc en ciment. Une pute, sans doute, mais la fille paraît si jeune sous la lumière du réverbère, si petite et si fragile, qu'il est remué. Il voudrait s'en empêcher, mais fasciné, il ne peut décoller son regard de cette silhouette.

Il a juste le temps de la reluquer quelques minutes encore avec curiosité, et une voiture s'arrête, la fille s'engouffre à l'intérieur, alors qu'une autre descend et prend la relève.

Il repère alors un homme, genre clodo, qui semblait comme lui, épier la fille et la voiture, leurs regards se croisent, ils se dévisagent avec intérêt.

Le vieil homme, éclaboussé par la jeunesse de Malik, le contemple avec envie, tant il lui semble posséder du temps à revendre, à ne savoir qu'en faire.

Poussé par il ne sait trop quelle forme de désir de se lier avec le jeune homme, il lui adresse un sourire complice.

Malik, percé par le regard du vieil homme :

— Une pute ? fait-il, histoire de rompre la gêne.

— Un ange, réplique l'homme.

— Non une pute, insiste Malik.

1. Croiseur de la Marine nationale en service entre 1956 et 1991, il est converti en 1993 en musée à flot, et amarré à un quai du port de Bordeaux. Il est ramené en 2007 à Brest, pour destruction.)

— C'est ce que tu crois.

— Je crois ce que je vois, t'es clodo ?

— Pardon ?

— T'es SDF, quoi !

— Si tu veux, et toi ? Tu es quoi ?

— Je suis quoi, moi ? Et qu'est-ce que tu veux que je sois ! Je suis rien ! Mais alors rien du tout !

— Que tu crois. dit l'homme.

— Je crois ce que je vois, répète encore Malik agacé, puis il demande :

— Tu crèches où ?

— N'importe !

— Alors t'es SDF !

— Si tu veux !

— Je veux ! Je veux ! T'es pas contrariant toi ! Ben, je veux ce que je vois !

— Bien ! Et toi d'où viens-tu ?

— Du grand parc.

— Et qu'est-ce que tu fais ?

— Mais t'es de la police, ma parole ! Qu'est-ce que je crois ? Qu'est-ce que je fous ? Mais qu'est-ce que tu veux que je foute ? Pff ! De toute manière, y a rien à foutre ! On est tous pareil ! Rien à faire pour s'en sortir ! Moi, je sais pas quoi foutre ! Je sais rien foutre d'ailleurs ! Et toi, je te demande, moi, ce que tu fais ? Ce que tu fous ? Ou ce que t'as foutu de ta vie ?

— Non. Et si je te le disais, tu ne me croirais pas

— Sans blague ! T'es qui ? 007 ? Agent double ? Merlin l'enchanteur ?

— Ah là, tu brûles !

— Ouais… C'est pour ça que tu crèches sous les étoiles !

— Exactement !

« Il est frappé, mais sympa ! » se dit Malik.

— Alors comme ça, tu ne crois que ce que tu vois ? reprend le vieil homme.

— Ouais !

— Tu ne rêves jamais ?

— Rêver ? Mais à quoi ? Pourquoi faire ? Faut pas rêver chez nous ! Crois-moi, c'est mieux ! Parce que le rêve dans la cité, tu veux que je te dise ? Il est en vente, le soir, sur les parkings, dans les caves et dans les cages d'escaliers : en barrette, en cacheton ou en poudre, au choix ! Voilà, c'est ça le rêve ! Mais attention au réveil, là c'est plutôt cauchemar ! Moi j'ai essayé, merci ! C'est pas mon truc, ça. Alors tu vois moi, je rêve pas ! Je rêve pas ! insiste-t-il.

— Je ne te parlais pas de ce genre de rêve.

— Et quoi d'autre ?

— L'imagination, ça existe aussi !

— Pff ! Conneries !

— Trop terre à terre, mon petit. Il faut rêver sa vie, crois-moi, sinon on ne va nulle part. Un jour quelqu'un a dit : « Ton avenir dépend de la force de tes rêves ». C'est la vérité !

« Vraiment frappé ! » se dit Malik :

— Ta vérité, c'est pas la boutanche, Esdé ? dit Malik qui commence à avoir des doutes.

Silence.

— Esdé, ça me va, fait le vieil homme, négligeant l'offense, puis il dit :

— Viens demain vers dix-neuf ou vingt heures, si tu veux la voir.

— Qui ?

Économe de paroles, l'homme ne se donne pas la peine de répondre une lapalissade, il se contente de hausser les épaules et de lui dédier un sourire de connivence.

Malik a beau faire l'insolent, il a la gorge nouée : qui

d'autre s'est intéressé à lui ? Personne depuis longtemps.

Drôle de conversation ! Par moments, il dégoise ce type, avec son discours de voyageur éthylique, c'est sûr, mais son regard pétillant l'a, d'emblée, déshabillé à l'intérieur, lui coupant l'envie de « se la jouer », enfin, découragé « d'en remettre », comme il dit.

Malgré les cheveux sales et son air de looser, le visage buriné, ciselé par une existence tourmentée reste séduisant, il a une gueule ce mec et de la trempe.

Comme de nom, je n'avais pas
Et comme je n'existais pas,
Ils m'inventèrent un pseudonyme
Pour moi, pauvre bougre anonyme.
Esdéhef ils m'ont baptisé !
Me voila immortalisé !

7

Ce jour n'est déjà plus comme les autres, il n'a pas au réveil la même saveur insipide, plus ce goût de vomis, ce relent nauséabond d'ennui et de tabac froid. Surpris, Malik se réveille moins déprimé que d'habitude.

La nuit lui revient vite en mémoire, avec un intérêt qui l'étonne un peu et le remet rapidement sur pied. Il a pourtant bagarré pour trouver le sommeil, questionné par la soirée.

Il s'est tourné toute la nuit. Dany et ses histoires de bagnoles et de fric, ce clodo rencontré sur les quais…

Cet homme, tellement démuni, qui parle de rêve et d'imagination, dégage une empathie qui l'a ébranlé et lui a laissé une curieuse excitation.

L'image de la jeune fille à peine entrevue hier soir, lui revient avec précision et lui procure une impatience agacée.

« Stupide ! Se dit Malik, une pute ! Et qui parle même pas le français, je parie ! » En plus il ne l'a même pas réellement vue, à peine lorgnée quoi !

Malgré tout ce qu'il pourrait se dire de raisonnable ou de sensé, l'impression soudaine que le monde n'est plus tout à fait le même depuis qu'il a fait ces deux rencontres, s'impose, totalement extravagante. Le F3, la cité, les copains, Zora, Khadija, tout lui paraît plat et ordinaire.

Bref, ce matin Malik est gai et ce n'est pas rien d'être gai, ici, quand on n'a pas l'habitude. C'est un luxe, la gaieté, surtout une gaieté pour rien, inexplicable, insensée, une gaieté cadeau, tombée du ciel.

Il essaie de s'occuper, de lire ou travailler mais, comme c'est un état dont il n'a pas l'habitude, il n'arrive à rien, abusé par ses émotions.

Prendre l'air, voir un peu les copains ? Momo l'agace, ils se prennent la tête pour rien et les autres l'exaspèrent avec des histoires pourries de bagarres entre cités. Il les trouve gonflants, les copains, toujours les mêmes salades, les mêmes mots, leur vocabulaire, comme un code, ça l'énerve aujourd'hui plus que d'habitude. Ils ne peuvent pas parler comme tout le monde ? Français, putain ! Tout simplement ! Non ! Trop nuls !

Il les lâche et retourne attendre Zora qui rapporte les cours. Avec Zora, il trouve tout à redire, elle en fait trop, avec son côté élève studieuse, copine consciencieuse et dévouée, trop prévisible, trop appliquée.

Il ne cesse de la rembarrer, elle a les larmes aux yeux, il s'en veut, et recommence cinq minutes après. Elle ne pose aucune question, silencieusement, discrètement, elle rassemble ses affaires et se dirige vers la porte.

Malik est honteux, il court derrière elle :

— Zora, te fâche pas, allez va ! Excuse-moi, tu veux ? Je sais pas ce qui me prend, je suis un peu ouf aujourd'hui, allez, viens avec moi, on va aller taguer.

Ensemble, ils vont souvent dessiner, ils aiment déverser sur les murs, leur rage, leur colère, ou leurs attentes, raconter leur histoire sans la dire avec des mots. Ils ont leur mur rien qu'à eux et les autres le respectent.

Ils passent à la cave chercher le matos et se mettent au travail.

Très vite, Malik est absorbé, l'inspiration le transporte, il sort des couleurs inouïes, jamais vues : les noirs ne sont plus tristes mais mystérieux, les gris ne sont plus aiguisés mais argentés, les jaunes sont ensoleillés et les rouges ne sont plus sanglants mais éclatants, pourpres et passionnés, des formes si inattendues, si harmonieuses qu'ils en ont le souffle coupé. Ses dessins qui transpirent habituellement la violence et l'agressivité, respirent la joie de vivre et l'espérance.

Zora n'en revient pas, elle ne l'a jamais vu comme ça. Elle perçoit sans le comprendre l'état de trouble de Malik. Du coup, gêné par le sentiment de trahir Zora dont il devine l'interrogation, il se met à lui raconter la soirée, dans une bouffée d'allégresse et d'amitié. Heureux de se confier et de poser à voix haute toutes ces questions qui tournent dans sa tête depuis cette nuit, méthodiquement, chronologiquement pour que Zora comprenne bien les choses, il décrit sa virée à la Victoire, Dany et enfin ses rencontres sur les quais.

Il choisit soigneusement ses mots pour dépeindre l'atmosphère étrange qu'il a ressentie, la sympathie inhabituelle du personnage, la séduction de la fille.

Zora écoute attentivement, elle voit monter l'excitation de Malik, sans la comprendre ni la partager, un clodo et une pute, sur les quais, quoi d'étonnant ?

— T'es pas un peu à l'ouest, aujourd'hui, Malik ?

— Attends, tu captes pas ou quoi ? Il était *space* je te dis, ce SDF.

— T'as fumé, c'est ça ?

— Putain, Zora, j'ai pas fumé... Bah ! Tu piges rien, t'es vraiment terre à terre ! Laisse tomber !

Malik se remet à peindre, à dessiner toute sa fièvre sur le mur, il ne voit même pas Zora s'en aller.

8

Elle a passé toute la nuit à réfléchir : Les choses deviennent de plus en plus difficiles. Hier soir, Sveltana, une compagne d'infortune a été tabassée, elle est si amochée qu'elle ne tient plus debout. Mélancolía l'a cajolée une partie de la nuit.

Il faudra bien trouver une issue.

C'est étrange, elle a comme l'intuition que le secours pourrait lui venir de cet homme, dont elle a croisé l'autre jour le regard et qui, depuis, la suit et la surveille. Cette présence qui rôde vaguement le soir, autour d'elle, comme pour la protéger, l'intrigue. Il ressemble un peu à son professeur, peut-être est-ce seulement cela qui la rassure. Besoin de se raccrocher à quelqu'un ou à quelque chose ?

La voiture pénètre sur le parking du *Colbert*.

Elle le connaît par cœur ce croiseur, depuis qu'elle tapine dans ce coin, elle pourrait même, les yeux fermés, en faire une description très précise ou raconter tout ce qu'il lui inspire de la folie des hommes, de l'agressivité masculine, de la violence de leur sexe et de leur instinct belliqueux.

— Allez, la belle !

On la pousse hors du véhicule. Il est dix-neuf heures, il fait nuit déjà. Plus loin, sur le Pont de pierre, les réverbères sont allumés, la fraîcheur venue du fleuve est déjà tombée, elle a froid dans sa jupe ultracourte et sa veste légère.

Elle arpente le trottoir, elle scrute de toutes parts, désormais accrochée à cette idée comme à une bouée : le vieil homme viendra-t-il ce soir ?

Un client l'accoste et entreprend une négociation.

Mais tout à coup, comme elle s'est résolue à le suivre, le vieil homme surgit, il s'intercale entre la jeune fille et le prétendu client, il lui saisit le col et le fusille du regard. L'homme recule, nerveux et contrarié. Il semble hésiter puis renonce et s'éloigne sans plus insister face à la détermination et la menace qu'il a pressentie.

Mélancolía, incrédule, partagée entre incompréhension et reproche :

— Pourquoi avez-vous fait ça ? Pourquoi l'avez-vous fait partir ? interroge-t-elle, avant d'ajouter sans lui laisser le temps de répondre : et d'abord, qui êtes-vous ?

— Cet homme t'aurait fait du mal. C'est un pervers, je le connais ! Je l'en ai empêché, c'est tout.

— De quoi vous mêlez-vous ? Parce que vous croyez que je n'en vois pas tous les jours, des pervers ? Mais je ne vois que ça, des pervers, des gentils, des méchants, des dégoûtants, des distingués, des riches, des pauvres, mais pour moi, toujours pervers ! Pervers ! crie-t-elle emportée par la force d'une colère qui la surprend.

Elle qui n'a été que retenue et mutisme, afin de ne pas gaspiller son courage, se laisse maintenant aller, sans comprendre pourquoi, juste à cause de la présence de ce vieil homme qui lui rappelle vaguement quelqu'un, à pleurer sur son sort, à vomir sa révolte et son désespoir.

Elle bafouille, cherche ses mots, pour faire comprendre à cet inconnu la violence, les viols répétés, l'asservissement, la douleur du corps et la descente aux enfers, ce qu'elle n'a jamais dit à personne. À qui, d'ailleurs ? Et à quoi bon ?

Les mots, endigués il y a encore un instant, déferlent comme un torrent dont le barrage vient de céder.

Elle mêle les langues pour tenter d'expliquer, comment, par instinct de survie, elle s'est entraînée à se dissocier de son corps, à s'inventer une vie parallèle, à faire comme si tout cela n'existait pas. Au début, cette stratégie lui a permis de supporter, de tenir… Mais à présent, ce dédoublement lui devient insupportable.

Elle voudrait lui faire comprendre comment elle est devenue presque « immatérielle », plus de chair, cette chair qui la dégoûte ! Immatérielle ! L'impression de ne plus savoir respirer, ne plus avoir mal, ou froid, ne plus sentir la fatigue ni le sommeil ! Et pourtant, si harassée !

Le vieil homme ému, lui qui n'a pas eu de larmes depuis bien longtemps, aurait presque les yeux humides. Il ne s'attendait pas à recevoir une telle effusion.

Il cherche dans sa mémoire des paroles lénifiantes, il voudrait lui parler de l'espérance de la jeunesse, de la longueur de l'existence et des surprises de la vie. Mais il ne trouve que de pauvres mots, des mots minables et insignifiants, des mots sans ambition, qui n'ont pas d'autre but que de lancer un pont entre leurs deux détresses, ou juste de se défendre de toute indifférence.

— Il doit bien y avoir un moyen de te sortir de là ! On le trouvera !

Malgré le manque de conviction, le ton apaise la jeune femme. Il en est le premier étonné, à croire qu'elle n'attendait pas plus que cela.

Alors, encouragé, il se met, pour lui changer les idées,

à lui raconter des histoires, et comme le professeur, quand elle était petite, à lui décrire, avec légèreté, la beauté du monde. Il lui parle des endroits d'ici, qu'il connaît si bien, qu'il lui fera découvrir, un jour, au printemps ; de la nature qui peut soigner les hommes, pour peu qu'ils l'écoutent. Il évoque la tranquillité des dunes parsemées d'héliotropes sauvages, l'écume étincelante, l'odeur de la bruyère et celle des genêts, le murmure des vagues, et celui, ondulant, de la forêt de pins, le soir en été, quand les derniers rayons traversent les cimes.

Toutes ces merveilles qui valent bien d'attendre !

Il ne sait plus trop pour qui sont ces cascades de mots qui le grisent lui-même, il chavire.

9

Après avoir peint sur le mur comme un malade, Malik épuisé, ne sachant plus vraiment où il en était, ni ce qu'il devait faire ou croire, ébranlé par la froideur de Zora, craignant de s'être un peu enflammé, de s'être laissé aller à imaginer des trucs et que l'autre « pipeauteur » de SDF l'ait bien bluffé, avait donc décidé qu'il ne retournerait pas sur les quais.

Cette résolution avait fondu au fil des heures, de façon inversement proportionnelle à l'incontrôlable agitation qui l'animait, il finit donc par balayer ses hésitations et rappliquer.

Devant le *Colbert*, il les a repérés de suite, surpris car la fille a posé sa tête sur l'épaule de l'homme.

Au fond, il sait bien qu'entre ces deux-là, il y a quelque chose. Rien de malsain, mais il ne capte pas vraiment ce type de rapports, et puis, ce mec l'intimide un peu, trop sympathique !

Il ne sait pas comment les aborder, il hésite même à foutre le camp, mais ça y est, le vieux l'a aperçu :

— Eh salut, Malik, approche !

— Salut, Esdé !

— C'est… heu… Mélancolía, fait Esdé sans façon, pour présenter.

— Bonjour, fait Malik, un peu gêné.

— Bonsoir plutôt ! réplique Mélancolía avec malice.

Malik est époustouflé par la beauté de la fille. C'est pas une « cosmétique » celle-là ! Comme les filles trop fardées, qui se baladent dans la cité, et qu'il baptise comme ça pour rigoler avec les copains. Même pas de rouge à lèvres, nature, qu'elle est ! Juste des habits adéquats : courts, ultra-moulants, faut appâter le client ! Bien gaulée, d'ailleurs.

Il n'a jamais vu un regard comme ça : plus bleu, c'est pas possible ! Avec dedans des minuscules paillettes d'or et plein de larmes. Sa peau et ses cheveux lui paraissent être d'une incroyable douceur, il aimerait caresser ce velours, cette soie.

« Un ange », avait prétendu le vieux. C'est juste ! Un ange déguisé en pute.

L'idée s'impose, évidente et impitoyable, que désormais aucune fille ne pourra lui paraître jolie, il pense à Zora avec tristesse et l'oublie aussitôt.

Mélancolía, intriguée, en oublie sa colère, ce garçon la regarde avec des yeux transparents comme de l'eau, dont elle ne saurait dire si elle est bleue ou verte, si transparents qu'elle voit au-dedans. Il lui semble, avec son habitude de toujours tout dramatiser, qu'elle voit au fond palpiter son cœur. Elle rougit un peu.

— C'est Malik, dit Esdé.

Les deux jeunes avaient déjà oublié qu'il existait. Il comprend qu'il peut s'éloigner.

Malik cherche quelque chose d'intelligent à dire, ou au moins de pas trop banal, de pas trop nul, quoi… Mais tous les mots lui paraissent plats, dénués d'intérêt, il voudrait tout savoir de cette fille, tout lui demander mais il ne sait par où commencer.

— Je suis Ukrainienne. dit Mélancolía comme si elle l'avait deviné.

— Ah ?

— J'ai été enlevée.

— De force ?

— Bien sûr, quelle question...

— Par qui ?

— La mafia albanaise, je crois. Des gens qui m'ont vendue déjà trois fois.

— Putain ! C'est dur ? ose Malik.

— Plus que ça !

— Qu'est-ce que tu vas faire ?

— Je ne sais pas, le vieil homme que tu as vu tout à l'heure, il dit qu'il va m'aider.

— Et comment ? demande Malik, sceptique.

— Je ne sais pas encore, j'ai confiance. De toute façon, je n'ai personne d'autre, alors ! Et toi. D'où viens-tu ?

— Moi ? Ah oui ! D'ici... dit-il.

Supposant qu'elle s'interroge sur ses origines, il poursuit :

— Je suis à demi beur. Beur allégé, quoi !

— ...?...

— Beur ! Arabe quoi ! Ma mère est Marocaine, Berbère exactement, et mon père est... un glorieux inconnu ! Comme le soldat ! Sauf que je lui porterai pas de fleurs, c'est même lui qui me ferait gerber !

— Tu n'es pas Français ?

— Si... Enfin, il paraît, parce que des fois, je me demande... Je suis né ici, quoi ! Je n'ai même jamais vu autre chose que ce coin, jusqu'à l'océan et c'est tout. Je ne connais que Bordeaux, jamais foutu les pieds au Maroc, ni ailleurs... Mais des fois, je ne sais pas si je suis Français, tu sais ! Non, je sais pas d'où je suis, de nulle part peut-être !

Elle n'a pas tout compris, elle le regarde, un peu étonnée, amusée par le ton ironique et l'agressivité qu'elle devine, plus que par le sens du discours. Il continue :

— Des fois, j'ai envie de me casser voir ailleurs si c'est mieux... Et puis, bof ! j'ai peur que ce soit partout pareil !

Il aurait bien envie de lui parler de son quartier, de l'espoir qui s'est fait la malle, de leur vie de merde, mais franchement, ça lui semble maintenant déplacé, il n'ose pas se plaindre, il a trouvé plus malchanceux que lui.

Ils marchent côte à côte, deux adolescents comme les autres. Ils longent le fleuve, sans penser au temps qui passe et à ceux qui pourraient les voir. Absorbés par leur rencontre, une attirance réciproque, la soif de se connaître, ils se laissent aller au plaisir simple de découvrir l'autre.

Ils s'émerveillent de se comprendre, de se sentir bien ensemble, comme par miracle, puisqu'ils ignoraient tout de l'autre il y a seulement quelques instants et qu'ils ont la sensation d'arriver tous les deux d'une autre planète.

Dans leur hâte, emportés tantôt par la spontanéité, tantôt par la timidité, ils mélangent tout, leurs questions jaillissent en désordre. L'Ukraine, c'est si loin. Malik est curieux de savoir, c'est comment ? La révolution orange, ça devait être chouette ! Et Tchernobyl ? Ici, les HLM, les copains, le lycée, le manque, l'avenir qu'ils auraient rêvé.

Une seule chose dont ils ne parleront pas : c'est ce que subit Mélancolía, ce à quoi on la contraint chaque soir. Malik sait, elle sait qu'il sait et il sait qu'elle sait qu'il sait et c'est suffisamment clair ainsi entre eux, cette grande tache d'ombre.

Mais cette souffrance non dite, Malik se l'approprie

déjà. Toute injustice le harcèle, il se sent concerné. Il se sent responsable de cette fille dont il découvre l'existence. Leurs sorts diffèrent, mais ils se reconnaissent.

Il aurait une envie irrésistible de lui prendre la main, pour lui communiquer ce qu'il ressent, cette émotion confuse qu'il ne saurait expliquer, ce mélange de respect, d'apitoiement et de désir.

Sans avoir tout compris de son histoire, viscéralement, elle se sent de son côté. Elle a perçu la révolte qu'il porte en lui, cette rage au cœur et à fleur de peau.

Quelque chose les réunit, leurs instincts affilés et leur propension à côtoyer le malheur.

Des heures se sont écoulées. Ils s'en aperçoivent tout à coup et elle réalise, dans la panique, qu'elle a oublié ses clients, s'exposant à des sanctions qu'elle sait pouvoir être violentes.

Après ces quelques heures d'évasion, ils rejoignent en courant le parking du *Colbert* sans savoir ce qui pourra advenir. L'inquiétude les ramène essoufflés sur le parking.

Esdé est là, planté à les attendre, tranquille.

Sans un mot, il tend une liasse de billets de dix, vingt, et cinquante euros à la jeune fille, elle les prend sans façon et les enfouit sous son pull-over, puis elle murmure un « Merci » à peine audible, étranglé par la peur.

Malik se sent d'un coup vidé par le soulagement, les jambes molles.

Il ne se passe pas cinq minutes avant que la grosse berline noire ne pénètre sur le parking, embarque Mélancolía, laissant selon le scénario habituel sa remplaçante sur le trottoir.

— Ouf ! Il était temps !

— Oui, heureusement que j'étais là.

— Où t'as trouvé la tune ? dit Malik, un brin admiratif.

— Tu n'as pas besoin de savoir ! Mais tu sais, je ne suis pas Crésus, dommage ! C'était exceptionnel, il faudrait autre chose pour la sortir de là, parce que mes économies ne suffiront pas ! ironise-t-il.

— T'as un plan ?

Esdé soupire, accablé :

— Oh non, quel plan ? Je ne sais pas…

— Putain ! Esdé, t'es déchiré ! Qu'est-ce que tu lui as fait croire ? Elle compte dur sur toi !

— Je l'ai juste réconfortée !

— Réconfortée ? Réconfortée ! Tu parles ! Si c'est ça ton plan ! Mytho ! Que dalle, quoi ! C'est pipeau ! Mais elle y croit, elle ! fait-il, en colère.

— T'emballe pas, Malik. On va réfléchir, on trouvera bien un moyen. Allons, sers-toi de ton imagination !

— Putain ! Qu'est-ce que tu veux que j'en foute de l'imagination ? C'est elle qui t'a amené là où tu es ? Tu lui fais encore confiance à l'imagination ?

— Il faut bien, quand il ne reste que ça !

— Pff ! N'importe quoi ! T'es qu'un rêveur ! M'étonne pas que tu en sois là !

Sachant malgré tout qu'ils se retrouveront désormais un de ces soirs, comme deux compères associés pour la même cause, ils peuvent sans rancune, se quitter là-dessus, sans en dire plus.

Errant à la recherche d'un refuge pour la nuit, avec la lassitude et l'inquiétude qui l'étreignent, le vieil homme se laisse, au fil de l'eau, gagner par la nostalgie, ses souvenirs anciens et ses regrets reviennent lui jouer la romance. En plus, il y a cette photo, l'autre jour tombée du ciel, comme pour le torturer davantage.

Malik, se hâte de rentrer, pressé de se jeter sur son lit pour digérer les évènements, pour savourer ce qui lui arrive, pour penser à cette fille aux deux prénoms, pour goûter cette émotion nouvelle.

En fait, à peine arrivé, l'impatience du lendemain le brûle déjà, il n'est plus qu'un désir irascible, une envie de sa présence.

Il se repasse vingt fois le film, sans pouvoir trouver le sommeil, les mots qu'elle a prononcés, ses mimiques et son regard, il se trouve bête.

Il pense qu'il n'a pas pu lui prendre seulement la main, et se demande s'il osera demain.

« Un comble », se dit-il, il flashe sur une fille et c'est une pute ! Amoureux d'une pute et en plus — du délire ! —, il n'ose pas la toucher ! Si les potes savaient !

Amoureux ?

Le mot interdit ! Il l'a lâché. Il ne croyait pas que ce soit possible !

Ce mot proscrit dans la cité, rayé de leur vocabulaire, ce mot ridicule et abstrait, il le suce comme un bonbon.

Amoureux ? Faut pas pousser !

10

Depuis quelques jours, à la sortie du lycée, Étienne fait un bout de chemin avec Zora.

Étienne, c'est un coureur, un garçon frivole qui va d'une fille à l'autre sans jamais s'arrêter, comme s'il cherchait l'impossible.

Peut-être est-ce parce que Zora lui paraît inaccessible qu'elle l'intéresse, parce qu'elle est différente et parce que c'est un autre défi, mais c'est sans importance. Au lycée, Zora n'a pas beaucoup d'amis, d'abord parce qu'elle se sent plus mûre que tous les autres. Et puis, elle n'a pas vraiment le temps de cultiver les camaraderies, pas beaucoup d'affinités non plus et pas les mêmes préoccupations. Enfin, elle n'a pas le choix. Mais elle sait où elle va et c'est pour ça qu'elle tient.

Ce qui compte le plus, elle ne le dit à personne, c'est ce qu'elle fera. Elle a décidé depuis déjà longtemps qu'elle s'en sortirait, qu'elle ne se contenterait pas d'une vie comme sa mère, qu'on ne la marierait pas de force, qu'elle choisirait un métier et un travail, qu'elle serait un jour indépendante et libre. Trop sérieuse donc, concentrée sur son avenir, elle fait fuir tout le monde, on la trouve plutôt ennuyeuse, elle a une réputation d'élève zélée et lèche-cul, une vraie caricature ! Elle est d'un autre temps.

Étienne depuis la rentrée, patiemment, lui témoigne une amitié qu'elle a fini par accepter, puis partager. Au bahut, il est un allié. Elle se fiche pas mal des ragots et de la réputation d'Étienne, elle n'a pas peur, elle se sent assez forte, plus forte que lui, en tout cas.

— Je fais une fête, pour mon anniv', tu pourras venir ?

— C'est quand ?

— Le 15 décembre.

— Le soir ?

— Oui… Enfin, en soirée, à partir de 19 h 00.

— C'est un peu compliqué pour moi, je ne sais pas trop.

Étienne soupire :

— C'est pas vrai !… Tu sais que t'as le droit de vivre ?

— Tu ne comprends pas tout : si Malik venait me chercher ce serait peut-être plus facile, avec mes frères.

— Tu es en train de me dire qu'il faut que j'invite Malik ? Elle est futée celle-là !

— Oh ! tu sais, c'est pas gagné… Parce que, *monsieur*, c'est pas sûr qu'il accepte, vu qu'en ce moment, il est pas facile !

— Zora ! Tu peux pas laisser tomber un peu, non ! Malik, il cherche que les emmerdes ! Il s'est fait virer, et toi, il te mène en bateau… et puis quoi encore ?

— Attends ! Attends, il va pas bien, et je peux pas le lâcher.

— Oh ! ouais ! Mais qu'est-ce qu'il fout ?

— Ben, il bosse un peu quand même, je sais pas trop, à vrai dire, je le calcule pas trop en ce moment, et je m'inquiète !

— Il a du bol, lui ! fait Étienne, mélancolique, puis il reprend :

— Zora, tu viendras ?

— J'essaierai.

— S'il faut, emmène-le, ton Malik ! Mais viens…

— Si je peux !

Ils se séparent là dessus, Étienne troublé et surpris par ses propres émotions, Zora, pressée d'aller voir Malik, pas à cause de la soirée, mais parce qu'elle est réellement inquiète.

Depuis l'autre nuit, Malik ne se repose plus, il n'a plus qu'une idée en tête et ça vire à l'obsession : sortir cette fille, cette étrangère, de la prostitution. Il ne communique plus normalement avec son entourage, absorbé, monopolisé par cette pensée.

Zora débarque, comme chaque soir, dans son univers, elle arrive avec sa morale, ses cours, son pragmatisme. Et lui vit dans un rêve !

— Malik, il faut que tu bosses ! Et puis, il faut revenir au lycée ! Ça a assez duré, tu veux faire quoi au juste ? Je croyais que tu voulais le bac et t'en sortir, tu te souviens ? C'est ce qu'on se disait, qu'on s'en sortirait ensemble, mais là, je te comprends plus !

— Me cherche pas, Zora ! Me cherche pas !

— Mais si justement, je fais que ça : chercher à comprendre, mais je suis découragée !

Elle a la voix pleine de larmes, Malik est ému, mais comment lui dire qu'il est fou amoureux d'une prostituée et qu'il est prêt à tout… et à n'importe quoi.

— Zora, cette fille, je l'ai dans la peau, je n'arrive plus à penser à autre chose.

— Mais Malik, c'est une pute !

— Et alors ? Tu crois que c'est sa faute ?

— D'accord, d'accord… Mais tu vas encore te fourrer dans une sale histoire. C'est triste, mais je crois que tu ne peux rien pour elle, c'est impossible, c'est pas toi, un petit beur de cité qui va pouvoir jouer au prince charmant, réveille-toi, Malik ! Tu crois pas que c'est déjà assez dur comme ça pour nous ?

— Zora, je la sortirai de là !

— Pff ! mais c'est pas vrai, ce que t'es borné ! Et comment veux-tu faire ?

— J'ai une petite idée, je vais voir.

— Et bê, c'est une mauvaise idée ! Bon, on bosse ou quoi ?

— Bof ! Tu sais, le lycée, ils me reprendront pas, alors.

— Mais si, je te dis ! Seulement il faudrait que tu y mettes du tien, quand même ! Ça va pas se faire tout seul, évidemment !

— Tu m'emmerdes, Zora ! J'ai autre chose à faire.

— T'es malade ! fait-elle en sortant, en pleurs et en colère.

Elle se ravise et sonne à nouveau :

— Au fait, j'ai oublié, on est invité à une fête pour l'anniversaire d'Étienne, mais je suppose que ça ne t'intéresse pas ! lance-t-elle, agressive. Tu préfères la compagnie des putes, à présent !

Elle claque la porte sans lui laisser le temps de répondre.

Chez elle, ce n'est pas non plus la joie : ça braille, ça piaille dans ses jambes, comment faire ses devoirs dans ce bordel ! En plus, elle est révoltée de voir son frère aîné, le gros Rachid, se la couler douce, vautré devant la télé… Et toujours à la tourmenter, la harceler avec des questions stupides sur le lycée, les garçons… Depuis quelque temps, il fait même des allusions qui l'inquiètent et lui déplaisent, sur le fait qu'elle ne porte pas le foulard, ou que les filles n'ont pas besoin d'être instruites ni de travailler, etc. Elle voit bien où il veut en venir.

— Je vais t'avoir à l'œil ma petite ! Qu'est-ce que tu

fous à rentrer si tard, hein ? Avec qui tu traînes ?

— Mais j'étais chez Malik, tu le sais bien ! Oh, et puis j'ai pas de comptes à te rendre !

— Ah oui ? bê, c'est ce qu'on verra !

Entre ses dents il marmonne quelque chose que Zora entend à demi :

— Toujours à traîner avec les Gaulois, celle-là ! Si tu trahis, si tu salis l'honneur de la famille, ma petite, je te fais la peau et je te jette dans la Garonne !

C'est trop dur ! C'est vraiment trop dur ! Si seulement Malik était plus gentil ! Si seulement Malik l'aimait ! Mais pas de chance là non plus : il kiffe une pute !

11

Aujourd'hui, c'est un beau jour : l'ouverture des Restos du cœur. Ça signifie ne plus avoir besoin d'aller faire les poubelles ou les résidus de marché pour se nourrir, être sûr de manger régulièrement, c'est une compensation à la perspective de voir l'hiver s'approcher. On ne peut pas tout avoir, c'est donc le froid ou la faim !

Esdé ne manque pas l'inauguration, parce qu'il y retrouve des connaissances, perdues de vue pendant l'été, et puis surtout, l'ambiance y est chaleureuse. Alors cet élan de philanthropie lui remplit le cœur et, pour un instant, apaise sa solitude.

Il sait bien qu'au cours de l'hiver, les bonnes volontés vont s'user, se fatiguer, les tensions vont apparaître, les disputes, l'agressivité et parfois même la violence, mais pour le moment c'est la générosité, l'altruisme, l'amitié, et c'est cela qu'il est venu respirer, car c'est bien de cela dont il manque le plus.

Marie est là, bénévole fidèle au poste, elle connaît bien ses habitués, demande des nouvelles, à droite, à gauche.

— Comment vas-tu ? lui adresse-t-elle.

— Oh ! Je passerai pas l'hiver ! fait-il, surpris lui-même

par ses paroles, moitié pour rire, moitié pour se faire plaindre un peu, puisque c'est bien la seule personne capable de lui exprimer une compassion dénuée de toute forme de pitié ou de condescendance.

Marie le prend au sérieux, ses yeux traduisent l'inquiétude.

— Quelqu'un s'inquiète pour moi, enfin ! dit-il en riant.

— Tu devrais aller dans un centre, on peut t'y aider.

— Je n'en suis pas là, va ! Je rigole !

— Pas moi ! Bon, on verra ça sérieusement, hein ?

— Bah ! Moi, c'est une petite que je voudrais aider : une fille arrivée d'Ukraine. Je n'ai pas besoin de te faire un dessin, tu vois ce qu'elle fait ? Mais elle a été forcée, est-ce que tu sais s'il y aurait un moyen ?

— Oui : le nid.

— Le « nid » ?

— Une association qui s'occupe des prostituées... Attends, je vais te donner les coordonnées d'une personne, dis-lui qu'elle peut aller la voir de ma part, on la conseillera au moins.

— Merci, j'espère que ça va pouvoir lui servir. Je ne sais pas ce qui m'a pris, je lui ai promis de l'aider, quel pauvre fou je fais !

— Pense à toi aussi, à l'occasion. N'attends pas qu'il soit trop tard !

— Trop tard ? Mais, ma belle, il est déjà trop tard pour moi depuis bien longtemps ! Je ne me souviens même pas à vrai dire du jour où il était encore temps. Je suis le spécialiste des trains loupés, tu sais, des rendez-vous manqués, des opportunités perdues, des chances gâchées !

Il n'ose pas aller plus loin, et pourtant, il en connaît un rayon sur le sujet, avec toutes ses expériences de ratage, de fiasco, de revers, de déboires…

Mais ça ne l'empêche pas de penser aux autres. Il lui prend même quelquefois l'audace de vouloir les secourir, d'essayer de leur éviter le pire, en s'inspirant des leçons de ses échecs. C'est une distraction qui lui permet de justifier son existence et, s'il faut se trouver un prétexte pour ne pas se laisser crever de froid ou de faim, celui-là vaut autant qu'un autre, non ?

— Eh ! Luigi ! Je croyais que tu étais contre les Restos.

Il vient d'apercevoir au milieu d'un groupe, la silhouette atypique d'une connaissance : Luigi, un vieil anarchiste, allure d'aristo. Élancé, raide, avec pardessus, chapeau et écharpe, défraîchis mais qui se souviennent d'une élégance démodée. Ses cheveux blancs, longs, mêlent les boucles à la barbe mousseuse sans que cela fasse négligé. Luigi est contre toutes les œuvres de bienfaisance, affirmant qu'elles ne servent qu'à cautionner le système, à doser la pauvreté, à la maîtriser, juste pour empêcher qu'elle ne devienne une menace pour les riches.

— Moi ? Mais je ne suis pas là pour becqueter les miettes ! Je suis là pour voir des gens et pour m'exprimer ! Des miettes, on vous donne ! Et vous êtes là, à les ramasser !

— Des miettes ? Là, vous exagérez ! lance Marie en plaisantant, montrant d'un geste de la main le stock de cartons de nourritures.

— Des miettes, parfaitement ! réplique Luigi. Dites-moi un peu si cela a un sens de calmer quelques boyaux ? Épisodiquement d'ailleurs, parce qu'il y a des saisons, en plus, pour avoir la dalle ! Et de laisser des millions de ventres crever de faim ? Hein, est-ce que cela a un sens ? Non ! C'est toute la misère qu'il faut chercher à éradiquer !

L'homme s'énerve un peu.

— Tu as raison Luigi, mais tu sais, il arrive un temps où c'est plus simple que ça. Moi, c'est mon estomac qui commande, et il y a des années qu'il me tient lieu de cerveau ! Tu sais pas comment on m'a baptisé ? ajoute-t-il pour parler d'autre chose.

— Non ?

— « Esdé ». C'est chouette, tu trouves pas ? Esdé F, Esdé Fauché, Foutu, Fini, Flapi, Fatigué, Fourbu, Fichu !

— Esdé ? C'est de qui, cette trouvaille ?

— Oh, un petit gars assez déluré... Un gosse déjà en marge lui aussi, une boule de colère, enfin mal barré quoi ! Un gamin qui te plairait, tiens !

12

L'homme est revenu, il revient de plus en plus souvent, celui qui n'osait pas et qui s'était excusé, la première fois, d'avoir acheté son corps, l'homme élégant, poli, doux et gentil… et qui paye bien.

Chaque fois, il semble attendre un peu plus, un peu plus d'attentions, un peu plus de sentiments, on dirait qu'il s'attache, il se fait un peu paternel.

— Terrain glissant ! Danger ! lui a dit Sveltana. Attention avec ce genre de client, tu vas vers les ennuis… Et puis « ils » n'aiment pas qu'on ait des habitués tu sais ?

— Et pourquoi ?

— Oh, parce qu'ils ont peur qu'on leur échappe !

— Moi, ils me tiennent avec ma famille, ils disent que si je pars, ils se vengeront sur eux, là-bas ! Alors comment pourrais-je leur échapper ?

— Je sais bien, a soupiré Sveltana avec un geste affectueux.

Mélancolía n'est pas mécontente cependant d'aller avec cet homme, elle commence à le connaître et elle a ainsi moins d'inquiétude.

Ce soir, lorsque la voiture la dépose, il est déjà là, à

l'attendre sur le parking. Pour la première fois, il lui sourit et d'une commune entente, sans paroles, ils accordent leurs pas et traversent la rue.

Dans la chambre, l'homme dit que cet endroit est sordide et qu'il ne veut plus y venir, il lui dit qu'il trouvera un autre endroit où ils pourront aller ensemble, si elle veut bien. Il y a longtemps qu'on ne lui a pas demandé si elle « voulait bien », si longtemps ! Et même si la situation est faussée, même s'ils savent bien tous les deux qu'elle n'a pas le choix, elle lui sait gré de cette politesse.

Elle veut bien, oui, elle est d'accord, oui, pour la confiance qu'il lui inspire, pour éviter la peur et tout le reste.

Le cérémonial n'est pas bien compliqué, il n'est pas maniaque, elle en connaît de pires. Lorsqu'il a retiré ses sous-vêtements chics, il aime seulement s'exhiber et quand elle détourne les yeux, il la contraint à regarder, pour le reste, c'est assez classique. Il est rapide, c'est aussi un avantage.

Les yeux grands ouverts sur le plafond, pendant qu'il s'active avec des soubresauts haletants, elle voudrait essayer, pour une fois, de s'appliquer un peu, pour le contenter un peu mieux, mais elle ne parvient pas à refouler la montée du dégoût qui l'envahit.

L'escalade du plaisir de l'homme la conduit jusqu'au paroxysme de la répugnance. Elle est au bord de l'écœurement lorsqu'il se dégage, rassasié, dégoulinant.

Heureuse compensation, ce soir il lui donne beaucoup d'argent, une petite pointe de jubilation la picote et la console. Elle commence depuis quelque temps à y prendre goût, à cet argent souillé et douloureusement gagné.

Elle a décousu la doublure d'une manche de sa veste sur quelques centimètres et elle y dissimule, quand elle peut, des billets qu'elle met de côté en espérant qu'ils lui serviront le jour où elle recouvrera sa liberté. Elle commence à avoir un petit pactole et devra bientôt découdre, de la même façon, l'autre manche. Ce soir, elle pourrait en planquer plusieurs, des billets, mais elle a une autre idée.

Malik l'aperçoit de loin.

Il n'ose pas l'embrasser, il dit simplement :

— Salut !

— Salut, Maalik ? dit-elle en écorchant un peu son prénom, mais elle enchaîne : ce soir, je suis libre ! Et je t'invite, si tu veux. Tu veux qu'on aille manger quelque part ? Qu'est-ce que tu veux faire ?

— Euh. Je ne sais pas, fait Malik, embarrassé.

Il vient d'apercevoir l'homme qui l'accompagnait, il y a cinq minutes, qui monte dans sa voiture, garée sur le parking. Une grosse caisse. Il a vaguement l'impression de l'avoir déjà vu, ce mec. Certain, même. Mais où ?

— Tu as faim, toi ?

— J'ai envie de goûter la cuisine d'ici, tu sais que je ne suis jamais allée dans un restaurant ? Avant, j'étais gourmande… mais j'ai perdu l'habitude

— Ah ? et tu voudrais manger quoi ?

— À toi de me guider, je ne connais rien !

— Moi, je ne fréquente pas non plus les restos figure-toi !

— Bon, alors c'est bien, on va découvrir ensemble !

Les voilà partis au hasard, à la recherche du bon endroit. Restos maghrébins, restos chinois, thaï, italiens, mexicains, etc. Difficile de trouver de la cuisine locale !

— Mais c'est quoi, les spécialités d'ici ?

— En fait, je sais pas trop.

— Ah ? Mais tu n'es pas né ici ?

— Si si, mais je ne connais pas trop la cuisine, vu que

ma mère fait toujours de la cuisine traditionnelle du Maroc : couscous, tajine, boulettes… et tu sais le resto, moi, à part la cantoche de l'école… Mais là, pour les spécialités tu repasseras !

— Bon, alors on fait quoi ? dit Mélancolía qui n'a rien compris.

— On va trouver, va !

Ils arpentent la ville, lisant au passage la carte des établissements qu'ils découvrent, des plus chics aux plus ordinaires, s'amusant des mets qu'ils ne connaissent pas, riant des prix exagérés, indécis ou pas d'accord, mais infatigables.

Ils finissent par entrer dans une petite brasserie, à cause des rideaux rouges à carreaux qui font rétro et d'une bonne odeur qui s'échappe de l'endroit. En entrant, ils s'aperçoivent que l'établissement est plus chic qu'ils ne le pensaient. On les y accueille plutôt froidement. Mélancolía porte sans doute des vêtements un peu trop éloquents et Malik affiche une jeunesse, une condition modeste, peut-être même des origines suspectes et en plus, une décontraction provocatrice qui n'inspirent guère confiance au patron. Ce dernier n'ose tout de même pas les prier de partir, redoutant le scandale, il préfère donc assurer, tout en se demandant comment ces deux-là feront pour payer l'addition.

Les jeunes gens sont placés un peu à l'écart, ce qui les ravit, ils font néanmoins l'objet de la curiosité des clients, leur jeunesse, leur beauté doivent être émouvantes. Le mystère qui les accompagne, à cause du contraste entre l'étonnante ingénuité de la fille et ses habits provocants, fait d'eux le centre d'intérêt du restaurant.

On les épie, on chuchote. Quelques sourires indulgents, amusés, ou d'autres agacés, discriminants. Mais ils s'en moquent parce que, pour une fois, un petit nuage de bonheur les entoure : ils ont, à ce moment précis, le sentiment de posséder plus que tous ces nantis autour d'eux. La fragilité de l'instant, qu'ils n'oublient pas, ne les perturbe pas, au contraire, c'est comme une grâce.

Le repas est médiocre, ils ne s'aperçoivent guère de ce qu'ils mangent, ils choisissent les mêmes plats, tout est ordinaire, mais ils sont si gais ! Ils jouent à être un couple, font semblant de se chamailler, se moquent à voix basse de leurs voisins de table et puis la chaleur, le vin, modifient peu à peu l'ambiance. Mélancolía, un peu grise, se met soudain à lui parler de ces hommes et de ce qu'ils lui font subir, ses joues sont en feu, elle s'enfièvre. Le ton se fait plus véhément, jusqu'à s'exalter. Elle pourrait presque, à cet instant, se lever et, dans une crise d'hystérie, prendre ces gens à parti, dans ce restaurant, les rendre responsables de son sort, tous, et agresser la terre entière, cela tient à si peu !

Malik sent bien qu'elle est sur un fil et ne sait comment réagir.

Depuis plusieurs minutes il regarde cette main posée sur la table, une main de petite fille, minuscule et nacrée à côté de ses doigts basanés. Sans réfléchir, partagé entre la compassion et le désir, il effleure cette main et tente de l'emprisonner, mais la main se retire vivement.

Il est confus, honteux d'avoir transgressé cette entente, qui s'était tacitement instaurée entre eux, d'éviter les contacts physiques ; embarrassé d'avoir franchi seul cette distance qu'elle bardait comme un gage de respect, peut-être même une preuve d'amour.

Cette fois, il doit comprendre à quel point le moindre contact lui est devenu insupportable. Une immense tristesse les envahit, la certitude de passer à côté de leur adolescence, d'être volés, dépossédés de leur droit au bonheur et à la vie. À présent, ils étouffent dans ce bistrot, au milieu de tous ces gens normaux. Vite, il faut partir et retrouver dehors peut-être une bouffée de jeunesse.

Ils demandent à payer, le patron inquiet laisse apparaître son soulagement à la vue des billets, qu'il examine tout de même attentivement derrière le comptoir.

Souriant et satisfait, il les salue poliment.

Dans la rue, l'air froid de la nuit les saisit et la souffrance est encore plus grande de ne pouvoir se blottir l'un contre l'autre, d'ignorer la chaleur du corps de l'autre. Malik désire à en crever cette peau, cette chair.

— Je ne peux pas, dit-elle, je ne peux pas !

Sa voix est cassée par l'émotion. Malik est fou de rage, tout son corps est tendu, révolté.

— Si tu me touches, tu es comme les autres, ajoute-t-elle. Tu comprends ?

— Oui, je comprends, répond Malik, refrénant encore une furieuse envie de la prendre dans ses bras pour la consoler, de caresser ses cheveux, de réchauffer ses mains, débordant de tendresse. Bien sûr, qu'il a compris, et depuis les premiers soirs déjà, ressentant cette abstinence obligée comme une épreuve, un devoir crucial… mais ça le rend fou.

Comme ils approchent du parking, ils aperçoivent la silhouette sympathique d'Esdé qui, d'un coup, les réchauffe et leur rend un peu de vie :

— Comment ça va, les loulous ?

— On était au restaurant ! s'empresse Mélancolía.

— Ah ? Moi aussi ! ironise le vieil homme

Avec une volubilité forcée, Mélancolía décrit la brasserie, énumère tous les plats, Esdé raconte ses Restos à lui.

Ils marchent tous les trois, réunis par leurs souffrances, leur exclusion, solidaires par les mauvais coups de l'existence, estropiés de la vie, handicapés du destin.

Deux heures plus tard, sur le chemin du retour, Malik est repris par le blues de ses pensées, et ses accès de jalousie : il revoit la silhouette de cet homme sur le parking, il l'imagine sur le corps de la jeune fille. Une bouffée de rage le suffoque et soudain, un déclic : Il se souvient, c'est lui, l'homme avec qui, un soir, en novembre, avec ses potes du quartier, Momo en tête, ils avaient eu une altercation, du côté du Parc bordelais.

« Putain ! J'aurais dû me le faire ! »

13

Ce soir, en rentrant, Khadija a croisé Zora, qui depuis quelque temps semble l'éviter et qui ne vient plus à la maison. Elle lui a couru après pour la questionner, mais ces jeunes, s'est-elle dit, sont tous de mèche pour les bêtises et elle ne saura rien. Zora est partie, un peu gênée mais sans avoir rien dit. « Pourtant elle doit en savoir beaucoup plus » se dit Khadija :

— Réfléchis, Zora, ne le laisse pas tomber, empêche-le de faire des bêtises… Et puis reviens à la maison, non ?

— Oui, oui, fait Zora pressée de partir. Bonsoir, madame.

— Bonsoir, Zora, porte-toi bien.

L'entrevue n'a fait que renforcer l'angoisse et le désarroi d'une mère, et personne à qui se confier. Elle pourrait bien s'en ouvrir à ses voisines, mais elle craint le commérage et puis elle ne sait même pas mettre des mots sur son inquiétude, elle sent venir un danger qu'elle n'a pas encore identifié.

Elle monte lourdement les trois étages, entre et déballe ses provisions. On sonne à la porte, c'est Zora. Elle s'empresse de faire asseoir la jeune fille, impatiente d'apprendre ce qu'elle redoute déjà.

— Tu veux du thé ?

— Oui, je veux bien.

Puis elle lâche vite comme pour se débarrasser de ces mots :

— Je suis venue vous dire que Malik ne va plus au lycée.

Silence, Zora reprend :

— Il a été renvoyé !

— Renvoyé ?

Zora acquiesce en silence.

— Renvoyé, mais pour de bon ?

Faisant allusion aux exclusions temporaires qu'il a déjà subies.

— Cette fois, oui.

— Mais pourquoi ?

— Ben… fait Zora, évasive et qui ne veut pas aller trop loin dans cette trahison.

— Je me doutais bien qu'il y avait quelque chose qui n'allait pas… mais pas à ce point !

— Madame, ils peuvent le reprendre, ça, j'en suis sûre. C'était un bon élève et il y a des profs qui ne sont pas d'accord avec son exclusion, il faut faire quelque chose.

— Et comment ?

— Ben, il faut voir, peut-être que vous pourriez venir au lycée, mais il faudrait que Malik vienne aussi… J'ai une idée, je vais organiser une pétition pour qu'ils le reprennent, je vais la faire signer par tous les copains et je la porterai au proviseur, mais il faut d'abord que Malik fasse un effort !

Khadija soupire. Elle est accablée par le coup, découragée. Elle mesure à la fois l'enjeu et l'alternative, d'un côté la résignation, de l'autre la bataille à mener, une de plus…

Mais Zora se sent soulagée, délivrée d'un poids. « Après tout, c'est sa mère », se dit-elle.

— Merci, Zora, c'est bien que tu sois venue, je vais réfléchir et lui parler.

— Vous ne lui direz pas que c'est moi qui vous l'ai dit ?

— Tu ne crois pas qu'il va s'en douter ?

Zora rougit, c'est vrai, elle le sait bien.

— Ça ne fait rien alors…

Elle se dit, attristée, que ça ne change pas grand-chose puisque, de toute façon, Malik ne lui parle pratiquement plus. Le chagrin de la jeune fille n'a pas échappé à la mère, elle pose affectueusement son bras autour de ses épaules :

— Il a de la chance de t'avoir, voilà ce que je crois ! Et moi aussi je compte sur toi, parce que je ne sais pas trop comment ça va se passer avec lui. Tu sais en ce moment, on ne se parle presque plus, et d'ailleurs il n'est jamais là !

— Il faut qu'il revienne !

— Bien sûr, je vais essayer mais ça ne va pas être facile !

— Bon, je me sauve, vous lui direz que pour le rattrapage : c'est quand il veut.

— Merci, dit encore Khadija avec douceur.

La jeune fille partie, Khadija, assise à la table de la cuisine devant son panier de légumes, les coudes sur la table, la tête dans les mains, se laisse un peu aller… Pas besoin de larmes, juste un temps pour soupirer, évacuer par une petite soupape la trop grande pression, rattrapée encore une fois par cette sensation qu'elle connaît si bien d'avoir à se débattre, seule et affaiblie, dans un monde qui lui fait peur.

Elle se sent responsable du comportement de Malik et

de sa violence, elle se reproche tant de choses ! De n'avoir pas su le tenir à l'écart des mauvaises relations et de l'avoir laissé traîner, d'être toujours absente, de le laisser livré à lui-même depuis si longtemps, de n'avoir pas suivi son travail scolaire, de n'avoir jamais pu lui payer des vraies vacances... Bref, de tout ce qu'elle ne lui a pas donné, alors qu'elle aurait voulu la lune pour lui ! Elle se sent coupable et en même temps elle a la rage au cœur, l'injustice de leur vie la révolte. C'est un feu qu'elle étouffe depuis toujours, simplement pour pouvoir survivre et qui se ranime de temps en temps, quand un mauvais coup la rattrape.

Elle a aussi des élans de colère à l'égard de Malik, de toutes parts, elle se sent trahie.

La porte d'entrée claque et le bruit la fait sursauter.

Elle se concentre, s'efforçant de chasser de son visage toute trace d'émotion, de paraître froide et sereine, elle reste silencieuse.

Malik vient l'embrasser :

— Bonsoir, dit-il

— Malik, il faut qu'on se parle.

— Ça y est ! Je l'attendais celle-là ! De quoi tu veux me parler ?

— C'est toi qui as des choses à me dire ! Tu ne crois pas ?

— Moi ? J'ai rien à dire !

— Malik !

— J'ai rien à dire !

Contraint à la mauvaise foi pour s'en sortir, acculé à la fuite, il sort, claquant encore la porte.

14

Il lui faut berner sa mauvaise conscience, courir vers les quais, retrouver cette force qui le tenaille et justifie ses égarements, ce désir qui le dévore et absorbe toute sa raison.

Arrivé sur le parking du *Colbert*, il cherche la jeune fille et scrute toutes les silhouettes, mais elle n'est pas là. Il arpente la promenade qui longe le fleuve, décidé à l'attendre toute la nuit s'il le faut, ils ne se sont pas revus depuis le restaurant.

Au bout d'une heure, quand elle rapplique, il remarque de suite que quelque chose ne va pas. Elle se blottit contre lui, les poings serrés sur la poitrine, il n'en revient pas, il est pétrifié.

— Je n'en peux plus !

Il caresse doucement ses cheveux. Il avait tant rêvé de ce moment. Il fallait bien qu'il arrive dans leur histoire, avec le désespoir, le manque, pourtant il aurait préféré qu'il vienne autrement, dans une bouffée de jeunesse et de désir.

Elle relève la tête, se sépare de lui, déjà, écarte ses cheveux et découvre sa joue tuméfiée.

— …?…

— Une gifle. dit-elle.

— Qui ?

— Pff ! Sans importance, qui !

Il serre les mâchoires de colère et d'impuissance. Il gamberge déjà. Il fouille son esprit à la recherche d'une combine, il échafaude des plans, il est prêt à n'importe quoi.

— Bon, ça va ! Ça suffit ! Tu vas pas continuer comme ça, je vais trouver une solution pour te tirer de là.

La jeune fille secoue négativement la tête, montrant qu'elle ne croit pas cela possible.

— Écoute, j'ai un filon pour gagner des tunes, de l'argent quoi ! On va pas se gêner !

— Et qu'est-ce que t'en feras de cet argent ?

— Mais je te le donnerai, pour acheter ta liberté.

— Tu rêves !

— Ou alors on s'en ira, avec de l'argent on pourrait partir, aller très loin, ça te plairait de partir avec moi ? Où tu voudrais aller ?

— N'importe, pourvu qu'on soit à l'abri, loin, en Amérique ?

Il rit :

— Évidemment ! Je m'en doutais, en Amérique ! C'est grand l'Amérique ! Laquelle d'Amérique, d'abord ?

— Les États-Unis !

— Va pour les *States* ! Bon, écoute-moi, je vais voir ce qu'on peut faire. Je dois voir quelqu'un là. Allez, ne sois pas découragée… Fais-moi confiance, je te sortirai de là. Je reviens demain, d'accord ?

— À demain. répond tristement Mélancolía, dont l'envie de voyager vient brusquement de retomber en même temps qu'ils ont cessé de faire semblant d'y croire.

Il voudrait l'embrasser, mais il n'ose : le mur invisible les sépare à nouveau.

Il sait où trouver Dany à cette heure et se hâte donc vers la place de la Victoire.

Il descend la rue Sainte-Catherine qui s'ouvre sur la place, dans l'odeur et la fumée des chiche-kebabs. Dany est là, comme il le supposait, mais en compagnie de deux garçons qu'il ne connaît pas :

— Salut mon pote !

— Salut, répond Malik en s'asseyant à côté de son ami

On boit un verre, on palabre, mais Dany sent bien l'impatience de Malik, il lui chuchote à l'oreille :

— Qu'est-ce qui t'amène, mec ? T'as réfléchi à ma proposition de l'autre soir, ou quoi ?

— J'ai besoin de te parler.

— Bon, alors on y va. Salut les cops ! Allez viens.

Malik suit son ami dans le dédale de petites rues du vieux Bordeaux, jusqu'à un petit immeuble où se trouve son appartement. Ils montent quatre à quatre les étages et Malik découvre un joli petit studio, décoré et meublé avec goût, il siffle :

— T'es un vrai « beurgeois », ma parole !

— Bah ! Il faut bien s'en sortir... C'est ça ou crever ! Moi, j'ai choisi, mais j'étais pas doué pour l'école comme toi. Alors il faut bien faire quelque chose et moi, je préfère tirer les caisses des rupins plutôt que de fourguer de la dope aux gamins ! C'est plus propre ! Plus risqué aussi, remarque, mais quand même, plus *clean* ! insiste-t-il. Bon, allez ! assieds-toi et dis-moi ce qui t'amène.

— Bon ! Je vais tout te raconter depuis le début. D'abord, il faut que je t'explique : j'ai flashé sur une fille...

Il dit cela comme s'il était coupable, Dany éclate de rire :

— C'est qui la meuf ? C'est Zora ?

— Mais non ! Je t'ai déjà dit que c'était pas elle, non ! C'est une… heu, c'est une fille que j'ai rencontrée sur les quais, une fille de l'Est.

— Une pute ?

— Ouais.

— T'es barge ? Tu cherches les blèmes, toi ? Et qu'est-ce que tu veux au juste ?

— J'ai besoin de tunes… beaucoup de tunes.

— Oh la la ! Dans quoi tu vas te fourrer, toi ! Qu'est-ce que tu cherches ?

— Je veux l'aider à se sortir de… ça.

— C'est de l'utopie, mec !

— Écoute, je suis pas venu pour que tu me dises ce que j'ai à faire, OK ? Je suis venu parce que j'ai besoin de fric, point barre !

Dany, muet, perplexe, balance un peu entre l'apitoiement et la tentation de profiter de la situation. Il finit vite par balayer ses scrupules.

— Les affaires sont les affaires. Mais, quand même, fais gaffe. Je sais pas trop dans quel genre d'embrouille tu vas te fourrer, mais je sais que dans ce milieu, y'a des méchants, des très, très méchants. T'es pas taillé, Malik, t'es pas taillé !

— Bah ! Peut-être. Et pour ce que tu m'as dit l'autre soir, c'est encore possible ?

— Ouais, c'est possible. Mais si je t'affranchis, j'ai ta parole que tu marches dans l'affaire, t'as pigé ?

— C'est bon !

— D'ac… Alors on y va. Voilà, je t'explique : on se fait des virées en bagnole… Au fait, t'as pas le permis toi, remarque y'en a pas besoin, de toute façon, le principal c'est de savoir conduire une caisse.

— Attends ! Je sais pas conduire !

— Oh ! Je sais bien que t'es cap de conduire, je t'ai déjà vu à l'œuvre, et t'auras qu'à me suivre, ça ira. Mais, attends que je t'explique. Bon, on fait une expédition : étape un, repérage, on se planque et quand on voit passer une belle caisse — Audi, BMW, tu vois le genre —, on la suit, là, je sors un gyrophare que je colle sur le toit, on course la bagnole comme si on était les keufs, on force le mec à s'arrêter, on lui demande ses papiers et on le fait descendre. Toi, dans ma caisse, tu passes au volant, et moi je saute dans la sienne et je me tire, tu me suis et on se casse ! C'est du « *car-jacking* » mais en douceur, quoi. Moi, je ne suis pas pour la violence.

Malik reste muet, visiblement impressionné.

— Balise pas ! Je l'ai déjà fait, ça baigne ! Et je te file un pourcentage du bénéfice, c'est cool non ?

Quelques instants plus tard, Malik salue son ami, plutôt embarrassé, ce qui n'échappe pas à Dany :

— Allez mon pote ! N'aies pas peur, je t'ai dit, c'est sans risque, c'est bien rodé ! La fortune est à nous, tu verras !

Mais Malik n'est pas vraiment convaincu, il ne se sent plus du tout paré pour pareille expédition et n'ose plus faire machine arrière puisqu'il a donné sa parole. En plus, il sait bien que c'est du vent cette histoire de partir aux États-Unis, il n'a pas l'habitude de se raconter des salades.

Sur le chemin du retour, il a l'impression d'être redescendu sur terre et tout ça lui apparaît comme un fatras de complications irréelles, perdu, partagé par des sentiments, des désirs contradictoires, avec déjà, comme un sentiment d'être pris dans une inextricable toile d'emmerdements.

15

Ce jour d'automne plus terne que le béton, la ville et même le ciel sont comme Chloé, dilués dans cette grisaille.

La journée au lycée a été si difficile qu'elle n'a pu y rester. S'isolant au fil des heures, des cours, de tout, les autres lui sont apparus comme vivant dans un monde réel dont elle se sent étrangère. Eux vivants, et solidement implantés dans ce présent, apprivoisés, alors qu'elle, ailleurs, au dehors, ne parvient plus à intégrer la réalité, flottant dans un état étrange et douloureux. Leurs paroles et leurs gestes lui sont devenus insoutenables, comme la manifestation d'un univers tangible dont elle était exclue.

Vers quinze heures, n'en pouvant plus, sans réfléchir et sans savoir que faire, elle quitte le lycée pour respirer et retrouver peut-être au dehors, ne serait-ce que de manière fugace, le vague sentiment de sa propre existence.

Elle déambule, arpente les rues, sans but, sans se diriger, au hasard de ses pas, elle marche, elle marche pour fatiguer sa douleur, pour endormir son angoisse. Comme des danseurs, les passants sur les trottoirs vaquent vers de mystérieuses occupations. Ils dansent leur vie, elle danse son désespoir.

Que faire de sa peau ? Sale peau ! Elle n'en peut plus de se la traîner, si différente, inadaptée et insociable.

« Je voudrais être une autre. Savoir vers quoi me diriger, avoir un destin tout tracé. Ne plus me poser de questions. J'aurais voulu… Il est trop tard ! Pas la force de mes désirs ! Pas la force de me tailler une place, pas le courage d'être moi-même et pas envie d'endosser un rôle, pas eu le temps de sortir de l'enfance. »

Le monde lui paraît étourdissant et fou, ou quelquefois au contraire plat comme une limande et dénué d'intérêt.

Elle est tellement certaine de ne pas y trouver sa place ! Ce serait tellement plus facile de renoncer !

Elle traverse la ville, se retrouvant par hasard devant la gare, des tas d'arrière-pensées se baladent dans sa tête malade comme des mauvais papillons noirs.

Elle pense à cette fille, puisqu'on ne parle que de ça, à la radio, à la télé, au lycée, cette fille qui s'est jetée sous un train, dimanche. Ils disent que c'est inexplicable, qu'elle n'avait pas de raison… Des raisons ? Chloé sait bien que ce ne sont pas les raisons qui peuvent motiver ce geste fatal, c'est précisément le contraire, l'absence de raison, le néant, le vide abyssal.

Elle y pense sans arrêt depuis, elle se sent si proche d'elle, de cette fille, avec l'impression d'être seule à pouvoir percer son secret.

Sans préméditation, ses pas l'amènent à l'entrée de la gare. Elle est jolie, la gare, récemment ravalée, les pierres bien blanches. Le hall grouille de gens pressés, d'autres qui attendent, de bagages, d'odeurs de café et de départs.

Chloé descend par le tunnel et accède aux quais. Un train arrive, elle s'imagine se jetant dessous ! Elle frissonne d'horreur.

Le train s'arrête, des gens descendent, d'autres montent. Chloé les regarde, étonnée, ils vont, viennent, affichant une certaine assurance, un air de conduire leur vie, de savoir où ils vont. Comment peuvent-ils être autant absorbés par leur existence, aussi sûrs d'eux ? Ne savent-ils donc pas que ce n'est qu'un leurre, une absurde comédie, une loterie inhumaine ? Quel but poursuivent-ils ? N'ont-ils donc pas compris qu'ils ne font que semblant d'être ce qu'ils sont ? Elle, le sait.

Tout ceci lui paraît si énigmatique face à sa propre ineptie ! L'éternelle question tambourine une fois de plus : Vivre, est-ce faire semblant ?

Non, elle n'aura jamais le courage de se jeter sous les roues comme cette fille, dimanche, car elle déteste avoir mal. Mais elle pourrait monter dans ce train ou dans un autre.

Prendre un train, mais pour aller où ?

Ah ! Si seulement elle pouvait prendre un train ce soir, un train qui n'irait nulle part ou bien un train qui ne s'arrêterait jamais, qui ferait le tour de la terre, sans jamais s'arrêter. Elle, blottie dans un compartiment douillet, fuyant cette angoisse lancinante qu'elle aurait pour toujours abandonnée sur le quai.

Au bout d'une heure, fatiguée des trains et du bruit de la gare, convenant que les trains qui ne vont nulle part n'existent pas, elle quitte Saint-Jean et rejoint les quais de la Garonne.

Pour ne plus penser, marchant le long du fleuve, elle se récite mentalement des poèmes, des vers qu'elle a écrits, et des chansons de Barbara qu'elle aime. Mais voilà ce sont les plus sombres qui lui viennent :

Mourir pour mourir,
je choisis l'âge tendre.

Elle descend les quais jusqu'au Pont-de-pierre, elle traverse la rue et s'arrête un peu pour contempler la somptueuse place de la Bourse.

Elle s'arrête devant la fontaine des Trois-grâces qui l'émeut, comme toujours. La vénusté de ces silhouettes, la pureté de ces corps de femme, la perfection des lignes, l'élégance naturelle du port, mais l'aisance et la troublante simplicité des postures, des expressions… Est-ce cela, l'art ? Cette beauté humaine, si vivante, coulée dans le bronze, comme un instant éphémère devenu éternel ? Et cette douceur qui lui réchauffe le cœur ?

Alors, elle se sent brusquement transportée par une folle envie de mourir, ici, maintenant, pour la beauté possible du geste, sa réponse à elle à l'incohérence de la vie.

Elle qui se noie dans les méandres de l'existence, autant se noyer pour de vrai ! Elle aime l'eau. Plonger avec délice dans les remous de la Garonne, se laisser couler, entraîner au fond ou porter par le courant, partir avec la marée.

« Aurai-je le courage ? Vais-je aller jusqu'au bout ? Au moins une fois, la dernière, suis-je capable de suivre mon idée ? »

La détermination monte. Elle va le faire, basculer, s'en aller.

Elle pense à sa mère, au chagrin qu'elle aura, mais cela ne pourra la retenir. Pour son père, elle n'est pas inquiète, ses affaires l'accapareront un peu plus sans doute, et voilà. Effacée, elle sera effacée du monde, proprement, comme une erreur, ou un élément subalterne, un paragraphe facultatif, une chose pas vraiment nécessaire, bref de peu d'importance et qui n'aura pas laissé de traces.

Elle pense à tous ses amis : qui la pleurera vraiment ?

Comment fait-on pour ne pas nager ? Il ne faut pas réfléchir, sauter, c'est tout ! L'eau froide emplira ses poumons, engourdira ses bras et ses jambes, le courant l'emportera,

Maintenant, il faut trouver le bon endroit, pouvoir enjamber facilement le parapet sans en être empêchée par quelque promeneur, bien ou mal intentionné, selon le point de vue envisagé.

Le cœur suspendu, les jambes flageolantes, elle marche, comme dans un rêve, elle est déjà sur un nuage, elle longe le fleuve qui l'appelle et la désire.

Elle ne voit plus les gens qui la croisent, elle ne voit que l'eau. Alors, elle ne voit pas arriver ce garçon qui court sur la promenade et qui, emporté par son élan la heurte et manque de la faire tomber. Stoppé net, le garçon est confus, il lève la tête et sourit en murmurant des excuses.

Chloé n'a jamais vu un aussi joli sourire.

Le garçon remarque les yeux humides de Chloé, il bafouille encore, gentiment, des excuses, croyant être le responsable des larmes.

— Ce n'est rien, dit-elle seulement. Elle brûle d'envie de lui poser toutes les questions qui la taraudent.

Il redit quand même « Pardon », et repart, en courant.

D'un coup, Chloé s'aperçoit, étonnée, qu'elle n'a plus envie de mourir.

Le regard de ce garçon l'a dépossédée de son désespoir. Dans ce lagon, elle a puisé quelque chose qui l'a arrachée à ses pensées morbides. C'est comme si un coin du voile s'était soulevé, lui laissant enfin apparaître une petite étoile, un autre versant de l'existence qu'elle ne soupçonnait pas. Elle flaire une émotion inattendue et qui semble s'approcher de si près de la sincérité.

Les lampadaires du pont pleuvent une lumière de soir de fête.

Comme après une maladie, elle se sent rétablie, fébrile, bouleversée, palpitante, mais vivante !

16

Malik, interrompt un peu plus loin sa course, intrigué par cette fille qu'il a bousculée. Émouvante, elle avait un air de chat abandonné qui pique sa curiosité.

— Oh ! Esdé !

— Malik, je croyais que tu ne viendrais plus, je te présente mon ami Luigi. Luigi, voici Malik dont je t'ai parlé.

— Salut, petit ! marmonne Luigi dans sa barbe. Je ne sais pas ce qu'il t'a raconté à mon sujet, mais tu sais, il ne faut pas le croire. Oublie tout ça, va… Et puis, je ne suis pas un exemple à suivre, oh non !

— Bonjour, monsieur. Je sais seulement que vous avez des idées intéressantes sur la société, il paraît aussi que vous étiez prof de philo et que vous seriez d'accord pour me filer un coup de main pour le bac, mais bof ! Je sais pas si je vais me prendre la tête avec les études, pourquoi faire ?

— Discours défaitiste, belle excuse, tu veux donc rentrer dans le moule ?

— Quel moule ?

— Celui qu'ils ont prévu pour toi, voyons ! Chômeur,

délinquant, ou autre, tu vois ? Tu ne le savais pas ?

— Ah ! Ça alors ! J'avais pas prévu que vous me donneriez une leçon de morale, c'est un comble ! Et moi qui voulais…

— Tu voulais quoi ?

— Non, rien.

Ils entrent dans un petit bar sale et enfumé, c'est le QG de ceux qui ne sont pas, ailleurs, les bienvenus. Ils s'installent à une petite table et Malik repousse le cendrier puant.

— Demi ?

— Demi. Tu voulais nous dire quelque chose, Malik ?

— Ouais, c'est Mélancolía qui m'inquiète, j'ai promis de l'aider. Mais je sais pas ce que je dois faire.

— Ah ! Elle m'a dit que tu avais une idée.

— Ouais, mais c'est ça qui pose problème justement. C'est chaud comme idée, tu vois. C'est une idée qui peut m'emmener au trou !

— De quel trou tu parles ? ironise Esdé

— De la zonzon, pardi !

— Ah, je préfère ! Alors c'est pas si grave. Moi, c'est un autre trou qui me guette… Raconte, tu m'intéresses.

— Voilà, j'ai un pote qui pique des bagnoles de rupin et il veut m'enrôler, ça paye bien mais ça me fait flipper !

— Mmm… je comprends. Raconte voir, tu sais comment il monte ses coups ?

Malik explique tout, détaille le scénario, Luigi semble amusé. Mais, finalement, en hochant la tête, il dit sérieusement :

— Mon petit, ne t'embarque pas dans cette histoire ! Même si ça te semble bien ficelé, moi ça me paraît trop risqué… Et c'est moi qui te dis ça, moi qui ne suis pas un modèle d'honnêteté ! D'un point de vue purement moral, remarque, je ne vois pas d'objection, mais c'est pour toi que je crains.

— Je suis de cet avis aussi, Malik, ajoute Esdé. C'est un mauvais plan.

— Mais pourquoi ? Et puis, qu'est-ce qu'elle va dire ? Que je la laisse tomber ? Comment faire pour la sortir de là ? Tu vois bien qu'elle en peut plus, ça urge ! Faut agir ! Et pour agir, moi je ne vois qu'un moyen : le fric…

— Écoute, commence Esdé pédagogue. Te mettre dans l'embarras ne résoudrait pas son problème. Alors cesse de culpabiliser et essayons plutôt de l'aider autrement. Il doit y avoir d'autres moyens.

« Et eux, qu'est-ce qu'ils font, pour se sortir de la merde ? pense Malik. Alors, pour aider les autres n'en parlons pas ! »

En plus, ces mecs sont très mauvais dans le rôle du Paternel ! Pourquoi être venu leur parler de ce plan ? Il a cru que c'étaient des potes, mais non : pas la même génération !

Alors, précisément, parce qu'on lui dit le contraire, Malik sent fondre toutes ses craintes et ses réticences. Il y a les victimes, comme eux, les paumés, et les autres, ceux qui bagarrent comme ils peuvent. Lui, il ne veut pas faire partie des victimes.

Il sent grandir son audace et sa détermination.

— Merci, les mecs, j'ai compris, je crois que je suis prêt !

17

Dany est passé le voir pour le prévenir : c'est pour ce soir. Ils ont rencard à la Victoire en fin d'après-midi, depuis Malik se ronge.

Il n'est plus aussi sûr du tout, il a la trouille et il aimerait bien parler à quelqu'un, mais qui ? Zora c'est pas la peine : la leçon qu'il prendrait ! Et puis toujours les mêmes jérémiades, Zora n'arrête pas de le contredire.

Il s'efforce de ne pas trop réfléchir, décidé à y aller, sans parvenir à dominer son inquiétude.

Il descend lentement la rue Sainte-Catherine en traînant un peu les pieds et aperçoit, en arrivant devant leur café, Dany qui lui fait des grands signes :

— Assieds-toi, mec !

Malik se laisse tomber sur la chaise.

— Oh, ça va ? demande Dany, surpris et inquiet.

— Ouais, ouais ! jette Malik.

— T'es sûr ?

Agacé :

— Ça va j'te dis… Bon, on y va ou quoi ?

— Tu crois que ça va aller, Malik ? Hé ! je compte sur toi, moi ! insiste Dany.

Malik, agressif :

— Je te dis : *ça va* !

Les deux garçons se lèvent et sans plus rien dire, Malik suit Dany qui est de plus en plus alarmé par le trouble et l'agressivité de son ami. Ils descendent au parking, toujours sans un mot.

— C'est quoi, cette bagnole ? demande Malik qui s'en doute bien.

— Oh ! Cherche pas à savoir, il faut être incognito, et cette voiture ne laissera pas de traces, tu piges ?

Dany s'installe au volant et Malik à côté, ils sortent du parking. L'ambiance est tendue.

Le jeune homme est terrorisé à présent, il se dit qu'il a le cul dans une bagnole volée et que s'ils ont seulement un contrôle, ils sont cuits !

Dany allume la radio pour détendre l'atmosphère ; Malik ne peut s'empêcher de réfléchir : il se rend compte qu'il est sur le point de franchir une limite, de basculer dans un autre monde, de laisser de l'autre côté les rêves et l'espérance. Tout à coup, le lycée, les études avec Zora, les réprimandes de sa mère, même le modeste F3, lui apparaissent comme un lointain paradis qu'il regrette déjà. Sa peur grandit, il n'est pas prêt, il ne veut pas devenir un voyou comme Dany. Il se dit que c'est pas son truc, cette histoire, qu'il est complètement fou de s'être laissé entraîner dans ce guêpier. Mais il ne voit pas d'issue.

Ils prennent les boulevards, traversent Mérignac, puis s'éloignent de la ville en direction du Cap-Ferret, ils remontent la quatre voies sur quelques kilomètres, puis Dany ralentit et arrête la voiture sur un petit dégagement, bordant une voie de sortie :

— Là, mon pote, on mate le client !

Il explique alors méthodiquement son plan, détaillant le scénario. Il indique avec précision à Malik, ce qu'il devra faire, le moindre de ses gestes, envisageant toutes les hypothèses, reprenant point par point tout ce qui a déjà été dit, prévoyant, méfiant aussi, pas du tout certain des réactions de son ami.

Malik n'écoute pas vraiment, conscient à présent de se trouver au mauvais endroit, ne sachant que faire pour se sortir de cette conjoncture, il est gagné par la panique.

Dany parle pour meubler le temps, attendant sa proie : un véhicule de luxe, roulant de préférence en excès de vitesse.

— C'est l'heure des mecs pressés de rentrer au bercail sauter la bourgeoise !

Malik hausse les épaules. Il boude la remarque obscène supposée les faire rire et reste coincé, essayant plutôt de penser à Mélancolía, à ce qu'il lui a promis, pour se donner du courage : c'est pour elle qu'il s'est embarqué dans cette galère !

Il sait bien qu'ils ne partiront nulle part, il n'y croit pas, mais il se dit qu'avec un peu d'argent, il pourrait lui éviter de faire le trottoir quelque temps, peut-être même mieux, arrêter définitivement, pourquoi pas ? C'est pour ça qu'il est là ce soir, dans cette putain de bagnole !

Il ne parvient pas pour autant à retrouver la motivation, il se sent ridicule, trouve ce plan foireux, pense à sa mère et se dresse un tableau catastrophique des possibles conséquences.

— Y'a rien ce soir ! On va quand même pas tirer une poubelle ! râle Dany.

Il s'impatiente et Malik, lui, reprend espoir, souhaitant qu'ils rentrent bredouilles, remettant leur expédition à une fois prochaine dont il fera tout pour ne pas être.

Il s'écoule encore un moment avant que l'occasion ne se présente hélas : une jaguar, roulant à une vitesse excessive :

— Bof, j'aime pas trop les jags… Tant pis, on y va !

Aussitôt, Dany met le contact, pose le gyrophare sur le toit et entame la poursuite :

— T'es prêt ?

— Mmm… fait Malik, de plus en plus effrayé par ce qu'ils s'apprêtent à commettre

— Gaz ! jette Dany en écrasant la pédale.

À cette allure, il ne leur faut que quelques minutes pour revenir à la hauteur de la jaguar, dont le conducteur, ayant aperçu ses poursuivants et le gyrophare dans le rétroviseur, a déjà ralenti sa vitesse.

Dany effectue le dépassement en indiquant d'un doigt impératif l'arrêt immédiat au conducteur de la jaguar. Malik, capte au passage son regard dépité de gosse pris en flagrant délit, il a pitié et honte.

L'homme à la jaguar stoppe son véhicule sur le côté, Dany immobilise sa voiture juste devant l'autre :

— Bon, allez, passe au volant, souffle-t-il à son ami avant de descendre, tiens-toi prêt et tu traces derrière moi quand je te ferai signe !

Il se dirige vers la jaguar et prenant l'air qui convient dans ces circonstances, il commence à réprimander le chauffard.

« Putain ! On s'y croirait ! se dit Malik, observant la scène. »

Dany demande les papiers et, s'apprête à inciter l'homme à descendre de sa voiture, lorsque Malik surgit derrière lui, le bouscule, le saisissant par le bras pour le jeter en arrière, il lui arrache les papiers des mains, les jette dans le véhicule par la vitre ouverte, et s'exclame à la portière :

— Barrez-vous ! Ne descendez pas, c'est un piège ! Barrez-vous, putain !

Il tape sur le toit de la jaguar pour accentuer son

discours et pour accélérer les réactions de l'homme.

L'homme éberlué, obéit, démarre en trombe avant même d'avoir tout compris. Un peu plus loin, il s'arrêtera pour reprendre ses esprits et réaliser ce qui lui est arrivé.

Dany hurle sur le bord de la route :

— Je le savais pourtant, merde ! que t'étais qu'une dégonfle ! Putain, mais pourquoi je t'ai fait confiance ?

Il se prend la tête à deux mains :

— Mais qu'est-ce que je suis allé me chercher ce mec ! cette gonzesse, oui !

Fou de rage, il pousse violemment Malik, le jette par terre et lui décoche un violent coup de pied dans le ventre. Malik se plie sur la douleur. Dany revient à la charge, Malik se relève, tente de riposter mais d'un coup, son agressivité s'évanouit, il n'a plus de colère. Il esquisse alors un geste pour exprimer comme une sorte d'excuse, une invitation à la paix.

Cela semble décupler la rage de Dany qui cherche encore à frapper.

Cette fois, Malik esquive le coup, il saisit le bras de Dany fermement, le regarde jusqu'au fond des yeux, froidement :

— Ça suffit ! J'ai pas pu ! C'est tout, et c'est pas la peine d'en faire un plat. J'ai pas pu ! Je suis pas comme toi !

— C'est ça ! Ouais, *monsieur* a pas pu ! tu me le paieras, va ! Rappelle-toi bien ça : tu me le paieras !

Il n'ose plus frapper, mais lance un dernier geste menaçant avant de se détourner puis, monte dans sa voiture et s'arrache dans un burn enfumé.

Malik, s'assoit sur le bas-côté, épuisé par la scène et la tension de ces dernières heures. Un immense soulagement l'envahit. Il sourit, tout seul, pour lui, il sourit parce qu'il est libre et qu'au fond à présent il sait qui il est… ou, du moins qui il n'est pas.

Une voiture s'arrête alors sur le petit parking, la portière s'ouvre, la radio hurle. Sans remarquer Malik dans le noir, l'homme descend prestement, pour satisfaire un besoin naturel.

Malik se retrouve ainsi, assis par terre, juste au-dessous de l'homme débraguetté, prêt à lui uriner dessus, il explose de rire, l'individu confondu, stupéfait, se rajuste et remonte furieux dans son véhicule. Malik est secoué par un fou rire incommensurable, il hurle de rire, il se roule par terre.

« Dommage quand même se dit-il, il aurait pu me ramener ! Je suis où, moi, dans cette pampa ? »

18

À quatre heures du matin, Khadija ne peut plus fermer l'œil, Malik n'est pas encore rentré et, si ce n'est pas la première fois, cette nuit elle est inquiète, plus que d'habitude : il est si bizarre depuis quelques jours, elle sent rôder le danger sans le situer vraiment.

Enfin, sur le coup de cinq heures, elle entend la porte et elle respire. Elle ne peut s'empêcher de se lever, Malik a une drôle d'allure, elle l'examine, il est sale et semble exténué, son inquiétude se ravive.

— Ça va maman. rassure Malik

— Qu'est-ce qui t'es arrivé ?

— Rien ! Rien de grave je t'assure, fais-moi confiance, j'ai seulement failli avoir des ennuis, seulement failli ! mais c'est rien, il s'est rien passé, rien !

Il se sent si heureux, tellement soulagé, sa mère le sent, le comprend et ça l'apaise un peu :

— Malik, il va falloir qu'on se parle.

— Maman ! Pas maintenant, je t'en prie. Demain promis, si tu veux, mais là je vais me pieuter !

— Malik, tu vas pas continuer à vivre à l'envers, à te coucher quand je me lève et à rien faire de tes journées ! il faut que tu retournes au lycée ou alors tu cherches du travail, mais fais quelque chose de ta peau !

— D'accord, mais là j'en peux plus, je viens de me taper des bornes à pinces, alors laisse-moi me coucher.

Khadija décroche, comprenant qu'il n'y a rien à faire et Malik, harassé par sa folle équipée et son jogging nocturne improvisé, s'écroule dans un sommeil paisible.

Au réveil, la situation lui apparaît un peu plus compliquée. Cette nuit, il se sentait tellement soulagé de ne pas s'être fait complice d'un vol, content d'avoir échappé au pire... Mais ce matin les choses ne semblent plus aussi simples. Cet homme va certainement porter plainte, il pourrait le reconnaître, et Dany, que va-t-il faire ? Il ne va pas en rester là, il va vouloir se venger, certain !

Il réfléchit, il y a de l'amitié entre eux, est-ce qu'il peut compter là-dessus ? Il n'arrive pas à se faire une idée, il oscille tour à tour entre la perspective de devoir s'attendre à des représailles sévères et celle d'une indulgence amicale.

En tout cas, il ne regrette rien, ni sa virée de cette nuit qui lui a donné l'occasion d'explorer sa conscience, ni sa conduite, dont il se félicite.

D'ailleurs, Malik se sent du coup comme doté d'une peau neuve et propre, et l'envie de réintégrer la norme, la société. La marginalité ne lui dit plus rien, il a compris sa différence avec des garçons comme Dany, fragile comme une étroite frontière entre le salut et la désespérance. Il n'est pas tombé du mauvais côté, cela tient à peu de chose ! L'affection si forte de sa mère, peut-être, comme seul rempart... ou seulement le hasard. Un autre jour, un jour de colère ou de déprime, il aurait pu agir autrement et la piquer, cette bagnole...

L'appartement est vide et silencieux, Malik déjeune en songeant à Mélancolía,

Il a honte, honte de son sort, de sa liberté et de son impuissance.

Continuer à se lever et se coucher sans regarder tout ce qui va de travers, sans faire attention à rien… s'accommoder si vite du malheur des autres. Ça le révolte, ce laisser-faire, cette indifférence, cette résignation.

Enfin, il se dit qu'il faut qu'il arrête un peu d'y penser, comme les autres. Ça sert à rien de s'arc-bouter tout seul comme ça sur ses idées.

Il se sent acculé à son propre avenir, obligé de se prendre en main, d'avancer.

Khadija a raison, vivre à l'envers, ce n'est plus possible, il faut faire des choix.

Malik sait très bien que s'il ne retourne pas au lycée, il risque de le regretter toute sa vie, cependant la démarche lui paraît insurmontable.

Il lui faut l'aide de Zora. Elle ne vient plus à l'appartement depuis leur dernière dispute. « Je crois qu'elle est découragée » se dit Malik. Mais il doit pouvoir compter sur elle, parce que sans elle, il ne se sent pas le courage.

Il range le petit-déjeuner et met de l'ordre dans sa chambre, comme si ces habitudes qu'il avait perdues depuis longtemps lui permettaient de se retrouver, de se réconcilier avec lui-même. Il sourit tout seul :

— Putain ! J'assure !

La journée se passe entre réviser des cours, lire en grignotant, surveiller l'heure pour toper Zora à la sortie.

Cinq heures arrivent vite et Malik descend quatre à quatre les escaliers pour aller à sa rencontre, il attendra vers le lycée, mais un peu planqué quand même pour pas avoir la honte. Il ne tient pas à s'expliquer ni à répondre aux questions des copains.

Une demi-heure s'écoule et toujours pas vu Zora, pourtant tous sont sortis, curieux se dit Malik, elle n'était pas en cours ?

En revenant vers leur immeuble, il reconnaît, stupéfait, sa silhouette,

Il comprend pourquoi il ne l'a pas vue, c'est qu'il ne l'a pas reconnue, de loin : elle porte un foulard sur la tête !

— Zora !

La jeune fille se retourne, Malik a le cœur serré :

— Tu portes le foulard, à présent ?

— C'est mon frère, avoue Zora honteuse.

— Rachid ?

— Oui.

— Et toi, tu fais ce qu'il te dit ?

— Il m'oblige, je te dis !

— Il n'a pas le droit !

— Pff ! Il le prend, le droit !

— Zora, tu n'as pas à porter ce foulard si tu ne le veux pas. Réponds, tu es d'accord pour le porter ou non ?

— Bien sûr que non ! fait-elle vexée qu'il puisse en douter.

— D'accord ! Alors viens, je vais lui causer moi à ton frère !

— Malik, laisse tomber, tu sais comment il est, Rachid !

— Oui, c'est un con !

— Malik ! C'est mon frère quand même !

— C'est un con quand même !

Malik court en direction de l'entrée de l'immeuble et grimpe les étages jusqu'à l'appartement de la famille de Zora.

La jeune fille le suit, essoufflée et inquiète.

Rachid n'est pas là, il traîne dans la cité. « À la recherche sans doute de sa dose de shit », se dit Malik en colère. Je vais lui casser la gueule ! ».

Ça lui ferait du bien de passer ses nerfs sur Rachid, après ses aventures nocturnes !

— Rachid, en plus… Ça tombe bien, depuis le temps que je veux me le faire !

Il ne met pas longtemps à le trouver, il sait où le chercher, dans quelle cage d'escalier, quel coin planqué où se font les échanges et où traînent les mecs pas nets. Il siffle l'air convenu entre ceux d'ici, on lui répond, il s'avance et crie :

— Rachid, viens là voir un peu !

— Dis donc qu'est-ce qui te prends de me parler comme ça, toi ? Ça va pas non ?

Malik s'approche, débordant de colère !

— Non ça va pas, non ! Mais c'est toi qui vas pas bien ! Tu vas laisser ta frangine tranquille et si elle n'a pas envie de porter ce putain de foulard, elle le met pas ! Compris ?

— Mais de quoi tu te mêles, toi ? C'est pas ta sœur ! Ça te regarde pas !

— Si, ça me regarde, d'abord ta frangine et moi, on est comme frère et sœur, ensuite c'est une question de principe. Mais ça, les principes… ! Ça m'étonnerait que tu comprennes !

— Prends-moi pour un con !

— Mais oui ! Je te prends pour un con !

Là, évidemment, Malik se dit qu'il l'a cherché, le coup est parti. Rachid est costaud mais Malik est agile, il fait un fauchage qui jette Rachid à terre, puis le menace du poing :

— Tu lui fous la paix, compris ? Sinon, t'auras affaire à moi, espèce de bon à rien. Tu ferais mieux de t'occuper à te remuer le cul, plutôt que de faire chier le monde ! Allez salut, et fais bien gaffe !

Malik, satisfait, retourne vers l'appart et croise Zora, qui, affolée tourne en tous sens pour les trouver :

— C'est réglé, Zora, tu peux ôter ton… machin.

Zora ne répond pas, honteuse, gênée, mais heureuse que son ami soit intervenu, elle rentre chez elle, le cœur un peu content.

19

Depuis qu'il a volé ce portefeuille, il n'a plus de paix, « C'est bien fait ! » se reproche-t-il avec une pointe de dérision pour reprendre la main.

Pour se moquer, il fredonne *Mais où sont les neiges d'antan ?* De l'ironie pour se tirer d'affaire, mais rien n'y fait, le désir monte chaque jour, jusqu'à l'insupportable obsession : la revoir.

Sa vie en lambeaux, la déchéance, tout l'indiffère et tout s'efface devant cette évidence : une fois, une dernière fois, la revoir et savoir en même temps si la vie a un sens, si le désespoir a un sens ou si l'amour qui l'a conduit à saccager son existence n'était qu'un leurre de plus, une illusion ou peut-être même un prétexte ?

Le temps des regrets est passé, voilà celui du bilan, savoir où est la vérité. S'il a tout gâché pour rien, s'il s'est raconté des craques où si la force de cet amour était si puissante qu'il est légitime de s'être laissé par lui écraser.

Même s'il doit en crever, il lui faut une réponse, une manière comme une autre de fermer la boucle, comme si le destin — qui n'existe pas — lui donnait l'ultime occasion de peser son existence, ultime vacherie !

Mais où trouver le courage de plonger dans le passé ? De raviver la douleur ?

Mangé par les souvenirs, ses pas nostalgiques le conduisent spontanément vers les quais, à la tombée de la nuit, dans le vague espoir d'apercevoir Malik.

Il lui semble possible, lui qui n'a jamais partagé ce secret avec personne, de se confier à ce jeune garçon, peut-être pour prendre du recul, pour tester sa force et sa motivation, pour avoir cet avis extérieur, qu'il sait pouvoir être à la fois amical et objectif, sans concession, mais aussi parce qu'aujourd'hui, face à cette situation inattendue, il se sent incroyablement seul, plus seul que jamais, et qu'il a désespérément besoin d'aide.

Malik ne traîne pas par là ce soir, Esdé sait où, peut-être, le trouver dans la cité.

Après avoir fait quelques rues, quelques parkings, interrogé quelques jeunes, il finit par trouver un petit gamin qui lui dit savoir où aller chercher Malik.

Esdé patiente un petit quart d'heure avant de voir arriver Malik, plutôt surpris :

— Esdé ? Qu'est-ce que tu fous là ?

— Je te dérange ?

— Mais non ! Qu'est-ce qui t'amène ?

— Oh ! rien de spécial, j'avais seulement besoin de te voir et de parler avec toi.

— C'est cool, ça tombe bien, moi aussi, j'ai des trucs à te raconter. Tu te souviens, je t'avais expliqué le plan, avec mon pote Dany qui tire des bagnoles, et bê… je suis allé avec lui, l'autre soir. On a stoppé une jaguar pour la tirer, mais j'ai tout fait foirer, je te dis pas l'embrouille ! Au dernier moment, alors qu'on allait la piquer sans problème, je sais pas ce qui m'a pris, j'ai pas pu faire ça. J'ai dit au mec de se barrer, et il s'est barré à toutes pompes, avant que Dany ait pu lui piquer sa caisse ! Marron, le Dany !

Mais maintenant je flippe à mort des représailles : déjà j'ai pris une raclée et c'est sans doute pas fini ! En plus, le type de la bagnole, il m'a vu. S'il porte plainte je suis bon !

— Encore faudrait-il qu'on te retrouve, et même dans ce cas, il ne peut pas t'accuser : c'est le contraire, non ? Tu lui as plutôt sauvé la mise, d'après ce que tu me racontes.

— Mmm... Je suis pas sûr que les flics le voient comme toi, trop contents de me tomber dessus ! Je ferais un coupable idéal, tu vois : j'ai le profil, la couleur de peau qui va bien, le prénom aussi, tout quoi ! Et j'ai pas les moyens d'un avocat moi ! Et ma mère ? Je te dis pas, elle en serait malade !

— En tout cas, tu as bien fait de ne pas t'embringuer dans cette affaire et c'est ce qui compte, mais au cas où, tu devrais peut-être en parler à ta mère.

— Ah ça non ! Je vais pas l'emmerder avec ça si ça sert à rien.

— C'est toi qui vois !

— Bon, mais toi ? Qu'est-ce que tu me voulais ?

— Oh... Finalement, je ne sais pas si je vais t'emmerder avec mes vieilles salades, ce soir ! C'est un peu ridicule.

— Bê, ça me changerait un peu de mes salades pourries ! rigole Malik.

— Oui, mais moi, si c'est aussi une histoire qui commence avec un vol ça va te sembler de la romance ! Du sentimental ! Du « sirop » comme tu dis ! Tu vas rire ! Et peut-être je ne le supporterai pas.

— Oh ! Allez ! Fais pas ton cinéma... Si t'es venu jusque-là pour me parler — je me demande bien pourquoi — alors parle, maintenant.

On ne peut pas comme cela, résumer une vie en quelques mots, sur un parking. Une vie avec toutes ses erreurs, ses troubles, sa part du hasard, celle de la faute, de la maladresse ou de l'aveuglement. Esdé s'en rend compte et une énorme lassitude l'écrase soudain, il ne sait plus quoi dire.

Malik perçoit le désarroi de son ami et se dit qu'il ne peut l'abandonner ce soir :

— Bon, ça va. Tu m'attends cinq minutes ? Je monte chez moi et je reviens. On va faire un tour après, ça te va ?

Esdé approuve de la tête, c'est bien ce qu'il lui faut.

Un moment plus tard les deux hommes s'en vont, silencieux, d'un pas qui les conduit du côté du bassin à flots :

— Les bateaux, ça m'a toujours fait flasher, dit le jeune homme.

— Moi aussi, j'aime les bateaux, répond simplement Esdé.

— C'est quoi ton prénom ? fait Malik.

— Esdé, non ? C'est pas toi qui m'as baptisé ?

— Ouais, mais non ! À présent, ça daille ! C'est comment ton vrai prénom ?

— Pierre.

— OK... Ça te va bien, Pierre.

Ils font ainsi les cent pas sur le quai, découvrant, observant, échangeant leurs rêves de voyages, de grand large, de traversées, de coups de tabac et d'îles paradisiaques.

Au bout d'une heure de paroles banales et légères, de silences apaisants, bref, au bout d'une heure d'amitié distillée, Pierre, réconforté, se met enfin à parler.

Ces mots enfouis, retenus depuis si longtemps qu'il les avait oubliés, quelque part au fond de ses entrailles, jaillissent, lourds comme des pierres. Raconter sa jeunesse, les trahisons, les retrouvailles, les déchirures. Dépeindre leur génération d'après la guerre, assoiffée de liberté, bousculant les principes et renversant les valeurs en voulant faire tomber les tabous ! « On ne fait pas d'omelette sans casser des œufs » disaient-ils. Et puis les virages de leurs existences, mal négociés, ils s'étaient à nouveau perdus, sans le vouloir, ayant chacun acquis la certitude qu'ils étaient inéluctablement faits l'un pour l'autre et que des liens indéfectibles s'étaient noués au cours de leur jeunesse, mais sans l'empêcher. Rien que de très ordinaire, louper le coche, c'est assez commun.

— J'ai commencé alors une longue collection d'aventures, de liaisons… Je me suis même marié, mais ça n'a pas marché. Ensuite je suis allé toujours plus loin, j'ai cherché à détruire, chaque fois que j'entamais une relation, jusqu'à ce que je finisse par me détruire moi-même ! Comme si c'était au fond cela, la finalité. Pourquoi ? Je ne savais qu'une chose, pendant toutes ces années de souffrance et de galère, une seule évidence : j'avais tout perdu, je me suis mis à le croire et cette obsession s'est mise à me dévorer comme un absolu. Je ne sais plus aujourd'hui si c'est du délire ou la réalité. J'ai fini par boire pour tenter d'oublier et j'ai dégringolé plus bas. J'ai arrêté de boire mais j'avais perdu mon travail, perdu les pédales aussi… Enfin bref, tu vois la descente, quoi. Je n'avais pas encore pris la mesure du danger que j'étais déjà sans ressources et le temps d'en prendre conscience, j'étais à la rue.

Cette émotion, jamais livrée mais libérée ce soir, vibrante et un peu folle, alourdit le silence qui s'installe durant un moment.

Malik se sent un peu gêné, l'émotion qui lui serre la gorge ressemble trop à de la pitié. Et la pitié, il n'en a pas l'habitude et il n'aime pas ça. Il n'a pas l'habitude non plus de ce genre de confidences, les histoires d'amour, c'est un truc de jeunes, et là, c'est trop !

Une dégringolade pareille juste pour une meuf ? Il a du mal à gober ce roman. Mais c'est un ami, alors, respect !

Et puis, après tout, Esdé, s'il a envie de se la jouer, il a le droit, et ça le regarde, alors c'est sûrement pas lui, Malik, qui lui dirait le contraire.

Pierre reprend son récit, changeant de ton :

— Tu vois, la vie m'a encore joué un drôle de tour, fait-il, un peu sarcastique, l'autre jour, je pique la sacoche d'un mec et devine sur quoi je tombe ! Sa photo !

— Sa photo ?

— Une photo d'elle... je n'y crois toujours pas !

— Sûr ! Tu me la montres ? Allez, fais voir !

Esdé hésite un peu puis sort de sa poche la petite photo :

— Pas mal ! siffle Malik.

— Depuis que j'ai piqué cette sacoche, c'est à nouveau l'enfer ! En plus maintenant, je sais où elle habite, forcément : il y avait leur adresse, dans les papiers. Et donc, ça me ronge, je ne pense plus qu'à ça, aller la voir... Seulement, tu as vu mon allure ? Tu as dû remarquer, non, que je ne passe pas inaperçu ? Alors, je voudrais seulement la contempler de loin, sans qu'elle me puisse me voir, tu piges ?

Malik se dit qu'en effet il commence à piger.

— Je voudrais la voir, ou au moins l'apercevoir, pour savoir.

— Pour savoir quoi ?

— Pour savoir si j'étais fou, tiens !

— Qu'est-ce que ça peut foutre ?

— Bon, d'accord... Mais j'aimerais savoir ce qu'elle est devenue, comment elle a pu vieillir, confronter mes souvenirs à la réalité... Mais j'ai peur...

— Tu as peur de quoi ?

— Oh de tout... D'être déçu, plus encore de m'être trompé ! D'avoir vécu sur un mirage, une excuse à la déchéance, peut-être un alibi ? Tu vois ça ? Mais peur aussi qu'elle me voie, tu comprends ? Qu'elle découvre ce que je suis devenu, et ça… ce serait moche.

— D'accord, je crois que tu te compliques trop, si ça te démange tant que ça, t'as qu'à aller la reluquer en loucedé.

— Ouais, mais c'est ça mon problème : pas présentable, trop repérable.

— Si c'est que ça, je vais le régler ton problème.

— Impossible !

— Tu veux rire ? C'est déjà fait ! Bon, écoute-moi, je vais te trouver des fringues, des godasses correctes et tu pourras y aller sans risque, tu passeras inaperçu et tu pourras la voir.

Il est tenté, hésitant encore.

— Là, t'as plus d'excuse ! affirme Malik pour enfoncer le clou.

20

Ce matin Khadija est légère, heureuse comme ça ne lui est pas arrivé depuis longtemps, heureuse et rassérénée. Malik a fini par réintégrer le lycée, pas sans mal, mais ils y sont arrivés. Zora les a bien aidés. À présent, elle pense fortement qu'il sera sérieux jusqu'au bac, elle y pense tellement à cet examen, comme une consécration, elle sera fière. Elle ne vit plus que pour la réussite de son fils, c'est le but, le sens de sa vie, comme une compensation à tous ses échecs. Après tout, elle, qui n'a pas vécu, elle peut bien s'arroger le droit de vivre par procuration, n'en déplaise au psy qu'elle a entendu un jour à la radio, et qui ne sait rien de la difficulté de vivre des gens comme Khadija. La psychologie, c'est un truc pour les riches, il faut du temps pour y penser.

Elle a pris une décision. En secret, elle s'est décidée à acheter un ordinateur, parce qu'elle a bien compris que c'est un outil indispensable et parce qu'elle ne peut supporter l'idée que Malik aurait moins que les autres et qu'elle l'a souvent entendu râler de ne pas en avoir un. Si les économies ne suffisent pas, elle fera un crédit.

Pour cette entreprise, elle a sollicité l'aide complice de Zora, car elle n'y connaît rien et a besoin d'un guide. De plus, Zora non plus n'a pas d'ordinateur à la maison et elle pourra ainsi en profiter. Elle passe prendre la jeune fille et elles s'embarquent gaiement dans la vieille Clio.

Zora connaît un vendeur qui recycle des ordinateurs. Il montre plusieurs appareils à Zora qui pose des questions. Khadija ne comprend rien à leur discours, en retrait elle se sent d'un autre univers, un peu honteuse, elle s'efforce de ne penser qu'à la surprise et au plaisir de son fils.

Zora se fait expliquer l'installation, hésite, revient sur un autre modèle, cela dure une heure. Une éternité pour Khadija. Enfin l'affaire est conclue, Zora a choisi. Le prix est modique et le vendeur fait en plus une petite remise, Zora paraît satisfaite. Khadija paye, le vendeur propose gentiment d'aider au chargement jusqu'au parking. Il a compris que l'achat n'était pas banal.

Les deux femmes sont ravies. Khadija, rouge et excitée comme une enfant, pouffe pour un rien, les voila parties, avec leur ordinateur, comme deux gamines qui auraient réalisé un tour de force.

Au-delà de cette complicité qui les rapproche, de leurs esprits ouverts, elles sentent bien, malgré la génération qui les sépare qu'elles sont pareilles, déterminées à échapper à leur milieu et animées du même courage.

Zora a la vie devant elle, Khadija celle de son fils, au fond, elles poursuivent le même but.

— Vous allez le mettre où, cet ordinateur ?

— Ah, mais c'est vrai ça ! Où on va le poser ? Pas par terre, non ?

Elles rient.

— Malik n'a pas de bureau ?

— Non, tu sais bien, il travaille sur la table, ou dans

son lit ! ajoute-t-elle, ce qui les fait rire encore.

— Il faudrait une table pour l'ordinateur, alors.

— Tu as raison, on va aller à Auchan, on devrait y trouver une petite table pas trop chère, non ?

— Oui, mais il vaut mieux s'arrêter et poser l'ordi d'abord, on sait jamais.

— J'aurais voulu tout installer pendant que Malik n'est pas là

— Il est sorti ?

— Il m'a dit qu'il partait pour trouver des vêtements pour aider quelqu'un, un ami.

— Ah ?

— Mais il sera rentré dans la soirée, tu viendras ? Tu verras comme il sera content ! Enfin, j'espère... Tu crois qu'il sera content ? Il est bien cet ordinateur au moins ? Tu es sûre ?

— Oui, oui.

Zora pense tristement que Malik ne sera pas rentré de bonne heure parce que le samedi soir, elle sait bien qu'il va traîner sur les quais pour voir cette fille dont il n'arrête pas de parler, ça continue de l'inquiéter, mais elle n'en dit rien.

Elles passent donc déposer l'ordinateur à l'appartement, puis il leur faut encore trouver une table, la rapporter, la monter, ce qui les occupe le reste de l'après midi.

Enfin, Zora branche la machine, l'essaie pendant que Khadija fait du thé.

— Ça marche, super !

Khadija accourt pour regarder, contente.

Zora se dit que son ami a de la chance d'avoir une mère aussi gentille, dévouée et intelligente, la sienne se moque bien des ordinateurs et de tout le reste, elle ne fait que survivre, se dit la jeune fille avec amertume et servir ses frères et son père : « J'aurais préféré une mère célibataire ! »

21

Elle arpente le trottoir dans l'attente d'un client bien sûr, mais c'est Malik qu'elle espère surtout ce samedi soir. Il ne vient plus qu'en fin de semaine depuis qu'il a repris ses cours, et c'est long une semaine sans lui, les idées les plus sombres lui reviennent, au fil des jours qui passent.

Elle a pris conscience que sans ce soutien, elle ne tiendrait plus longtemps. Des liens de plus en plus forts l'attachent au jeune garçon et ces rendez-vous du samedi soir, palpitants, ressemblent de plus en plus à de vrais rendez-vous amoureux.

Elle l'aperçoit, de l'autre côté du boulevard, le garçon se dirige vers le quai, la cherche du regard et se dirige vers elle… Mais, alors qu'il se rapproche, elle s'aperçoit qu'elle s'est trompée, ce n'est pas Malik, c'est un garçon qui a vaguement la même allure, de loin, elle a confondu.

Pourtant, c'est bien elle qu'il semble chercher :

— Tu viens ? fait-il en montrant une liasse de billets.

Ce n'est pas habituel, il a l'air pressé, quelque chose de bizarre l'intrigue et la laisse un peu sur la défensive. Le garçon sent sa réticence, sourit aimablement et rajoute quelques billets, la somme est importante et elle pense à la doublure de sa veste, il ressemble un peu à Malik et ne peut pas être méchant, elle se décide à le suivre.

Malik a passé la journée à droite à gauche, à taper toutes ses connaissances pour trouver des vêtements corrects. Comme il l'a promis, il a récolté de quoi habiller son ami de la tête aux pieds, il espère seulement que ça ira. Avec son baluchon sous le bras, sur le coup de dix-neuf heures, il se rend sur les quais et ne tarde pas à y retrouver Esdé.

— Salut ! Regarde, ce que j'ai pour toi : de quoi faire de toi un homme neuf ! fait-il, content de lui.

Esdé touché, prend possession du sac de vêtements, en examine le contenu qui semble lui convenir.

— Ça devrait faire l'affaire, tu es vraiment super !

— Bon, mais il faudrait quand même te couper un peu les douilles… et te raser, pour faire propre, quoi !

— Ne t'inquiète pas pour ça, j'ai la solution.

— Et comment tu vas faire ?

— Je connais un centre où je vais me laver.

— Alors tu y vas quand ?

— Je vais me préparer, d'abord physiquement et moralement, ensuite on verra.

— Tu me tiens au jus ? Je veux savoir à présent, ça m'intéresse.

— Tant que ça ?

— Hé ! je suis ton sponsor, non ? Au fait, t'as vu Mélancolía ? fait-il en regardant de part et d'autre.

— Elle est partie avec un client. répond Esdé, gêné. Puis il ajoute :

— Un gars qui ne me plaît pas. Ça fait plusieurs fois que je le vois rôder, c'est louche.

— Mais pourquoi tu l'as pas empêchée d'aller avec lui alors ? rétorque Malik, inquiet.

— Ah… tu sais bien qu'elle ne veut pas qu'on se mêle de ses affaires. Et puis tu sais, c'est juste une impression, et c'est un jeune, pour une fois. Et plutôt joli garçon, et avec tous les vieux qu'elle se tape !

— Oh ! ça va, garde tes détails !

— Tiens, attends ! Les voilà qui reviennent.

Malik tourne son regard dans leur direction et, de loin, reconnaît… Dany !

— C'est pas vrai ! s'exclame-t-il pétrifié.

Ils traversent la rue et se dirigent vers eux. Malik semble cloué. Dany le fixe d'un regard vainqueur. Il ébauche un sourire mauvais d'animal repu :

— Alors ? Ça gaze, depuis l'autre soir ? Je rends service tu vois ! C'est pas comme toi, hein ?

Malik ne se maîtrise plus, il se jette sur Dany, le saisit par le col, déchire sa chemise, le flanque par terre et roule avec lui dans une bagarre, où sa colère lui donne le dessus :

— T'avais pas le droit de faire ça !

Esdé est éberlué, mais il finit par deviner et se prend la tête à deux mains. Mélancolía, elle, ne comprend rien. Ne sachant comment intervenir, elle l'implore du regard.

Ils tentent tous les deux de séparer les garçons acharnés à se rendre coup sur coup et n'y parviennent que lorsque leur énergie faiblit un peu.

Dany reprend son air haineux :

— Salut, mec ! Je reviens quand je veux ! J'ai de quoi payer, moi !

Et, sans laisser à son adversaire le loisir de trouver une réplique, se tire aussi sec.

— Le fumier ! Le salaud ! enrage Malik.

Il est si malheureux, si meurtri que Mélancolía n'ose pas poser de question, elle a seulement compris qu'entre ces deux-là, il y a de vieilles histoires qu'il vaut mieux ne pas remuer.

— Tous ! Tous ! N'importe qui, mais pas cette… raclure ! jette brusquement Malik en la regardant.

— Mais pourquoi ?

— Tous sauf lui ! répète-t-il plus fort encore.

— Tu sais, pour moi, lui ou un autre, c'est pareil. Et pourquoi pas lui ? Les autres, ça ne te dérange pas ?

— C'est pas la même chose !

— Ah, vraiment ? fait-elle amère. Et pour moi ? Elle est où, la différence ? Il faut que je te demande la permission ? Avec qui j'ai le droit d'aller le samedi soir peut-être ? À qui j'ai le droit de me vendre ? Il paye lui ! Et bien en plus ! Mais toi, tu voulais peut-être m'avoir sans payer, c'est ça ? Dis-moi, c'est ça ?

Elle en a trop dit, Malik les plante là aussitôt, sans répondre, le cœur déglingué.

22

Des jours ont glissé, les uns après les autres, impuissants à lui apporter une réponse, aussi muets les uns que les autres, déroulant la même nostalgie, musique silencieuse et lancinante des souvenirs.

L'homme, Pierre a tenté de retrouver son ancienne peau, plus acceptable, plus supportable, il a surmonté son apathie, vaincu ses dernières réticences pour se faire une nouvelle tête, combattu le sentiment de ridicule et celui de l'absurde. Un parcours laborieux et difficile.

Ensuite, il lui a fallu plusieurs jours pour rentrer dans cette peau, pour l'habiter et ne plus se ressentir comme un étranger, car il était installé dans une léthargie, une grande passivité qui l'avait anesthésié depuis longtemps et lui avait permis de survivre, lâchement peut-être.

Lavé, coiffé et habillé de vêtements propres, refait à neuf ou presque, il restait néanmoins dans l'indécision, attendant un élément déclenchant, un signe.

N'a-t-il pas, toute sa vie, hésité ? Balancé, comme encore aujourd'hui, déchiré entre deux moitiés de lui-même, entre deux souffrances. Aller jusqu'au fond du gouffre, explorer son existence ou continuer à flotter entre deux eaux saumâtres. À force de tergiverser comme d'habitude entre les deux termes de son alternative, il se retrouve une nouvelle fois, en train de se débattre dans le vide.

Mais ces dernières années, ayant tellement altéré son état physique, il se dit qu'après tout, dans le pire des cas, il ne lui reste plus très longtemps à souffrir. Cette pensée ayant emporté sa décision, avait fini par le pousser ce matin à se rendre à ce rendez-vous si particulier.

Il n'a plus un sou en poche, même pas de quoi se payer un café. Pourtant il en aurait besoin, alors ça lui paraît l'occasion de tester sa nouvelle apparence.

Il s'assoit à la terrasse d'un café et commande un petit noir puis, se ravisant, ajoute des croissants, tant qu'à faire ! Si on le sert, c'est qu'il donne le change, se dit-il comme à quitte ou double, les cafés qui servent les clodos ne sont pas nombreux.

Le serveur ne le regarde même pas, il pourrait bien être en haillons, ou en travelo, ou déguisé en clown, le résultat serait le même.

Il est seul dehors à la terrasse dans ce petit matin et comme personne ne s'intéresse à lui, il peut se restaurer tranquillement.

Après quoi, il griffonne « Merci » sur la note, la place dans la soucoupe, et quitte tranquillement la table sans être inquiété.

Chacun de ses pas ralentis, mesurés, lui inflige une bouffée d'émotion, mais il ne s'arrête pas. Rue après rue, traversant lentement toute la ville, il poursuit son itinéraire et son but, comme un défi : s'en aller à la rencontre de son passé.

En passant devant quelques vitrines qui lui renvoient son image, il est un peu surpris, il ne s'était pas reconnu et constate qu'il s'était oublié depuis si longtemps, ayant évité de se confronter à lui-même de toutes les manières imaginables.

Il se trouve finalement plus acceptable qu'il ne l'aurait pensé, il se redresse un peu, gagne de l'assurance et sa démarche se dynamise.

Il longe enfin le Parc bordelais, magnifiquement empourpré par l'automne. Il entre dans le jardin pour prendre, après sa longue marche, un peu de repos et le temps d'une dernière réflexion.

Assis quelques minutes sur un banc, il laisse les souvenirs affluer, lui insuffler le courage nécessaire pour continuer.

Après une courte halte, il rejoint facilement l'adresse recherchée, qui se trouve à deux pas. Parvenu à proximité de l'immeuble, dans ce quartier chic et résidentiel, il passe une fois devant, revient, et choisit de se poster à l'angle de la rue, pour pouvoir éventuellement se dissimuler rapidement.

Il patiente des heures et personne ne sort. L'attente est épuisante, physiquement, car il ne peut que rester debout, seulement adossé au mur parfois, pour se reposer un peu. Et nerveusement aussi, c'est comme s'il attendait les résultats d'un examen.

Enfin, sur le coup de midi, le portail s'ouvre, le nez d'une voiture apparaît et une femme en descend pour refermer la grille, elle est vêtue d'un long imperméable, et comme il ne parvient pas à voir son visage, il ne reconnaît pas non plus sa silhouette. Affreuse incertitude : est-ce bien elle ?

Poussé d'un seul coup par l'impérieux besoin de savoir, il se précipite, au risque de se faire renverser par la voiture qui débouche sur la rue et là enfin, à un mètre de distance, derrière le pare-brise, il croise son regard et c'est comme une déflagration dans sa tête.

23

Parfois le temps se tient tranquille.

Les jours se sont mis à couler, sans une ride. Pour un peu, Malik reprendrait presque confiance en l'avenir et baisserait la garde.

Au lycée, les choses sont à peu près rentrées dans l'ordre et même si quelque fois c'est un peu difficile, surtout avec ce prof qui l'a dans le pif, mais il « assure » comme il dit. Et puis, ça lui fait trop plaisir de voir sa mère respirer.

Avec un peu de recul, il mesure le danger qu'il a frôlé. Conscient d'avoir joué avec le feu, il a compris où étaient ses propres limites et finalement ne s'est jamais senti aussi bien dans ses baskets. Il sait seulement que cet effet ne s'éternisera pas.

Il a pris des résolutions certes, et repris espoir, mais combien de temps cela durera-t-il ? Il sait très bien que tout ce truc va s'user très vite et l'optimisme fondre en quelques semaines, d'ailleurs, les emmerdements, ne vont pas se planquer indéfiniment, il a l'habitude !

Reste aussi ce pincement au cœur qui ne s'en va pas. Partagé entre la jalousie, le dégoût, la rancœur, et aussi un sentiment de culpabilité, il n'est pas retourné sur les quais, n'a pas revu Mélancolía.

Conscient de sa mauvaise foi, il ne supporte pas l'idée que Dany ait obtenu ce qui lui est refusé, et ça le ronge.

Il ne parvient pas à oublier cette fille, ni la promesse qu'il lui avait faite, aussi stupide qu'elle lui apparaisse aujourd'hui. Les paroles blessantes qu'elle lui avait jetées la dernière fois ne cessent de tourner dans sa tête et quelquefois il se dit qu'il les a bien cherchées.

Alors, ce samedi soir, pour ne pas être tenté de courir vers les quais, il a accepté d'accompagner Zora à cette foutue soirée d'anniversaire : « De toute façon, je lui dois bien ça » pense-t-il.

À 18 h 30, il passe chercher Zora :

— Tsss ! T'es canon !

C'est vrai qu'elle est belle, Zora. Simple, maquillage discret — « Est-ce voulu, ou à cause de Rachid ? se demande-t-il — juste un trait de crayon qui souligne son regard, le blanc presque bleu sous la longueur troublante des cils, sa bouche charnue de petite fille boudeuse, son front indécis qui se plisse ou se fend, et sur lequel il est habitué à lire comme dans un livre ses émotions ou ses contrariétés.

Elle a mis des jeans et un pull moulant, noir, assorti à ses yeux. Des vêtements ordinaires... et elle est superbe. Comment fait-elle pour avoir autant de classe ?

— Merci. dit-elle simplement et les voilà partis. Zora heureuse et excitée, Malik décidé à se laisser un peu aller, à prendre un peu de bon temps entre copains.

Sur le chemin, ils parlent du lycée, de leur travail.

Leur complicité restaurée, ils se chamaillent amicalement. Sachant le parti qu'ils peuvent en tirer, ils ont instauré un simulacre de compétition dans leur travail scolaire, un jeu qui les stimule, même s'ils ne le prennent pas au sérieux.

Zora, pourtant, brûle d'envie de poser d'autres questions, elle aimerait tant savoir si Malik voit toujours cette fille dont il ne parle plus.

Elle sent bien qu'il est dans l'incertitude, elle voudrait en savoir davantage et lui, évite un sujet qui l'embarrasse.

Arrivés sur les lieux, ils sont accueillis par Étienne, il y a déjà du monde dans la petite cave, la musique est assourdissante, on ne s'entend pas parler, ce qui arrange bien Malik qui ne sait pas quoi dire.

Zora lui paraît si belle, au milieu de toutes ces filles semblables. Elles semblent déguisées. Toutes pareilles, fardées, coiffées à l'identique ! Des « L'Oréal », il les appelle.

Zora, simple et naturelle, différente, lui semble beaucoup plus séduisante. Il se sent fier d'elle, il a envie de le lui dire, mais il n'en a pas l'occasion.

Étienne l'entraîne, l'entourant de son bras pour marquer sa ferme intention de l'accaparer. Elle jette un regard teinté de regret du côté de Malik, qui fait semblant de ne pas le voir.

« Qu'elle s'amuse ! » pense-t-il, allant lui-même de l'un à l'autre, buvant un verre avec un visage familier, un autre avec un inconnu.

Finalement, mal à l'aise en ce lieu, ses pensées dérivent vite vers Mélancolía. Des plus douces, chargées de compassion, aux plus violentes, débordantes de jalousie et de rage. Il se laisse reprendre par le vague à l'âme.

Zora semble l'avoir oublié, elle danse, serrée contre Étienne qui paraît au paradis et ça l'inquiète un peu quand même, Étienne n'a pas une bonne réputation.

Ça l'embête, il ne sait comment se comporter, car au fond il ne se sent aucun droit d'intervenir mais il se sent responsable d'elle. « Pourquoi, putain, faut-il que je me sente toujours responsable des autres ? Responsable des mômes de la cité, des copains qui disjonctent, Responsable de Mélancolía ! Responsable de Zora ! Ce putain de mot me pourrit la vie. »

Pourquoi ne peut-il pas vivre simplement son âge et sa légèreté, avec le seul souci de ses études et son avenir, ce qui n'est déjà pas une mince affaire ?

Faut-il toujours qu'il se fasse du mouron pour quelqu'un ?

« Merde ! se dit-il, faut que j'arrête de me prendre la tête ! Même pas ma sœur ! » Et il décide d'oublier Zora et de la laisser vivre sa vie. Après tout, si elle veut coucher, c'est pas son problème.

Il s'affale sur un canapé défoncé, décidément, il s'emmerde !

— Je vais pas moisir. fait-il à son voisin.

— Quoi ? dit l'autre dans le bruit.

— Laisse tomber.

— Hé... t'as un ticket !

— Hein ?

— T'as pas vu la fille qui te mate, là. C'est Chloé, tu la connais ?

— Heu... Chloé ? Non. Connais pas. répond Malik.

Mais cette fille, là-bas, en face, appuyée au mur, il la reconnaît maintenant : il se souvient de l'avoir bousculée l'autre jour sur les quais. C'est vrai qu'elle le regarde sans complexe ! Effrontée la fille ! Ça lui plaît. Il va vers elle.

— Salut ! Ça va depuis l'autre jour ? Rien de cassé ?

— Merci, sourit Chloé.

Elle le fixe intensément, avec tant d'émotion !

— Tu danses ? dit-elle, l'air de dire : « Inutile de perdre son temps »

Culottée, la fille !

Sans répondre, il lui prend la main et passe l'autre bras autour de la taille de la jeune fille, dans la même impulsion, leurs corps se rejoignent spontanément avec la musique. Chloé est plaquée contre lui. La silhouette menue est idéale entre ses bras, légère et souple, le gabarit qu'il préfère. Leurs doigts entrelacés tremblent un peu, il a des frissons dans le dos. Il ne s'aperçoit pas qu'il l'a serrée un peu plus, son souffle est dans son cou, des mèches de cheveux frôlent sa joue, il la respire. Elle colle sa joue contre la sienne et fait monter leur plaisir, ils demeurent ainsi, bougeant imperceptiblement sur le rythme du slow.

Malik ne lâche pas sa main :

— On va boire un verre ?

Elle répond avec un sourire, les yeux mouillés, elle est radieuse, tellement à l'aise, qu'il est surpris.

« Reposante se dit-il, cool ! »

Ils vont s'asseoir, serrés dans un vieux fauteuil esseulé dans un coin, et trop étroit pour deux.

Malik ne résiste plus au désir de l'embrasser, elle passe ses doigts dans ses cheveux, et se blottit contre lui, une vague de bonheur l'envahit, il a la sensation de se laisser enfin aller, après des semaines de tension.

Décontracté, il déguste ce plaisir amoureux, comme s'il avait pu oublier que c'était aussi simple, aussi facile, aussi évident et qu'il découvrait ce soir qu'il était né pour ça.

Ils dansent à nouveau, retournent dans leur fauteuil, s'embrassent encore… et discutent un peu.

Elle s'étonne de ses yeux si bleus et de sa peau bronzée. Elle ne lui pose aucune autre question, elle s'en fiche. Ce qui l'intéresse c'est ce qu'il est, là, maintenant, pour elle, et ça lui suffit.

Malik est séduit par sa gentillesse naturelle, son air de chat mouillé et la franchise de son regard couleur de miel.

Elle ne minaude pas, elle est spontanée et directe, elle sent bon, il n'arrêterait pas de la serrer dans ses bras et de l'embrasser s'il ne craignait d'être un peu lourd. Elle ne lâche plus sa main, elle l'embrasse dans le cou de temps en temps, il en profite pour prendre sa bouche.

Zora les a repérés et n'en revient pas, elle qui le croyait obsédé par cette prostituée. « Je vois qu'il se console ! » pense-t-elle, amère. Étienne a saisi le manège, il comprend tout, il attrape Zora par le bras et l'entraîne danser, puis ils disparaissent dans l'escalier qui mène dehors. Malik, qui les a aperçus, a un vague élan d'inquiétude mais il oublie encore une fois très vite Zora en prenant Chloé dans ses bras.

Ils passent ainsi une partie de la nuit, de temps en temps, Malik s'inquiète pour Zora, qui n'est pas réapparue. Vers trois heures, Chloé se décide à rentrer :

— Je te ramène si tu veux, dit Malik.

— T'as une voiture ?

— Ah non ! rit Malik.

— Ça ne fait rien, j'habite pas loin, tu m'accompagnes ?

— OK.

Avant de sortir, Malik cherche Zora mais elle est vraiment partie, il en est très ennuyé et Chloé le devine :

— C'est une amie, Zora, je devais la ramener.

— Ne t'en fais pas va, Zora est sûrement rentrée chez elle.

— Ouais, j'espère parce que, autrement, ça va être ma fête avec ses frères.

Chloé, l'embrasse pour lui faire oublier son tracas, ils débouchent dehors et, saisis par le froid de la nuit, ils se serrent l'un contre l'autre. Tous les dix pas, ils s'arrêtent pour un baiser, reculant l'instant de la séparation.

Lorsqu'ils arrivent devant le domicile de Chloé, Malik réalise que c'est exactement dans ce quartier chic, à ce coin de rue qu'ils ont eu, ses copains de la cité et lui, il y a quelques mois une altercation avec un homme.

Pas besoin de s'en vanter, mais il éprouve le besoin de railler, de marquer qu'il n'est pas de ce milieu, il siffle :

— T'es une bourge ?

— Tu sais où j'allais, l'autre soir, quand tu m'as bousculée sur les quais ?

— Non. répond Malik, étonné par l'étrangeté de la repartie.

— J'allais me jeter dans la Garonne, je t'ai vu et j'ai eu envie de vivre.

Malik, cloué par la surprise, la franchise de cet aveu et sa brutalité, a brusquement une boule dans la gorge et les pensées en désordre, il la serre contre lui.

À cet instant, ils sont comme deux cotylédons, ils ont le sentiment d'avoir trouvé l'autre partie d'eux-mêmes qu'ils cherchaient depuis longtemps.

Ils s'embrassent et restent encore longtemps, dans le froid, jusqu'à ce qu'ils ne tiennent plus debout et qu'enfin ils parviennent à se séparer.

Malik se dit simplement en rentrant que la vie, décidément, continue à se la couler douce.

24

Par chance, l'homme à la jaguar a vu les apprentis voleurs et semble en capacité d'en fournir un portrait assez précis. Simon l'a convoqué pour le confronter avec quelques petits voyous connus des services de police.

Le témoignage de cet individu pourrait lui permettre de remonter une filière de vols de voitures, à moins qu'il ne s'agisse de petits malfrats sans organisation, opérant pour leur compte. Simon pencherait bien pour cette dernière hypothèse, car le récit de l'homme révèle beaucoup d'improvisation et d'inexpérience, qui ont d'ailleurs conduit à faire échouer l'opération, mais il faut bien « écouler » la marchandise et pour ça il faut des liens et des moyens : ce sont certes des gamins, mais ils ont forcément des « relations », des canaux pour écouler leurs larcins. Simon prend donc cette affaire très au sérieux, convaincu qu'elle peut lui permettre de lever un plus gros gibier.

Martin, son collègue vient d'arriver, il a réuni dans une pièce à côté, les garçons et les individus interpellés pour cette confrontation à laquelle ils vont ensemble procéder.

Monsieur « jaguar » est assis devant le bureau, il a une

nouvelle fois raconté son aventure, dont il ne semble pas encore remis.

« Ça lui fera un souvenir ! Et une histoire pour épater ses amis ! » songe Simon que l'homme irrite, sans véritable raison.

— Bon… Alors, vous allez bien regarder ces garçons, fait Martin. Prenez le temps, observez-les et faites toutes les remarques qui vous viennent à l'esprit.

L'homme ne reconnaît personne. Aucun des jeunes présentés ne correspond au signalement donné ni à l'image que l'homme en a gardée.

— Essayez de nous faire une description, aussi précise que possible, il y a sûrement des détails dont vous n'avez pas parlé. Ce jeune, décrivez-le nous davantage !

— Il était brun, les cheveux courts, frisés, un peu typé, beau gosse… Des yeux bleus, ça, je m'en souviens, des yeux très bleus. Il avait l'air paniqué, oui, il avait peur, je n'ai vu que son visage et son blouson, un blouson en jeans et un col roulé. Mais je me souviens très bien de sa voix quand il a crié.

— Il a crié ?

— Oui, il m'a crié : « Barrez-vous ! barrez-vous ! C'est un piège ! »

— Un peu typé, vous avez dit ? demande Martin.

— Oui, je crois.

— C'est-à-dire ? Métis ?

— Non, peut-être arabe… L'autre aussi je crois, enfin, l'autre je ne l'ai pas assez vu, il est resté dans l'obscurité pendant qu'il me parlait.

— Mais vous n'êtes pas sûr ? ajoute Simon.

— Non… Leurs voix, je suis certain de les reconnaître, surtout celle de celui qui a crié.

— Bon, on recommence, décide Simon en se levant.

Les garçons défilent une nouvelle fois tour à tour, on

leur demande de crier : « Barrez-vous ! Barrez-vous ! C'est un piège ! »

Mais, encore une fois, l'homme affirme ne reconnaître aucun d'eux, les deux inspecteurs sont agacés. Les confrontations sont toujours des moments de tension, il leur faut faire preuve de psychologie et de doigté. Les témoins sont sujets au doute, à la peur, à l'émotion, il faut être attentif, déceler l'expression d'un visage qui se trahit, reconnaît et n'ose pas, ou au contraire accuse avec trop de hâte et sans discernement.

Jugeant inutile de poursuivre, ils congédient tout le monde.

— Curieuse histoire, dit Martin, qu'est-ce que tu en penses ?

— C'est l'attitude de ce jeune qui me chiffonne, pourquoi faire foirer leur plan ? Pourquoi s'est-il dégonflé à la dernière minute ? Cela laisse à penser soit qu'il s'est plus ou moins laissé embarquer dans cette affaire sans être parfaitement au courant de ce qui allait se passer, soit qu'il a fait machine arrière au dernier moment. La peur ? Le remords ?

— Sûrement quelque chose comme ça, ils manquent pas d'air quand même ces mômes !

Simon n'est plus jamais pressé de rentrer chez lui car la demeure l'accueille avec toujours cette même froideur, cette odeur de maison morte. Une maison sans femme est une maison sans âme.

Avant, avec Anna, le foyer délivrait des odeurs familières qui le recevaient quand il rentrait : odeurs de cuisine et autres parfums indéfinissables qui se mêlaient, et dont sa mémoire quête désespérément le souvenir fugace, dans la chambre, la salle de bain. Anna maintenait un désordre raisonnable, chaleureux, vivant, rien à voir avec son désordre à lui : triste, froid, dépourvu de sens, un désordre de vieux solitaire.

Son absence, c'est à cet instant, lorsqu'il pousse la porte le soir, qu'elle le prend à la gorge, qu'elle se matérialise férocement. Quelquefois, elle devient tellement concrète, si agressive, que ces bouffées d'angoisse lui sont insupportables, il ressort dîner n'importe où, tuer les heures jusqu'à ce qu'il sente le sommeil s'approcher.

Garant la voiture devant la maison, Simon est surpris de voir, par la fenêtre, la lampe du salon allumée. « Merde, j'ai oublié d'éteindre ? »

Il pousse la porte, jette son manteau sur le canapé et se dirige vers la cuisine pour y chercher une bière.

L'évier est propre et débarrassé, il lui semblait pourtant y avoir laissé traîner la vaisselle d'hier soir. « Je deviens un peu cinglé, si je ne me rappelle même plus avoir lavé les assiettes ! » Anna aurait dit : « Pourtant d'habitude, quand tu fais la vaisselle, on s'en souvient ! »

25

Les vacances de Noël sont arrivées et la douceur persistante du temps empêche de croire à l'hiver. D'habitude, Malik a horreur de cette période des fêtes qui ne font qu'accentuer le manque et la différence. Les magasins débordant de cadeaux, l'abondance, les étalages indécents, les publicités agressives, les dorures, les lumières, les photos idylliques de montagne et de station de skis, l'opulence, la profusion… l'écœurent, lui qui connaît de près l'abstinence, la privation, l'envie et la tentation.

Cette fois c'est différent, Chloé emplit sa vie depuis huit jours, la tristesse et la rancœur se sont fait la malle.

Il fait beau, le temps est avec eux, elle l'emmène passer Noël dans une cabane sur une île, au beau milieu du bassin d'Arcachon, elle lui a décrit l'endroit, raconté tout ce qu'il évoque pour elle de souvenirs d'enfance. Elle a bien précisé : aucun confort, même pas d'électricité… En plus on n'y va qu'en bateau et on y est même prisonnier de la marée. Ils seront seuls au monde, c'est très excitant, un peu étrange, il a accepté tout de suite et prévenu sa mère qui n'a fait aucune remarque, qui s'est mordu la langue pour ne pas parler de Zora, qui s'est retenue de poser des questions, bref, qui a fait confiance.

Le bonheur tout neuf de Malik est quand même un peu teinté de culpabilité, il a mauvaise conscience, comme l'impression de lâcher les siens sur la route. Zora, qu'il ne voit presque plus et pour laquelle il s'inquiète : son histoire avec Étienne fait le tour du quartier, et son frère Rachid doit être fou de rage. Puis il y a Mélancolía, qu'il a le sentiment d'avoir abandonnée, mais que pouvait-il faire ?

Le bonheur ne peut-il donc jamais être parfait ? Pourquoi faut-il qu'il soit toujours teinté de regrets ? Il aimerait tant, pour une fois, avoir le cœur léger ; il aimerait tant goûter l'insouciance, sans restriction, au lieu de devoir s'accommoder de sa lâcheté et de son impuissance. Il se complique trop la vie !

En préparant ses affaires — Chloé lui a recommandé des vêtements chauds —, Malik songe à ce qu'elle lui a confié, le premier soir. L'aveu de cette fragilité, de sa faiblesse, l'a attachée à lui mais lui a aussi ouvert un horizon. Lui que la vie n'a pas gâté, qui a si souvent désespéré de son avenir et que l'injustice de son sort révolte en permanence, jamais, jamais une seule fois, il n'a envisagé de mourir… Or cette fille qui semble avoir été si bien servie, belle et riche, aimée, choyée et qui possède sans doute plus qu'il ne peut l'imaginer, cette fille-là a failli mourir un soir… s'il n'était pas passé par là. Il a du mal à comprendre. Quelle souffrance ? Quel manque ? Ce mystère lui paraît important, une question essentielle, comme un lien entre eux, un pont entre deux mal-être : Et si l'existence n'était qu'un fardeau ?

Qu'importe, ce matin, pour Malik le bonheur se résume aux moments qu'il partage avec Chloé, sans questions, sans complications, et s'il faut vivre, autant saisir ces instants. Il n'y a aucune gloire, à toujours être malheureux. Seulement, quand on en a l'habitude, on finit par se sentir conditionné, prévu pour ça, et même l'idée du bonheur dérange ou fait peur. C'est un peu comme si l'on vivait derrière une carapace étanche que la joie simple ne pourrait traverser.

D'ailleurs quand on n'a pas d'exemple sous les yeux, si on n'a pas appris, comment pourrait-on savoir, ou même, imaginer, être heureux ? C'est une notion vachement dure à appréhender, d'après le prof de Philo, et même pour ceux qui n'ont pas de contre-indication au départ ! Alors, faut être rodé un minimum ! Oui, il faut des bases, quoi !

Bon, il ne faut pas exagérer, le bonheur, il a dû l'apercevoir quelques fois, mais alors de loin et il ne pourrait pas vraiment dire quelle gueule il a. C'est pas comme aujourd'hui, il a l'impression de le frôler avec Chloé, il lui tourne autour, c'est pour ça qu'il a peur.

« Bof ! Ça n'empêche pas d'essayer ! Je n'ai rien contre d'ailleurs ! »

Ils ont rendez-vous à la gare. Il a l'impression d'être tombé dans un chaudron de joie de vivre lorsqu'il l'aperçoit sur le quai, souriante, impatiente avec son énorme sac à dos sur les épaules, un autre gros sac posé à ses pieds et la vie redevient simple comme une respiration. Ils s'embrassent, elle rit :

— Tu as vu mon barda ? Mais il faut ça, là-bas, tu verras.

En effet, l'escalade pour accéder au wagon est laborieuse avec leurs lourds bagages, et ils attrapent un fou rire. Ils s'assoient bien serrés l'un contre l'autre, ils s'embrassent encore, Chloé se blottit contre lui, comme ils sont heureux à cet instant ! Partir à deux, quand on est amoureux, y a-t-il quelque chose de meilleur ?

« Oui, partir pour une île déserte, c'est mieux encore ! »

Chloé explique comment elle a tout organisé, arrivés à la gare, ils iront au port où un ami les attendra pour les conduire jusqu'à l'île, qu'on pourra approcher uniquement grâce à la marée haute. Elle décrit encore indéfiniment ce lieu comme si c'était le seul paradis. Malik songe en l'écoutant que cette jeune fille si gaie et si enthousiaste a failli renoncer à la vie, il y a quelques jours, alors qu'il lui semble, à lui, que ces liens uniques et intenses, qui semblent la lier à cet endroit, pourraient être une seule et suffisante raison de vivre.

Quel paradoxe ! Pourquoi certains continuent-ils à vivre, alors qu'ils n'ont objectivement plus grand-chose dans leur putain de vie — à part des emmerdements — alors que d'autres choisissent de mourir alors qu'ils pourraient se trouver des tas de raisons de vivre ? Cela lui semble néanmoins témoigner de courage dans les deux cas. Il en conclut donc, pour clore le débat et arrêter de se prendre la tête avec ça, que tous les hommes doivent être des héros… Ce qui redouble ce matin son optimisme.

Le train s'arrête à la gare d'Arcachon, c'est le terminus, les rares voyageurs descendent tranquillement. Ici, l'ambiance est paisible, rien à voir avec la ruche de la gare Saint-Jean, ils ont tout le temps de transporter leurs bagages sur le quai.

Malik charge maladroitement le sac sur ses épaules, il n'a pas l'habitude du sac de montagne, lui, c'est encore un truc de riches ça !

Le trajet n'est pas long de la gare au port, néanmoins, ils doivent faire plusieurs haltes à cause du poids des bagages :

— Mais qu'est-ce que t'as mis là-dedans ?

— De quoi tenir un siège ! rit Chloé

Malik n'est jamais venu à Arcachon, il découvre, impressionné, l'immensité du port et le nombre imposant de bateaux… Il est choqué, comme chaque fois qu'il est confronté à l'étalage de la richesse, du luxe, mais il n'a pas envie de réveiller ses pensées contestataires, ce matin, alors que la vie, pour une fois, semble lui faire un cadeau.

L'homme qui les attend déjà, debout sur un bateau à fond plat, à les guetter est sympathique. Malik est sensible à son regard franc, au sourire attendri et complice sous la moustache. Ils embarquent, et la pinasse sort tranquillement du port. Le vent les saisit à la sortie, et la vue du bassin, désert en cette saison, est magnifique. L'eau est calme, un miroir argenté que seul plisse le sillage du bateau, Chloé se penche pour dire quelque chose à l'oreille de l'homme, elle a les larmes aux yeux… mais ce doit être le vent.

L'embarcation longe des piquets pendant un long moment, puis, ralentissant son allure, s'engage dans un passage entre deux rangées de ces piquets alignés. Devant eux, apparaissent les deux fameuses cabanes *tchanquées* [1]. Malik les a vues souvent en photo. Elles se dressent là, fidèles aux jolies cartes postales. Ils s'en approchent jusqu'à frôler l'escalier de béton qui descend dans l'eau transparente et peu profonde, Chloé saute agilement sur une marche et lui saisissant la main, l'entraîne à en faire autant, ils accèdent à la terrasse et jouissent quelques minutes de la vue. En bas, on les hèle pour leur rappeler que la marée leur impose de se presser.

Chloé lui explique que le petit *estey*, une sorte de canal naturel, qu'ils vont prendre pour accéder à leur cabane n'est praticable que pendant très peu de temps, au moment

1. Construction de bois, perchée sur pilotis, typique du bassin d'Arcachon. Les deux cabanes de l'île aux Oiseaux sont devenues l'emblème du site. Le terme « tchanquée » (prononcez *tianqué*) est la francisation du participe passé gascon *chancada* : « monté(e) sur échasses ».

de la marée haute. Le bateau avance très lentement, Chloé, penchée à l'avant, surveille le fond qui peut toujours recéler quelque piège, un tas de coquilles d'huîtres, un vieux piquet décapité. L'étroit chenal se rétrécit, par endroits, il n'y a que très peu d'eau, limpide ou vaseuse selon le passage.

L'homme relève le moteur et accoste le long d'un petit ponton en bois, presque démoli, il amarre le bateau et s'empresse avec l'aide de Chloé de descendre les bagages, il hoche la tête sans arrêt, marquant ainsi son inquiétude et sa réprobation. « Quelle idée ! se dit-il. Ah ! Ces gosses de riches avec leurs caprices ! »

Ils se dirigent tous les trois, chargés, vers la cabane, la clé est cachée sous une vieille bassine posée sur un banc de pierre. La porte résiste un peu, se plaint, mais ils entrent. Une forte odeur de bois mouillé flotte dans la pièce, ils posent leurs affaires sur la table. Chloé ouvre les fenêtres, la pièce est agréable, une grande table en bois avec des bancs, un buffet peint en bleu, une cheminée, une petite cuisinière à gaz, un évier, deux fauteuils en rotin et un lit, les murs sont décorés avec des coquillages, des morceaux de filets de pêches, des cadres marins, des bouts de cordes de toutes sortes.

L'homme leur fait maintes recommandations et dit qu'il viendra chaque jour voir s'ils ne manquent de rien, ils seront ici prisonniers et n'auront pas longtemps de batterie sur le téléphone portable de Chloé.

Celle-ci rit de l'inquiétude de son ami et le rassure du mieux qu'elle peut :

— On ne va rester que deux ou trois jours, tu sais !

— Mmm… marmonne l'homme, les embrassant tous les deux, pressé de rentrer avant de se retrouver prisonnier lui aussi.

Ils l'accompagnent jusqu'à sa pinasse, il est grand

temps, elle touche presque le fond, ils doivent pousser tous les trois pour qu'elle flotte et puisse démarrer. Ils se font de grands signes des bras jusqu'à ne plus se voir. Chloé tire Malik par la main et l'entraîne en courant vers la cabane.

Elle s'affaire aussitôt, déployant une énergie inattendue, nettoie, balaye, lave, puis déballe et range les provisions. Ses gestes sont précis, appliqués. Malik, un peu gauche et embarrassé, la regarde jouer à Cendrillon, elle prépare le lit avec les draps et des duvets qu'elle a apportés dans son sac à dos. Lorsque la cabane lui paraît enfin accueillante et propre, satisfaite, elle dit :

— Alors, ça te plaît ?

Malik répond par un sourire.

— Ne t'inquiète pas, poursuit-elle. On n'aura pas froid, il y a un chauffage à gaz et on fera aussi du feu dans la cheminée, mais tout à l'heure, parce que maintenant, je vais te faire faire le tour de l'île, tu vas voir comme c'est beau ! On va laisser tout ouvert pour chasser l'odeur de renfermé en attendant, tu viens ?

Les voilà partis, à travers cette nature sauvage si particulière. Chloé, connaît chaque endroit comme sa poche, l'eau s'est déjà retirée assez loin, découvrant les parcs à huîtres qui font comme une large barrière tout autour de l'île, les isolant du monde.

Ils s'assoient sur un tronc d'arbre, face à l'ouest. Le soleil n'a pas percé. Le ciel est resté gris, à peine teinté de rose sur l'océan, au loin. Pourtant, une lumière surgie d'on ne sait où, baigne un village sur la côte, en face, annonciatrice d'un autre spectacle.

— Il faut attendre, dit Chloé.

Des oiseaux partout : des oies, des cygnes, des canards, des aigrettes… Ils sont des centaines, posés sur l'eau dans le silence de l'hiver, ou prenant leur envol en jaillissant comme des gerbes de pointillés noirs dans le ciel.

Un couple de cygnes passe au-dessus de leur tête, si près qu'ils perçoivent le souffle du battement d'ailes.

Chloé ne parle pas, ne bouge pas, semble absorbée, focalisée et en même temps, détendue, aérienne, comme si elle était ailleurs et en même temps, si présente, ici, évadée dans cet espace, prisonnière de cette liberté. Malik est intimidé par son attitude qu'il n'ose perturber, par l'atmosphère et par ses propres sensations. Il n'a pas l'habitude de la nature, ce doit même être la première fois qu'il se pose pour contempler un paysage. Non, ça ne lui était jamais arrivé de passer une plombe à regarder l'eau s'en aller, forcé de remarquer les changements du ciel, d'admirer le camaïeu des gris, énormes flocons anthracite qui s'étalent en couches superposées, sombres comme de la suie ou cendrés, nuages nacrés, aux reflets métalliques, mousseux comme l'écume, s'étirant dans un ciel couleur de perle.

Un peu plus tard, le ciel se dégage. Un lambeau d'azur crève la couche cotonneuse qui s'effiloche et s'infiltre de corail.

Le bleu s'étale et se change en turquoise.

Le rose éclate, diluant le ciel dans l'eau. Ce n'est presque plus l'hiver.

C'est tellement beau que même en fermant les yeux il peut le voir encore. Il sent quelque chose s'élever au plus profond de lui, comme une force intérieure. Une vague apaisante l'inonde, un calme immense l'emplit tout entier, il n'a jamais connu cela.

Étonné de se sentir si bien, sans bouger, sans rien faire, ici, pendant toutes ces minutes, accaparé par cette nature, pénétré par elle, comme anesthésié, immobile et silencieux, captivé par les couleurs changeantes, par le voyage des nuages, la lumière qui vire au mauve et l'eau qui boit le ciel, il pense à son quartier, aux murs, à la cité, le béton, le goudron... Il n'avait jamais pensé à la nature, jamais rencontré cette émotion, même la première fois qu'il a vu la mer. Il se dit qu'il n'est peut-être pas nécessaire d'aller à l'autre bout du monde pour voyager et que Chloé, mine de rien, elle est trop forte !

— Tu aimes les huîtres ?

— Bof ! fait Malik pour ne pas contredire : il n'en a jamais mangé.

— Tu vas voir, ici, elles sont délicieuses, et les palourdes aussi. On va en ramasser, viens, on va s'équiper.

Ils reviennent donc à la cabane et dans le petit appentis Chloé attrape deux paires de bottes, un seau et une petite tige de fer :

— Ça, c'est pour les palourdes.

Ils passent deux heures à ramasser des huîtres, à repérer les trous de palourdes et à fouiller la vase comme si elle recelait un trésor. Malik apprend vite, il est étonné de voir Chloé aussi à l'aise dans cet univers, si heureuse et décontractée avec un seau à la main et de la vase jusqu'au bout du nez, Décidément cette nature lui est bénéfique et il se sent gagné par ce sentiment de bien-être et comme apprivoisé par cet endroit.

— Ici, tout est simple, dit Chloé qui semble lire dans ses pensées. Tu sais, la quête de la nourriture, c'est inscrit dans nos gênes depuis nos origines, et moi ça me fait un bien fou !

Le quotidien, lorsqu'il se débarrasse du superflu, lorsqu'il ne se préoccupe plus que de l'essentiel, lorsqu'il devient simple et concret, quand il ne s'agit plus que de contenter des besoins, devient substantiel, apaisant et vrai. Le temps lui-même cesse de se dérober et devient consistant.

Chloé voudrait vivre ainsi chaque moment de son

existence, car c'est ainsi et seulement ainsi, qu'elle a la sensation de toucher du doigt la réalité. Malik ne savait pas, il découvre, il est comme un débutant intimidé, mais qui veut bien faire.

Chloé a trouvé dix fois plus de coquillages que Malik, elle se moque gentiment :

— Eh… toi, sur une île déserte, tu crèverais de faim !

— Oui, mais moi, j'ai pas peur des crabes, rétorque Malik qui a remarqué qu'elle évitait le contact avec ces crustacés !

— Tu rigoles ! le brave-t-elle. Regarde ! Et elle s'empare d'un malheureux crabe qui passait par là et lui pose sur la main :

— Allez, on va faire la soupe !

Ils se taquinent, pour mieux se retrouver, s'amusent, salis, mouillés, ravis et gavés de grand air.

Ils reviennent fourbus, gelés et affamés parce qu'ils ont passé la journée dehors, s'empressent de fermer porte et fenêtres, d'allumer le chauffage à gaz et de préparer le feu dans la cheminée.

Chloé a disposé un peu partout un nombre incroyable de bougies, la lumière dehors est en train de tomber et elle les allume une à une, la cabane prend des couleurs chaudes et dorées et des ombres intimes. Elle a ouvert les huîtres, car il ne sait pas s'y prendre. Elle a fait cuire les palourdes, elle a aussi composé une salade et déballé du jambon espagnol, leur repas de Noël. Elle dispose la table avec de jolies assiettes, des bougeoirs au milieu et l'invite à s'asseoir.

Il fait chaud, ça sent bon les palourdes cuites et la bougie.

Le repas est presque solennel, ils célèbrent tant de choses, leur rencontre inattendue, ce bonheur imprévu, leur liberté, leur jeunesse et le choix qu'ils font l'un de l'autre. Mais ils célèbrent, en plus, quelque chose d'indéfinissable et d'infiniment précieux, quelque chose comme le goût de la vie retrouvé.

Ils font traîner le repas, un peu grisés, un peu intimidés par la nuit qui vient. Ils parlent encore, de tout ce qui leur passe dans la tête, jusqu'à ce que la fatigue de la journée tarisse leurs paroles.

Chloé se lève la première. Elle se dévêt dans l'ombre, en toute simplicité, se glisse, nue, dans les duvets réunis et l'appelle doucement.

Malik se déshabille à son tour, le cœur battant, et elle le reçoit entre ses bras.

Elle est toute menue sous lui, il a peur de l'écraser. Avec des gestes doux, il se fait plus intime, leurs caresses laissent peu à peu éclore leur désir.

Le corps de Chloé est tendu, il ouvre ses jambes et scrute son regard, elle sourit et il s'insinue délicatement en elle.

Il n'y a plus rien à dire. Il fait bon dans la cabane, le feu fait danser la lumière sur leurs visages.

Chloé ferme les yeux, sûre d'avoir atteint le paradis et réalisé son rêve : faire l'amour pour la première fois, ici, dans *son* île.

26

« Dix-sept ans ! Aujourd'hui, j'ai dix-sept ans et dans ce pays, je ne suis qu'une ombre, sans papiers, sans identité, sans famille, sans aucun lien et sans âge.

Ici, cela ne veut rien dire pour moi d'avoir dix-sept ans. Les heures passées sur les trottoirs et dans les chambres sordides comptent double, triple, comptent au centuple.

Je me souviens de mon âge, mais je ne sais plus ce que cela peut vouloir dire d'avoir dix-sept ans, qu'est-ce que l'on peut ressentir ? Est-ce que c'est jeune ? Est-ce que l'on se sent encore du côté de l'enfance, ou de l'autre côté ?

Moi, je ne peux pas le savoir, je n'ai plus dix-sept ans depuis longtemps, on me les a volés, mes dix-sept ans et même les dix-huit que je n'ai pas encore, ainsi que les vingt ans que je n'aurai peut-être jamais et toutes les suivantes, hypothétiques.

J'ai cent ans.

Je n'aurai jamais été adolescente, passée précocement de l'enfance à un âge mûr, je suis comme une prématurée, inadaptée au monde qui m'entoure, il me manque l'essentiel de ce qui aurait pu me construire et ma mémoire déborde d'images avilissantes et pesantes qui valent des années.

Pourtant ce soir, j'aimerais fêter mon anniversaire avec Malik.

Ce soir, avec lui, peut-être aurais-je pu tout oublier, retrouver mes dix-sept ans et la jeunesse qu'on m'a volée. »

Ce soir, il faut qu'elle le voie, elle le cherchera, elle finira bien par le trouver, c'est cette seule pensée qui la fait tenir.

Il lui reste encore dans la tête une part de rêve qui ne veut pas s'éteindre. Le rêve a pris le visage de Malik depuis qu'elle le connaît mais il est devenu, ces derniers jours, vital et indispensable.

« Quand j'étais petite, je pensais qu'il suffisait de souhaiter très fort quelque chose, pour que cela se produise. » Comment peut-elle continuer à se raconter des trucs comme ça après tout ce qu'elle à dû supporter, des stupidités de petite fille, elle qui en a vu de toutes les couleurs ?

« Malik n'est pas venu, je crois qu'il ne viendra plus. »

Depuis qu'il a disparu de sa vie, elle a plongé à nouveau dans le désespoir.

Le vent se lève sur le fleuve, porté par la marée. Un petit mascaret bouillonnant remonte le plan d'eau apportant la fraîcheur et l'air salin.

Accoudée à la balustrade elle respire, ferme les yeux, elle imagine l'océan, plus loin, au bout de l'estuaire et lui reviennent les images étranges de son corps flottant à la dérive, pris entre le courant descendant et le flux marin.

Elle sent une présence derrière elle… Ah ! Elle l'avait oublié celui-là :

« Toujours aussi poli, élégant, calme et réservé, à la fin il m'énerve avec ses contours aussi propres et lisses, mais qu'est-ce qu'il me veut ? Qu'est-ce qu'il vient chercher ? Ce n'est pas quand même cette petite étreinte fugace, étriquée, mesquine ! Je voudrais voir Malik et pas cet homme qui m'achète comme les autres. »

Elle le suit pourtant, avec l'indifférence dont elle s'étonne de posséder encore des réserves, avec résignation et par intérêt, et surtout parce qu'elle n'a pas le choix.

Ils ont leurs habitudes, c'est comme un rituel entre eux, l'homme n'est pas très exigeant, mais il se montre de plus en plus aimable et tendre :

« Il est en train de s'attacher » se dit-elle.

Elle en profite pour augmenter ses tarifs et puis, parce que, pour un instant, les rôles sont inversés, parce qu'il est alors faible et à sa merci, que c'est elle qui a le pouvoir, et parce que c'est humain de se venger de l'oppression, elle se montre hautaine, indifférente et méprisante.

La passe l'a dégoûtée, plus que toutes les autres, est-ce à cause de cette douceur, de ces gestes de tendresse que lui donne cet homme ? Au moins, avec les autres, il n'y a pas d'équivoque, elle préfère et elle peut oublier son corps. Il ne lui tarde alors plus qu'une chose : courir sur les quais attendre Malik :

Et s'il était passé ? Si elle l'avait manqué ? S'il ne l'avait pas attendue ?

Après s'être débarrassée de son client, elle retourne s'accouder au même endroit, essayant de laver la souillure avec le vent venu de l'océan, qui lui fouette le visage et de se laisser porter par le calme de l'eau qui passe et l'apaise toujours ;

Elle se dit qu'elle arrive au bout, qu'elle ne peut plus, qu'il lui devient impossible de supporter ces corps, flasques, mous, négligés, obscènes, ces odeurs intimes et indécentes. Elle n'arrive plus à s'extirper de son enveloppe, et à ignorer le poids de ces hommes sur elle, et n'a plus assez de force pour parvenir à s'évader,

C'est fini, il faut que ce soit fini, mais seule, cela lui paraît insurmontable, il lui faut de l'aide.

Elle espère Malik, plus que ça, elle est certaine qu'il viendra. Demain, un autre soir, il n'y a plus d'autre possibilité, elle lui dira, pour l'argent caché dans ses manches et il l'aidera.

Elle aperçoit Esdé qui se dirige vers elle.

Comme autrefois avec son vieux professeur, elle se sent apaisée par sa présence, réconfortée par la simplicité et la gentillesse des paroles Un jour, Malik lui a expliqué :

— Il parle l'humain, c'est ça qui fait du bien, a-t-il dit.

Elle a demandé :

— C'est quoi, « parler l'humain » ?

— Ça s'explique pas, ça s'apprend pas non plus, mais quand tu l'entends, tu le comprends de suite. Et ce mec, en plus, il a la bonté gravée sur la figure, t'avais pas remarqué ?

Elle se souvient qu'elle avait ressenti ça.

Elle comprend qu'aujourd'hui, il est lui aussi sans nouvelles de Malik et sans se le dire, ils sentent bien, entre eux, cette absence, comme un abandon, presque une trahison.

Ils font ensemble quelques pas, puis Esdé estime alors le moment venu de parler à la jeune fille.

Il est venu pour lui dire quelques mots de cette association, et d'une personne qui pourrait l'aider. Il parle prudemment, réaliste et mesuré dans ses propos, il sait trop combien la détresse peut fragiliser et écorcher la sensibilité, il est bien placé pour savoir comme il est difficile de ranimer le courage et même seulement de faire entrevoir une issue, et de pouvoir y faire croire.

Mais elle est sourde, ces mots l'indiffèrent, comme si

elle n'était pas concernée. Elle est ailleurs, perdue dans ses pensées, en dérive, somnambule. Elle n'imagine rien de possible sans Malik, elle vivait suspendue à l'espoir qu'il lui insufflait. Elle s'était imaginé... Elle attendait de lui et seulement de lui, une solution, un miracle, la délivrance.

Elle a atteint le stade de la résignation. Il comprend avec tristesse qu'elle a déjà trop souffert et qu'elle n'a plus la force de se prendre en charge et plus assez d'énergie pour vouloir ou seulement espérer s'en sortir, il se sent alors lui aussi, rattrapé par sa propre mélancolie, et comme accablé par leur double infortune.

— Écoute, tu peux prendre quand même cette adresse. On ne sait jamais, si tu en as besoin, un jour peut-être.

— Oui. répond-elle, vaguement étrangère.

27

Il mâchouille, comme une idée fixe, la question de la lampe oubliée et de la vaisselle rangée. Lorsqu'il est obsédé par une pensée, Simon se concentre difficilement et ne le cache pas aisément. Depuis plusieurs jours, il n'est pas parvenu à trouver une réponse satisfaisante. L'événement ne s'étant pas reproduit, il est de plus en plus tenté de mettre en doute sa mémoire, tout en ne parvenant pas complètement à accepter qu'il ait pu se tromper et oublier le soir ces choses qu'il aurait pu faire le matin.

Martin, percevant un souci, s'enquiert gentiment à son sujet, ce qui force Simon à réagir, le décidant à reléguer l'incident comme subalterne, et, de fait, la journée de travail, réussit par son intensité et ses urgences à le lui faire complètement oublier.

La journée se prolonge avec des interventions imprévues, des déplacements inutiles et du temps gaspillé. Simon ne rentre qu'à vingt et une heures.

Fatigué et affamé, il s'arrête se restaurer. Habitué de ce petit bistrot, il vient y retrouver en prime des souvenirs, une ambiance. Ici, tout lui rappelle les moments passés avec Anna, le patron est au courant, il a la décence de n'en avoir jamais parlé, mais il a compris ce que Simon vient chercher.

Le policier pousse quelquefois le comble jusqu'à commander les plats préférés d'Anna, en fermant les yeux, les odeurs l'aident à se souvenir. Le patron ose un petit hochement de tête, triste et amical. Ils n'échangent guère davantage. Simon mange silencieusement en disséquant son chagrin. Anna disait : « Il faut toujours que tu décortiques tout ! Y compris les émotions ! »

C'est vrai, il est ainsi : cette soif perpétuelle de vouloir tout analyser, comprendre et expliquer avec sa logique, son implacable besoin de rationaliser...

Assis à cette table, face à sa solitude, il vagabonde dans le passé, puis quitte l'endroit après quelques vagues politesses.

Le clair de lune est superbe, il n'a pas encore envie de rentrer, la dernière fois qu'ils sont venus dîner là ensemble, Anna n'avait pas envie de rentrer non plus, alors ils ont traîné dans les rues, le long des quais, puis ils sont allés faire du lèche-vitrines, Anna aimait découvrir de nouvelles boutiques. Elle avait l'art de les trouver, dans les plus petites rues de la ville, toutes plus minuscules les unes que les autres et tellement étonnantes. Elle était toujours vêtue, à peu de frais pourtant, de manière originale, mais lorsqu'elle cherchait un pantalon, elle était capable de parcourir des kilomètres. Il détestait alors la suivre dans cette course et aujourd'hui, il donnerait n'importe quoi pour faire le tour de la ville avec Anna, à pied, toute la nuit, qu'importe !

Il ne se décide à rentrer que lorsque la fatigue ne lui fait plus désirer que son lit.

Avant d'ouvrir la porte, il a un pressentiment. En pénétrant dans le salon, il ne remarque rien, se rue dans la cuisine : elle est nickel ! Ce n'est pas lui ! Impossible que ce soit lui ! Jamais il ne nettoie sa cuisine comme ça ! L'évier impeccable, le sol a été balayé, il est sûr pourtant d'avoir laissé le bordel dans l'évier, même le petit-déj' sur la table, il n'avait pas touché le balai depuis des semaines, il s'en fout de tout ça ! C'est quoi ce toutim ? C'est invraisemblable ! Agaçant !

« Anna ! Anna ! À quoi tu joues ? »

28

Tous les jours ou presque, Pierre revient sur les lieux, il se poste à proximité de la maison qu'elle habite, il choisit chaque fois un endroit différent, pour ne pas se faire remarquer… et il l'attend.

Il l'attend des journées entières, parfois pour rien : il l'a manquée ou elle n'est pas sortie, mais c'est assez rare, et puis, cela n'a pas d'importance, le temps ne compte plus pour lui, il en a à perdre, et ici, dans cette attente, sur ce trottoir, le temps, au moins, a un sens.

Il se contente de ces instants furtifs où il peut l'entr'apercevoir, qui font ressurgir des émotions anciennes, douces, cruelles, mais vivantes. Il se souvient avoir existé !

Il n'a pas vraiment de but, ni d'intentions, il n'imagine rien, il ne se demande même pas comment interpréter ces signes, que le hasard a laissé traîner sur son chemin, véritables clins d'œil, ou simples ronds dans l'eau qui s'effaceront avec le temps ?

Mais, en dépit de tout, de l'incertitude, de la précarité, ce matin, il est là, fidèle à cette attente étrange, faite d'un mélange de crainte et d'espoir, et qui lui fait pourtant tellement battre le cœur.

Il ne s'est, jusqu'à présent, jamais fait remarquer, mais voilà qu'un bref instant d'inattention lui fait perdre quelques minutes le portail de vue.

Il se trouve alors stupidement pris au dépourvu.

Elle vient de sortir dans la rue et cette fois un l'homme l'accompagne.

Le couple remonte le trottoir dans sa direction.

Surpris, il n'a plus le temps de s'esquiver, nul endroit où se dissimuler.

Il baisse la tête autant qu'il le peut pour les croiser, mais les regards se posent sur lui.

L'homme, écarquille les yeux, comme heurté par une image. Peut-être se souvient-il du voleur de sacoche, ou d'un clodo aperçu sur les quais, il fronce les sourcils, s'interroge.

Elle aussi, semble le reconnaître, mais il se demande plutôt si ce n'est pas encore son imagination qui le fait fantasmer.

L'entrevue n'a duré que dix secondes et il lui semble que la vie a basculé.

29

Malik s'est éveillé avec le jour qui s'infiltre dans la cabane par tous les interstices. Le froid y a pénétré aussi, il n'ose pas quitter la tiédeur du lit et Chloé, contre lui, est encore endormie.

Depuis deux jours qu'ils vivent ici à l'abri du monde, seuls dans le silence de l'île, ou plutôt avec les seuls bruits de l'eau, du vent, les cris des mouettes et des oies bernaches, ils goûtent ces moments sans se poser de questions.

Malik est bouleversé par l'intimité de leurs rapports, cela s'est fait si naturellement. Il découvre des sensations nouvelles, les épidermes qui s'épousent, les chairs qui s'unissent et deviennent si familières.

Il est intimidé par leur relation, vraie, simple et plus profonde au fil des jours. Chloé est si différente, ici, et tellement épanouie dans cette nature.

Et il n'est pas fou, la vie ne s'est jamais couchée comme ça à ses pieds, il ne va pas laisser filer cette chance, pour une fois qu'il peut profiter !

Pourtant, il s'était cru amoureux d'une autre et il est tombé dans les bras de Chloé. Il ne peut s'empêcher de s'interroger sur la sincérité des sentiments. Que croire ? Sommes-nous trompés par nos sens ? Il ne parvient pas à démêler les liens et il continue à penser à cette fille.

Il a comme un poids sur le cœur, la conscience pas tranquille. Sa conscience, c'est ça qui lui pourrit sans arrêt le bonheur.

« Si seulement je pouvais être heureux à plein-temps ! »

S'il trouve l'occasion, il en parlera aujourd'hui à Chloé, ça lui ferait du bien. Mais il faudrait pouvoir tout lui dire, lui parler du Malik qu'elle ne connaît pas, qu'elle n'imagine même pas et qui peut-être la décevrait. Le petit beur de cité, rebelle, la révolte dans l'âme, la violence à fleur de peau prête à s'écouler à la moindre occasion, le voyou qui aurait pu mal tourner, ses hésitations entre la délinquance et l'envie de s'en sortir, son amour pour sa mère, mais aussi cette empathie qui le pousse à se sentir responsable des autres au point de ne pouvoir se défaire d'un sentiment perpétuel de culpabilité. Peut-être alors seulement, pourrait-elle comprendre.

Le soleil se lève derrière les cabanes, là-bas au-dessus des toits d'Arcachon, la mer est basse, les effluves de vase et de marée emplissent la cabane, se mêlant à l'odeur du café. « C'est cela exactement, très précisément cela, le bonheur, il faut le savoir » se dit Malik ayant à cet instant la sensation de toucher quelque chose de parfait.

Ils n'ont d'ailleurs justement rien d'autre à faire qu'être heureux, ils s'y emploient donc justement, avec... bonheur.

Ils profitent de la marée basse pour aller explorer l'île, ramasser des salicornes, c'est en hiver qu'elles sont les meilleures, et aller contempler le manège bruyant des oies.

— Il va falloir rentrer, dit brusquement Chloé.

— Demain ? interroge Malik.

— Oui, demain, tu reviendras ici avec moi, un autre jour ?

— Je veux oui !

Elle sourit.

— Je pense déjà à la rentrée, au boulot, au bac.

— On a de la veine, nous deux, affirme le garçon.

— Pourquoi tu dis ça ?

— Comment ça ? Tu trouves pas ?

— Je ne sais pas, j'ai un peu peur, Malik !

— Du bac ?

— Aussi de ce qui va nous arriver.

— Il faudrait vivre au présent…

— C'est pas facile, regarde, on est déjà presque rentrés ! On était si bien ici !

— Moi, je connais une fille qui a vraiment pas eu de bol, elle ! dit brusquement Malik.

— C'est qui ? C'est Zora ?

— Non, une fille que tu ne connais pas, je l'ai rencontrée sur les quais. Une fille qui a été enlevée, vendue, tu te rends compte ? Vendue ! J'avais promis de l'aider à s'en sortir et je l'ai laissée tomber !

— C'est elle que tu courais voir le jour où tu m'as bousculée ?

— Non, c'était quelqu'un d'autre, un ami, mais c'est parce que je cherchais une solution pour elle, tu vois, je voulais faire un truc pour l'aider… mais c'était un mauvais plan.

— Et pourquoi tu l'as abandonnée ? À cause de moi ?

— Non… Enfin, peut-être un peu. Je ne sais pas, mais j'y pense sans arrêt.

— Je vois bien que tu penses à quelqu'un, des fois, je croyais que c'était à Zora.

— Remarque, t'as pas tort : je me fais aussi du mouron

pour Zora, mais ça, c'est pas pareil, tu comprends, Zora, c'est comme ma sœur.

— Et cette fille, tu l'aimes ?

Malik rougit.

— Je l'ai peut-être cru, mais finalement, je ne sais pas, c'est compliqué. Bon, de toute façon, c'était pas possible tu comprends ? Et puis tu es arrivée et… ouf ! Et c'était tellement bien avec toi, ça m'a fait tellement de bien ! mais je n'arrive pas à l'oublier, c'est comme ça, j'y peux rien et je préfère te le dire.

— Tu retourneras la voir ?

— Oui, je ne peux pas faire autrement.

— Et moi ?

— Toi c'est pas pareil. dit-il en la serrant contre lui.

Chloé ne dit plus rien, une ombre s'est posée sur son visage et ses yeux sont noyés de tristesse, Malik voit bien à quel point elle souffre et comme elle a peur.

Il se sent un peu agacé et déçu, elle pourrait avoir un peu de compassion, se monter compréhensive.

Il décide alors d'un coup, de lever le voile, de tout lui raconter, il faut qu'elle sache qui il est.

— Viens, Chloé, on rentre, j'ai plein de trucs à te dire.

Il est déterminé, ils rentrent rapidement, Chloé tendue et lui déjà soulagé.

Ils s'installent dans les petits fauteuils. Le jour tombant, la lumière décline dans la cabane, en face, Arcachon s'allume, la pénombre favorise les confidences.

Verbaliser, ordonner, rendre compréhensible et cohérent le récit de son existence brouillonne, cela demande des efforts et procure des sensations inconnues. C'est comme s'extérioriser, sortir de soi ce qu'on tenait à l'abri, par honte, par manque de confiance en soi, ou pour se protéger.

Malik pour la première fois raconte à quelqu'un sa vie et ça lui fait un drôle d'effet.

Il parle de son enfance dans la cité, de sa mère célibataire et des liens qui les unissent, de ses copains, de Zora, du lycée et des problèmes, des tentations, de la violence qui couve en lui, de ses bêtises et de Dany. Il parle de Mélancolía et ne cache rien, il parle pendant deux heures et Chloé écoute avec beaucoup d'attention. Elle découvre ce garçon si différent d'elle et en même temps si proche. Malik révolté et agressif, capable d'être méchant, de cogner pour pas grand-chose, Malik partagé entre l'envie de détruire et celle de rebâtir le monde. Malik avec sa force et ses doutes d'écorché. Malik les poings fermés, le poing levé, les bras ouverts. Malik seul, courageux et vulnérable, avec ses manques, mais touché par les autres et qui a grandi dans son quartier, avec ce sentiment qu'il était responsable des plus faibles, et qu'il était peut-être capable d'assumer plus que les autres, pourquoi ?

— Oh, tu sais… c'est seulement parce que j'étais le plus grand, dans la cage d'escalier, ça a commencé comme ça. Alors je faisais un peu le chef, je commandais les petits, et je les protégeais quand on leur cherchait des noises. Après, à l'école primaire, comme j'étais pas trop mauvais, l'instit me faisait aider les autres, je faisais les devoirs, tout ça… Après, ça devient une habitude, on vient te chercher pour un oui pour un non, tu peux plus y couper. Enfin bref, maintenant, je peux plus m'empêcher de m'occuper des autres… Et des fois tu sais, ça me gonfle, d'être comme ça ! Ça me fout pas la paix ce truc ! Et je me dis souvent que je devrais m'occuper de mes oignons et basta ! Vu que j'aurais assez à faire avec mes problèmes.

Il parle encore jusqu'à épuiser sa voix, jusqu'à ce qu'il n'en puisse plus.

Chloé ne dit rien, elle se serre contre lui et passe

seulement ses doigts dans ses cheveux, comme le premier soir, les paroles s'évanouissent.

L'heure des discours dépassée, Malik la porte sur le lit.

30

L'enquête sur ce vol de bagnole n'a pas avancé d'un pouce, Simon est agacé.

D'ailleurs, rien ne va en ce moment, depuis quelques jours, il se sent fatigué, déprimé et, pour la première fois de sa vie, tout juste motivé par son boulot. Rentrer chez lui redouble son malaise car il ne parvient plus à empêcher son imagination de l'emmener dans des délires dont il sort diminué.

En ouvrant le placard de l'entrée, son regard tombe sur la paire de chaussons d'Anna, en évidence. Il lui semble que les chaussons ont été déplacés, il est presque certain de les avoir rangés dans le fond. Il se baisse, les saisit, il les trouve tièdes, comme s'ils avaient récemment conservé l'empreinte et la chaleur du pied d'Anna.

Il repousse violemment les émotions qui l'assaillent.

« Putain de merde ! Je tourne cinglé ! »

Rien n'y fait. Quand il est comme ça, il finit toujours par glisser dans les souvenirs. Ne cherchant plus de parade, il se fait le grand jeu, visionne les quelques images vidéos qu'il a d'Anna, les photos, les lettres, la totale quoi !

Il y a des mois qu'il n'avait pas réussi à pleurer et parvenant enfin à laisser couler quelques larmes, il en ressent vaguement un léger soulagement. Il lui semble surtout, après s'être laissé ainsi aller à son chagrin, que son esprit s'est éclairci, il se sent mieux.

Il peut à nouveau réfléchir, consulter sa raison, et sonder ses émotions.

Les chaussons d'Anna lui ont procuré un choc, il comprend pourquoi : ils sont toujours là, eux. Ils sont l'élément tangible et flagrant de la brutalité de leur séparation. Par leur présence dérisoire, ils dénoncent l'absence, la mettent en évidence et le rappellent à l'ordre. Par leur futilité, ils la matérialisent, l'absence, elle devient consistante et il est écrasé par la violence de cette réalité qui le saisit par bouffées d'angoisse.

C'est cela le plus dur, il le conçoit très clairement.

S'il avait pu se préparer, s'il avait eu le temps, les choses auraient été plus faciles, mais non, il est resté là, amputé d'un seul coup de tout un pan de sa vie, seul, avec tout cet amour sur les bras, un vrai gâchis ! C'est inhumain !

S'il avait su, il lui aurait dit combien elle comptait pour lui, qu'il ne pourrait pas vivre sans elle.

D'ailleurs, s'il avait su, il aurait empêché !

31

Cette nuit, Chloé a crié, le réveillant en sursaut. Il l'a alors vue, assise dans le lit, en sueur et tremblante, il l'a prise entre ses bras et elle s'est aussitôt rendormie, apaisée. Mais ce cri, presque un sanglot, est resté dans ses oreilles, il est resté éveillé longtemps, à réfléchir.

Chloé, si gaie parfois, si pétillante et pleine de vie, si tendre, quelle souffrance la hante ? Pourquoi tant de peur ? De la vie et de tout ? Pourquoi cette fragilité ?

Ce mystère, c'est Chloé, c'est aussi en partie ce qui l'attire en elle, comme ce besoin qu'elle a de lui et qu'elle assume et affiche sans pudeur, sans honte, qui se lit dans ses yeux.

Hier, alors qu'ils étaient assis au bord de l'eau, le couple de cygne est revenu et s'est posé près d'eux, orgueilleux, les ignorant tranquillement, se laissant glisser majestueusement entre les herbes, le cou étiré, dessinant une arabesque magnifique. Chloé a dit soudain :

—Je les envie. Regarde Malik, comme ils sont heureux, comme ils sont tranquilles, ils n'ont rien d'autre à faire que se promener, se nourrir, voler et s'aimer. Je crois que je préférerais être comme eux ! C'est si difficile d'être humain ! Si dur, si angoissant, il faut faire tant de choses, je n'en suis pas capable !

Malik se croyait perturbé, instable, il apprend à se connaître au contact de Chloé. Il se sent tellement plus solide au fond, malgré tous ses doutes sur l'avenir, malgré cet insupportable sentiment d'injustice qui lui pourrit le cœur et lui fait voir le monde à l'envers.

Il se laisse aller quelques fois à penser que ce ne peut être le seul hasard qui lui a fait bousculer Chloé et la connaître.

Y aurait-il des êtres faits pour se rencontrer ? Où l'existence n'est-elle qu'un fatras de situations enchevêtrées et aléatoires, sans aucune direction, sans autre sens que celui que nous voulons bien lui donner ?

La nuit a fini par laisser poindre l'aube fatidique et ils ont célébré, avant de se lever, ce dernier matin dans la petite cabane.

Dans le train qui les ramène à Bordeaux, ils sont encore empreints de leurs étreintes, de leurs chaleurs, de leur intimité, odeurs mêlées de leurs corps, de leurs peaux, ils sentent l'amour.

Ils découvrent que les amants qui se séparent, pour une heure ou pour la vie sont toujours déchirés de la même façon, ils se quittent dans le bus, Chloé descend à son arrêt, sans le regarder, triste comme si elle ne devait jamais le revoir et lui, la regarde intensément disparaître derrière le bus.

Revenir de l'île, c'est retourner dans l'hiver, Malik est désorienté, sa mère a pourtant préparé son retour, une bonne odeur de cuisine l'accueille, elle est si contente, mais l'appartement reste hostile et froid.

Chloé lui manque déjà, la cabane, l'île, l'eau et le ciel, l'air, tout lui manque et la grisaille de la cité, les murs, le béton le rendent cafardeux.

— Je vais faire un tour, dit-il sans savoir exactement où il va.

Il traîne un peu dans le quartier, croise un copain ou deux, échange quelques banalités. Il songe à Zora, il aimerait bien la voir et se décide à monter chez elle.

Il sonne et c'est Rachid qui vient lui ouvrir la porte :

— Tiens ! Un revenant ! Pour toi Zora ! ricane-t-il.

Zora ne répond même pas, attrapant son manteau, elle fait signe à Malik de sortir et le suit hors de l'appartement.

Ils descendent l'escalier qui mène aux caves, là ils ont leur petit coin tranquille, et s'assoient sur les marches.

— Où t'étais passé ? demande Zora.

— J'étais avec Chloé, un truc un peu fou !

— Tu changes vite de nana, toi ! Un jour tu aimes l'une et le lendemain une autre, c'est pratique !

— Zora ! Ne sois pas comme ça !

— Tu veux que je sois comment ? Que je te dise ce que je pense de toi ? Je pense que tu es une girouette !

— Tu comprends rien !

— Tes amours, faut dire, c'est compliqué ! dit-elle amère.

— Et toi ? Étienne ?

— Bê, quoi, Étienne ?

— Écoute, si tu le prends comme ça, je me taille. Je suis venu tchatcher avec toi, maintenant, si t'as pas envie tchao ! À une prochaine ! réplique-t-il en se levant.

— Bon ça va, reste ! dit Zora. Étienne, il est présent au moins, lui. Alors, oui, si tu veux savoir, je sors avec lui.

— Tu sors ? Tu veux dire quoi là ?

— Ah ça ma parole, mais je rêve ! T'es culotté ! Ça te regarde pas, mon vieux, c'est mon problème, j'ai assez de comptes à rendre à mes frangins ! Mais sache que, éventuellement je couche avec qui je veux ! D'ailleurs, je suis majeure tu sais !

— C'est bien ça qui me tracasse, tes frangins, le Rachid, comment il prend ça ?

— Il est fou de rage, il gueule que sa sœur est une pute et qu'il va lui faire la peau. Je t'assure, il est fou.

— Ça n'a pas l'air de te faire peur.

— Non, je crois qu'il fait du cinéma, au fond c'est un lâche.

— J'espère que tu as raison, fais gaffe quand même, Étienne c'est pas un ange, et Rachid, s'il te fait un problème, tu sais où me trouver ?

— Ah oui ? Et comment je fais ? T'es jamais là ! Et où je dois te chercher ? Sur les quais, avec cette pute ? Ou chez cette fille de bourge ?

— Faut vraiment que tu sois méchante ! C'est pas du tout comme tu crois. Figure-toi que c'est pas si facile ! Cette fille, Mélancolía, je l'ai rencontrée à un moment où j'étais un peu paumé, tu te rappelles ? Ça tournait pas rond, tout allait mal, j'étais viré du bahut... Bref, quand je l'ai vue, elle est tellement belle... J'ai flashé, c'est vrai mais j'avais vraiment envie de l'aider ! Après, ça a mal tourné avec elle, il s'est passé un truc qui m'a dégoûté ! Et j'avais plus envie de la voir.

— Qu'est-ce qui s'est passé ?

— Elle a couché avec Dany !

— Ce n'est *que* ça ? Mais c'est une pute non ? Elle couche pas avec tout le monde ? ironise Zora

— Ouais, je sais bien, mais avec Dany, ça m'a dégoûté, c'est comme ça. Va comprendre !

— Et alors ?

— Alors, je l'ai plus vue, et puis j'ai rencontré Chloé. Et je te rappelle que c'est ta faute ! C'est toi qui m'as traîné à cette foutue soirée !

— Et avec Chloé, c'est du sérieux alors ?

— Je sais pas, je suis bien avec elle, c'est cool, tu vois, c'est une fille sympa, très gentille et qui fait pas d'histoires, ouais, avec elle ça le fait vraiment bien. Chloé, elle me répare, tu vois. Après, je me prends pas la tête, c'est une bourge et je sais pas ce qui arrivera. En tout cas, elle est mordue, elle aussi.

Zora a le cœur serré : Mordue ! Pas étonnant ! Elle se dit que la terre entière pourrait aimer Malik, si elle le connaissait.

32

Accoudée à la table, contre la vitre pour le voir arriver, Chloé se perd dans ses pensées, morte de trouille, mangée de doutes.

Elle se dit que Malik, retourné dans son monde à lui, dans sa vraie vie, au milieu de ses copains et tous les autres, doit la trouver bien superficielle et stupide avec sa dépression de gosse de riches.

Elle les envie, tous ceux-là, avec leurs « emmerdes », les petites et les grosses, avouables ou pas, mais leurs vraies « emmerdes », bien palpables, sur lesquelles au moins ils peuvent mettre un nom. Elle, elle n'a que ce vide, cet insupportable sentiment d'absurde et pas de mot pour qualifier son désespoir.

Et pourtant, des fois l'envie de mourir qui la tenaille est bien réelle.

Elle aimerait donner un objet à sa douleur, la matérialiser, la cerner. Eux, avec leurs manques bien réels et toutes leurs souffrances si concrètes, ils trempent dans la vie, ils existent, eux ! Elle aimerait être comme eux, être de leur camp et ressembler à Malik, plaire à Malik : « Qu'il se sente responsable de moi ! » En même temps, elle prend bien conscience du ridicule de ses divagations.

D'ailleurs, Malik ne s'intéresse qu'à ceux qui ont des vraies raisons d'être malheureux, pas aux enfants gâtés ! Depuis qu'ils sont rentrés, il lui semble parfois absent, distant, il paraît même quelquefois un peu agacé.

Chloé est rongée par la peur de le perdre et comme elle n'ose rien dire, cela crée une sorte de malaise entre eux.

Quand Malik pousse la porte du Mac Do, elle est d'emblée déçue de voir qu'il n'est pas seul mais suivi d'Étienne. Il a l'air contrarié, ou soucieux.

Finalement, Étienne ne reste pas, après lui avoir dit bonjour et deux ou trois banalités, il repart, l'air tracassé, lui aussi.

— C'est à cause de Zora, on se fait du mouron, son frère Rachid l'emmerde et n'arrête pas de la menacer, dit-il en devançant les questions.

— Mais pourquoi ?

— Oh ! Parce qu'elle va au lycée, qu'elle voit des garçons, qu'elle veut bosser et pas se marier… Comme en plus, lui, il a tout raté, il a de la rancœur et du coup il se venge sur elle.

— Il la menace de quoi ?

— Oh de tout ! Y compris de la zigouiller !

— Elle a peur ?

— Penses-tu ! Elle n'a pas peur du tout, elle prétend que c'est un lâche et qu'elle ne risque rien. Non, il l'emmerde c'est tout, elle ne se gêne pas de l'envoyer promener.

— Mais, toi, tu es inquiet ?

— Pas vraiment, mais je voulais quand même en parler à Étienne, qu'il se fasse un peu discret pour pas lui faire d'ennuis, car c'est pas Zora qui lui en parlerait, elle est bien trop fière pour ça.

Chloé brûle de lui poser d'autres questions, de lui parler de cette autre fille, Mélancolía. L'autre fois, il l'a prévenue qu'il retournerait la voir. « Impossible de la laisser tomber », a-t-il dit. Mais est-ce seulement cela ? Malik s'en doute un peu, depuis qu'il s'est confié à elle, c'est comme une ombre entre eux. Mais ce soir, il n'a pas le courage d'affronter le sujet, en fait, il aurait juste besoin d'un moment de détente avec Chloé, de sa gentillesse et de la douceur de ses bras, il le lui dit à l'oreille.

Ils n'ont pas d'endroit pour eux, Chloé lui a bien déjà proposé de venir chez elle, ses parents ne diraient rien, elle en est sûre, mais il a refusé : ce milieu bourgeois l'intimide trop. De toute façon, il ne se voit pas partager des moments d'intimité dans la chambre de Chloé, avec la présence des parents dans la maison. Chloé a répliqué que beaucoup de leurs copains le font... Rien ne l'arrêterait, décidément. Mais Malik est resté sur ses positions et ne met pas les pieds chez elle. Aussi, comme ils n'ont pas fait l'amour depuis qu'ils sont rentrés, le manque se fait sentir.

Ce soir, Malik a la solution : Étienne lui a laissé les clefs de la cave.

— Viens, Chloé, j'ai trouvé un endroit.

— Où ?

— Fais-moi confiance.

En arrivant, le temps de trouver la clef, et de bidouiller la serrure, leur impatience monte. Il fait froid et noir dans la cave, en tâtonnant, ils trouvent un interrupteur, ils sont émus de se retrouver dans ce lieu où ils s'étaient rencontrés il y a seulement quelques semaines, il leur semble se connaître depuis bien plus longtemps, ils mesurent chacun ainsi l'intensité de leur attachement. Ils retrouvent avec plaisir le fauteuil dans lequel ils s'étaient serrés et s'y retrouvent en s'amusant. Puis, Malik entraîne Chloé sur le divan, ils mêlent enfin leurs chaleurs, et se consolent de tout.

33

Dany ne s'embarrasse d'aucun scrupule, quand il a envie d'une fille, surtout un samedi soir, il la prend.

« La fille de l'autre soir, la copine de Malik, se dit-il, j'ai envie de me la refaire. »

En fait, cette trivialité dissimule avec peine le malaise qui le prend, assez souvent, chaque fois qu'il pense à cette fille. Elle a quelque chose qui ne laisse pas de marbre, même un gars comme lui, « blindé » comme il dit, désabusé à mort et cynique autant qu'il peut. Il n'arrive pas à se dégager de cette espèce de mal-être, de sentiment de manque, réveillé par les images des instants vécus chair contre chair. Cette chair si froide pourtant, si distante, lui avait échappé quand il croyait la contraindre et l'avait laissé inassouvi, dans un état d'insatisfaction, jusqu'après le plaisir. Peut-être est-ce cela, alors ? Le fait de n'avoir pas eu la sensation de posséder son corps, de rester avec cette impression de ne même pas l'avoir touchée… alors que le seul souvenir de sa peau le rend électrique.

Il lui faut mettre fin à cet agacement et pour ne pas sombrer dans la mélancolie… Pas son genre ! Il se dit que ce n'est qu'une pute et que si elle ne l'a pas satisfait l'autre fois, on verra bien, il va essayer ce soir d'en avoir pour son argent.

Aussi sec, le voilà parti vers les quais.

*

L'homme aurait dû rentrer chez lui, mais, malgré une journée de travail intense et de multiples rendez-vous, il n'a pu s'empêcher de gamberger au sujet de la présence, quasi quotidienne, étrange et anormale de cet homme qu'il a reconnu devant chez lui.

L'autre jour, il l'avait vu traîner sur les quais, et parler à la fille.

Est-ce que cet homme le suit ? Comment a-t-il pu se procurer son adresse ?

Que vient-il faire devant son domicile ? Que cherche-t-il ? Quelles mauvaises intentions le poussent ? Est-il de connivence avec la fille et s'agit-il d'une manigance pour le faire chanter ? La fille aura peut-être fouillé dans ses affaires et relevé l'adresse.

Il faut qu'il sache.

Au lieu de rentrer, donc, il a prétexté un rendez-vous, il est allé dîner seul avant de retourner voir cette fille.

Il compte bien lui demander des explications, elle doit savoir quelque chose et si c'est pour le faire chanter, elle est sûrement dans le coup.

C'est étonnant, cette fille, ça n'a pas l'air d'être son style les combines. De plus, il a toujours été correct avec elle, et généreux. Alors, ça ne colle pas vraiment.

Pourtant, il a bien l'impression d'être tombé dans une machination.

Il ne craint pas beaucoup les complications avec sa femme, il y longtemps que leurs rapports, exempts de jalousie, ont plutôt versé dans l'indifférence.

Non, c'est surtout sa réputation qui le préoccupe. Il ne faudrait pas que s'ébruite le fait qu'il fréquentait une prostituée.

En attendant, il ne va pas se laisser faire.

*

Chloé descend la rue Fondaudège, déserte à cette heure, d'un petit pas nerveux. Les vitrines éclairées lui renvoient sa silhouette solitaire. Elle frissonne, serrée dans son manteau, traverse la place Tourny pour se diriger vers les quais, absorbée par les idées les plus contradictoires.

Un peu plus loin, elle passe devant le Grand-théâtre, éclatant, revêtu de lumière et surgi de la nuit comme du passé, tellement plus réel que la vie.

Elle n'approuve pas ce qu'elle fait, consciente d'agir sous l'impulsion, mais incapable de maîtriser cette curiosité malsaine qui la hante et la répugne

Ce soir, après avoir tourné en rond dans sa chambre pendant des heures sans pouvoir faire autre chose qu'attendre un hypothétique coup de fil qui l'aurait sauvée de cette expédition ridicule, elle a fini par craquer et se jeter dehors sans savoir trop en fait ce qu'elle va chercher, comme sous le coup d'une folie, cédant à cette pulsion. Il lui faut voir cette fille, savoir si Malik est là-bas et pourquoi… Un élan ridicule de jalousie dont elle a honte et dont elle n'attend que le pire.

*

Depuis qu'il est rentré, Malik n'a cessé de réfléchir. Dans l'île, au contact de Chloé, quelque chose s'est passé, un déclic, quelque chose s'est ouvert en lui, quelque chose s'est libéré dans sa tête. Pour la première fois, il a pu parler à quelqu'un qui l'écoutait vraiment — quelqu'un d'autre que Zora, bien sûr. Pour la première fois, il a eu envie d'expliquer à quelqu'un qui il était, lui, Malik, en dedans et au dehors. Il s'est découvert, dans tous les sens du terme.

À travers leurs longues discussions, le soir dans la cabane, il s'est un peu mieux compris. Pour la première fois de sa vie, surpris, il s'est regardé en face.

En écoutant Chloé, à travers toutes leurs différences et face à sa sincérité obsessionnelle, cette quête de la vérité qui la mine et la rend si attirante, il s'est réconcilié avec une part de lui-même qu'il empêchait parfois de vivre, de peur d'être dépassé, et aussi de tout un tas d'autres peurs inavouables. Chloé ne triche jamais, ne transige pas, elle en paye le prix fort. Sans le vouloir et sans même le savoir, elle lui a enseigné ça.

Accepter de se regarder de l'intérieur, avec toutes ses peurs, ses doutes et ses faiblesses, c'est le courage qu'il a puisé avec Chloé. Il se demande depuis, si ce n'est pas cela, le courage de grandir.

Pendant une semaine, il a mûri tout ça, tenté de mettre en ordre ses pensées… Bref, il est sorti apaisé de cette réflexion. C'est un peu comme lorsqu'il avait onze ans, avec Anna. Elle était son instit préférée, celle qui lui a fait prendre conscience de ses possibilités, qui a éveillé sa curiosité, qui lui a donné le goût d'apprendre, qui lui a fait comprendre qu'il n'y avait pas que de la violence en lui.

L'envie lui est venue de reprendre sa vie en main, de ne plus se laisser ballotter par les événements, ni les tentations, ni les fausses excuses.

Savoir ce qu'il veut, accepter ses désirs, ne plus avoir honte de ses motivations. D'abord, se concentrer sur le premier objectif : le bac. Dans six mois, cette étape marquera un tournant, parce qu'à présent, il commence à croire en l'avenir, il le voit même se dessiner.

Lorsque Chloé lui a parlé de son projet d'étudier le droit pour devenir avocate, cela a été pour lui comme une révélation, d'un coup, il a tilté.

Jusqu'ici, il n'envisageait rien et pourtant ça lui est apparu clairement.

Cette envie de porter secours, cette rage contre l'injustice, les inégalités, le besoin de défendre les autres, son côté Robin des bois, ou Zorro, qu'il portait jusque-là avec fatalisme, ou sans le comprendre, comme un colis encombrant, embarrassant, il réalise aujourd'hui que c'est ce qui lui a permis de vivre.

Acceptant les motivations profondes de son perpétuel besoin de s'occuper des autres, il se sent libéré de ses complexes et culpabilités. Éclairé sur ses convictions, il entrevoit de diriger ses aspirations. Ça lui irait bien aussi, avocat, ou quelque chose comme ça, il ne sait pas trop encore mais sent bien qu'il est sur la piste. Pour la première fois, il ose laisser naître une ambition. Il ne pensait pas que c'était pour lui ce genre de truc. Ouah ! C'est nouveau ! Ça bouscule ! Savoir quoi faire de sa vie ! Pouvoir enfin s'inventer un avenir ! « Ne pas rentrer dans le moule », comme dirait Luigi.

Mieux comprendre le présent et lui donner un sens, c'est aussi ne rien éluder, regarder chaque chose en face. Au milieu de toutes ses réflexions et résolutions, il ne peut oublier Mélancolía, qui continue à l'obséder.

Il ne sait si c'est le désir inassouvi qui le hante, ni quelle est la réalité des sentiments qu'il a cru ressentir, ou si c'est la compassion qui l'anime, l'envie d'aider, ou sa haine de toutes les servitudes et esclavages qui le pousse.

Ayant essayé de clarifier ses sentiments, n'ayant qu'en

partie résolu le mystère, les poings enfoncés dans les poches de son vieux blouson en jeans, à grands pas réguliers, avançant au rythme de sa réflexion, imaginant des scénarios, il se dirige vers le parking du *Colbert*. Il en a parlé à Chloé, restant dans le vague.

« Il faut que je la voie. »

*

« Ce soir, il n'y aura plus de Mélancolía. Ce soir, je vais tuer Mélancolía.

Ce soir, Je serai Helena.

J'attendrai Malik une dernière fois et s'il vient, je pourrai lui donner ce qu'il attend et ce qui nous sépare, nous serons libres. »

Deuxième partie

Simon

1

Les températures ont chuté dans la nuit, le froid est tombé sur la ville engourdie et fumante. Ce matin, le brouillard voile les arbres d'une mousseline de givre, le gel s'étale sur les trottoirs, fige les flaques et les fontaines, les passants emmitouflés, d'une démarche ankylosée, se propulsent dans la journée frileuse.

Ça y est, l'hiver a donné son premier assaut cette nuit, levant toutes les ambiguïtés que le mois de décembre clément avait laissé traîner.

Simon n'aime pas l'hiver, mais il est soulagé, car l'attendre, pour lui, c'est pire.

Au moins qu'il se manifeste et que l'on espère en finir.

S'acquittant du plus dur, le temps lui semblera alors moins long, s'en allant déjà vers le printemps et l'été, et calmant sa douleur, mais cette saison funeste qui ne lui a servi que des malheurs, tardant à se déclarer, rôdant comme une menace, il la hait, avec tous les souvenirs qu'elle trimballe.

Et puis, comme flic, il préfère avoir l'ennemi en face !

Il aime pourtant l'ambiance des cafés au petit matin,

chaque jour il fréquente un établissement différent.

Là, c'est un petit bistrot sur les quais, pas très propre, déjà enfumé, l'accueil est indifférent, pas de clientèle, c'est du passage, de l'anonymat.

Néanmoins, l'atmosphère est calme, il plane comme un répit, l'attente d'une journée, le temps suspendu avant le grand rush, la vie retient son souffle. Ici, il ne peut rien se passer, rien que le bruit de la machine à café, du journal feuilleté et l'odeur des expressos. C'est reposant.

Simon commande un petit noir qu'il déguste en se brûlant. Il songe à la jeune morte, il se pourrait qu'elle soit venue ici, dans ce café, il l'imagine, il la voit même assise à la table à côté, seule ou non, peut-être mal accompagnée ?

Étrange, cette enquête l'a tiré de son apathie, il a retrouvé sa motivation, d'ailleurs, depuis plusieurs jours, il ne s'est plus rien produit d'anormal chez lui, il tente de se convaincre qu'il doit s'agir de simples oublis, il faut admettre, puisqu'il est peu probable qu'Anna soit revenue, qu'il doit être frappé de trous de mémoire ou quelque chose comme ça, il préfère éluder le problème, ne plus se laisser perturber. Il ne veut plus se laisser détourner de son travail.

Avant de partir, devant le bar, il interroge le patron qui, un torchon à la main, suspend son geste une fraction de seconde pour l'écouter, puis sans un mot nie avec la tête en retournant à son occupation.

Il paye son café, salue d'un simple mouvement de tête les clients et le patron qui répond d'un vague hochement à son tour et pousse la porte crasseuse. Il traverse la rue et remonte, à grandes enjambées pour se réchauffer, le long des quais jusqu'à l'endroit où le corps a été retrouvé.

Il ne connaît pas l'identité de la fille, aucune disparition signalée pouvant correspondre, la belle inconnue garde son mystère. Un seul petit indice : ce bracelet dans une enveloppe pliée en huit, enfouie au fond d'une poche de vêtement, avec ce prénom gravé. C'est tout ce qu'il a, c'est maigre pour démarrer une enquête comme celle-là, mais c'est déjà ça et il en vu d'autres.

Sur les lieux, les sens en éveil, il observe tout et détaille l'environnement, il voudrait faire parler ce théâtre du drame, les pierres, le quai. Il doit bien y rester quelque chose. À quel endroit précis cela s'est-il passé ? Comment s'est-elle noyée ? Il ne croit pas à l'accident. Qui était là avec elle ? Il inspecte, avide d'imaginer, de comprendre, de rentrer dans cette enquête, sans trouver le moindre petit signe, l'intuition qu'il est venu chercher, un début de piste, rien, il est bredouille.

« Je fais fausse route », se dit-il.

Elle est morte entre minuit et une heure, c'est donc le soir, parmi les noctambules, qu'il aura davantage de chances de trouver quelque indice, peut-être même quelqu'un qui l'aura croisée ?

Faisant demi-tour, il se hâte vers son bureau, songeant au travail qui l'attend, remettant à ce soir les investigations sur cette affaire qui l'émeut.

Méprisant l'ascenseur, il monte en courant les marches jusqu'à son étage, fait irruption dans le bureau, essoufflé et sans voix. Ses collègues, habitués à cette gymnastique matinale, ne sont pas surpris.

Sur son bureau, il trouve le rapport d'autopsie qui le ramène à la petite morte, il l'a déjà lu et ne peut s'empêcher de le relire encore, attentif surtout à la description des traces de coups découvertes sur le corps, ils ne sont pas directement responsables de la mort puisque la cause est la noyade, mais ces coups, du moins les plus récents, n'ont-ils pas provoqué la noyade ? Il essaie de s'imaginer ce qui a pu se passer, des scénarios divers se substituant les uns aux autres, avant de se décider, n'ayant de toute manière aucun moyen d'avancer, de mettre cette affaire de côté pour se consacrer à son travail routinier.

Au self-service, à midi, tout en garnissant distraitement son plateau, il engage la conversation avec son collègue dont il aimerait bien recueillir l'avis sur ce qui le préoccupe. Il se débrouille pour qu'ils se dirigent vers la même table.

Il ne veut pas avoir l'air de faire une fixation sur cette histoire et cherche donc à amener le sujet légèrement, mais le collègue n'est pas réceptif, il n'a pas l'intention de polluer sa pause déjeuner avec un échange sur le boulot, il aurait plutôt envie de parler du dernier film qu'il a vu ou du match de foot des Girondins. La conversation tourne court.

Au bureau, l'après-midi, s'accentue l'impression d'être seul intéressé par cette histoire et le sentiment ressenti d'une indifférence générale renforce sa détermination à agir.

Il se promet de ne pas se laisser gagner par cette résignation, ce fatalisme et de continuer à cultiver sa révolte contre le crime et la violence, ce soir il ira fouiner sur les quais et, c'est certain, il finira bien par trouver quelque chose.

2

Quand une enquête piétine il faut savoir soit l'aborder autrement, soit avoir la sagesse d'attendre qu'un événement ouvre une piste, soit la ranger dans un tiroir, momentanément ou définitivement. L'acharnement, l'obstination ne s'accompagnent pas toujours de discernement ou de perspicacité. C'est sans doute ce que Simon lit, perçoit, entend et sent à travers les regards parfois agacés de ses collègues, dans leurs attitudes, leurs fuites et leurs silences, dans le climat qui règne depuis quelques jours autour de lui : on commence à trouver qu'il fait trop de zèle.

Cette jeune morte n'intéresse plus personne, et n'ayant pas d'identité, c'est comme si elle n'avait jamais existé. De plus, elle ne manque à personne puisque nul ne la réclame.

En rentrant chez lui après une journée ordinaire, Simon se dit qu'il devrait en effet se sortir cette histoire de la tête. Il a cherché plusieurs soirs de suite sur les quais, traquant le moindre indice, interrogeant des gens sans aucun résultat, pas l'ombre d'une petite idée à laquelle s'accrocher, à quoi bon s'obstiner à présent, il va bien falloir donner raison à ses collègues.

La maison est sage et silencieuse, aucune trace du passage d'Anna. Un pincement au cœur le détourne de ses préoccupations, qu'il chasse en serrant les dents.

Le frigo, lui aussi, est triste et sans imagination. Va pour des pâtes arrosées d'une bière, pour la troisième fois de la semaine.

Mangeant sans conviction ses nouilles devant la télé, sans pouvoir se concentrer sur le programme, il pense encore à cette fille sans comprendre pourquoi il s'entête. Il finit, tout en se disant qu'il déraille, par s'accorder de retourner traîner sur les quais : « Une dernière fois, ce soir, après, je range tout ça au placard. »

Il avale le reste de son assiette, le blouson déjà à la main, finit d'un trait sa bière, claque la porte et saute dans sa voiture.

La rocade est fluide et il ne lui faut que vingt minutes pour déboucher sur les quais, un peu plus pour se garer.

Il n'a pas d'idée, fonctionne à l'intuition, faisant confiance au hasard, marchant tranquillement le long du fleuve, faisant de temps en temps une halte, comme un flâneur ordinaire. Sur le parking du *Colbert*, il y a des filles comme d'habitude, il leur a déjà parlé les autres soirs et n'a rien appris.

Se méprenant sur ses intentions, l'une d'entre elles s'approche pour lui vanter sa marchandise et son savoir-faire, il décline l'offre gentiment et questionne la fille : était-elle là, samedi soir ? Aurait-elle vu quelque chose ? Aïe, se dit la fille ! Un flic ! Mais Simon a l'air sympa. Ouais, elle a tapiné là, toute la nuit de samedi, mais elle n'a rien remarqué de spécial, pas d'incident.

Simon décrit la jeune fille morte, l'aurait-elle vue ? Non, ça ne lui dit rien. Il va s'en aller, quand la fille tout à coup se souvient de quelque chose :

— J'ai une copine qui m'a dit un truc ce soir-là, elle a

discuté avec une fille exactement comme vous dites... Enfin, ça pourrait être elle... Elle me l'a raconté parce que ça l'a émue, la fille était vachement triste, genre déboussolé, quoi ! Et je crois qu'elle lui a un peu parlé.

Simon se ragaillardit, enfin quelque chose à se mettre sous la dent !

— Et ta copine, je peux la rencontrer ?

— Pour la trouver, c'est pas dur. Elle doit être quelque part sur les quais, un peu plus loin peut-être. Ou alors du côté de la porte des Salinières. Elle est grande, mince et brune, les cheveux très courts à la garçonne, toujours un manteau long ouvert sur une minijupe et des bottes, un foulard genre boa, son nom d'actrice c'est Élodie.

— Merci et... bonne chance !

— Y'a pas de quoi, peut-être un jour, c'est moi qui aurai besoin de vous.

— Message reçu ! dit Simon en souriant.

— Si tous les flics étaient aussi beaux et aussi gentils que vous, ça serait un plaisir de se faire embarquer !

Il remonte la promenade. Arrivant au Pont-de-pierre sans avoir aperçu celle qui l'intéresse, il se dirige vers la porte des Salinières et les petites rues adjacentes où il continue sa recherche, épiant les prostituées, ce qui lui vaut de se faire apostropher, interpeller, mais il renvoie avec humour les grivoiseries.

— Je suis un flic !

— Et alors mon poulet ! Tu n'es pas un homme ? Tu crois qu'on n'en voit pas d'autres ?

— Je cherche Élodie.

— Pas vue, mais... je la remplace !

— J'ai besoin de lui parler, c'est important.

— Ah, dans ce cas... non, on ne l'a pas vue ici ce soir.

Il traîne encore un bon moment, arpente des ruelles en

vain, jusqu'à ce que, fatigué et découragé, il se décide à rejoindre sa voiture.

Approchant alors du parking, de loin, il aperçoit la femme qu'il a croisée près du *Colbert*, en discussion avec une autre fille, elle le voit venir et lui fait signe.

— C'est Élodie, dit la femme. Elle va te raconter, moi, faut que j'y aille… Salut ma chérie, salut beau mec !

— Bonsoir, dit Simon.

— Bonsoir, qu'est-ce que vous voulez savoir ?

La fille est méfiante et peu habituée à la politesse.

— Vous avez parlé à une fille samedi soir ? Une jolie fille, des cheveux blonds, très longs ?

— Oui, ma copine m'a expliqué ce que vous cherchiez. J'ai discuté avec une fille samedi, blonde, oui.

— Qu'est-ce qu'elle vous a dit ?

— Elle avait l'air d'attendre quelqu'un, tellement impatiente ! Je lui ai dit : « C'est au moins un ministre que t'attends là ! » un truc comme ça. Elle m'a répondu : « Non, c'est Malik » avec un grand sourire, mais elle avait la voix tremblante, elle n'était pas loin des larmes.

— Cette fille, vous connaissez son nom ? C'est une prostituée ?

— Oui, c'est une pute. Elle est russe, je crois… ou genre. Elle m'a dit qu'elle s'appelait Helena.

« C'est elle ! » se dit Simon, songeant au prénom gravé sur le petit bracelet, accusant le coup, ému d'avoir enfin retrouvé la piste de la fille.

Élodie a deviné :

— C'est la fille qu'on a trouvée l'autre jour ? C'est Helena ? Merde, alors ! La pauvre… C'était une gamine en plus ! Dégueulasse… c'est dégueulasse.

— Racontez-moi tout ce que vous savez.

— Ben, je n'ai pas grand-chose à dire, on a juste échangé trois mots. Elle avait l'air énervé, dans un drôle d'état… C'est pour ça que je lui ai parlé, elle a dit qu'elle attendait Malik. Elle insistait : « Il faut qu'il vienne ! » Après, j'ai vu un garçon arriver, j'ai pensé que ça devait être le fameux Malik, et je les ai laissés.

— C'est tout ? Vous n'avez pas entendu quelque chose ? Quelques mots ?

— Non, je me suis seulement dit qu'elle n'avait pas l'air content, que c'était pas la peine de l'avoir tant attendu pour lui faire la gueule comme ça… Mais je suis pas curieuse, et j'avais un micheton en vue.

— Vous allez me donner votre identité et votre adresse. Il faudra venir à mon bureau, dès demain matin, pour qu'on prenne votre témoignage.

— C'est bien ma veine… Alors, c'est bien elle qui est morte ? dit la fille en sortant ses papiers.

— Je le crains, oui. Demain matin, 9 h 00, dit-il en lui tendant sa carte professionnelle.

— Pff… c'est vraiment dégueulasse, répète Élodie.

Elle a l'air de réfléchir aux risques du métier.

— 9 h 00 ? Vous êtes dur ! C'est tôt ! C'est que j'ai des horaires de nuit, moi !

— Bon, allez… 10 h 00. C'est bien votre domicile ? dit-il en notant l'adresse sur la carte d'identité.

— Oui, c'est ça.

— Je compte vraiment sur vous : 10 h 00. Ne m'obligez pas à venir vous chercher. Cette fille a été tuée et vous êtes peut-être l'avant-dernière personne à l'avoir vue.

— Ah, y'a quelqu'un d'autre ?

— Oui… Son assassin.

3

Dix heures passées. Bien sûr, Élodie n'est pas ponctuelle. À 10 h 45, elle débarque, sans complexe ni excuses, Simon lui fait voir sa montre. En guise de réponse, elle lève la manche de sa veste pour découvrir son poignet à elle, dépourvu de cadran, elle hausse les épaules avec un petit sourire désolé, espiègle.

Cette fille est sympathique, Simon renvoie le sourire, l'indulgence fait partie de sa nature et même son métier n'en est pas venu à bout. Il reste un flic « gentil » comme a dit la fille hier soir.

— Bon, asseyez-vous. dit-il en ouvrant sur son ordinateur le modèle de fichier *Déposition*.

— Alors, on reprend tout : nom, prénom, date de naissance, adresse etc.

Elle s'exécute, rompue à l'exercice.

— Donc, samedi soir, vous étiez donc sur les quais ? Où exactement, et à quelle heure avez-vous rencontré cette fille ?

— Où ? Sur le parking du *Colbert*. Elle, je ne la connaissais pas, parce que je ne vais jamais par là d'habitude. L'heure, ça… Vous avez remarqué que je ne porte pas de montre… Il devait être aux environs de vingt et une heure, je ne peux pas vous dire mieux.

— Donc, racontez-moi tout : qui a parlé la première, ce que vous vous êtes dit…

— C'est moi qui ai parlé. J'étais intriguée par son attitude, elle n'avait pas l'air dans son assiette. Et puis c'est une fille qui ne passait pas inaperçue, une beauté. J'ai eu envie de lui parler, je lui ai dit : « C'est un prince ou un ministre que tu attends ? » Elle m'a répondu, avec un sourire, qu'elle attendait un certain Malik. Alors j'ai dit : « Ah ! Et c'est ce Malik qui te met dans cet état ? » Elle a mis du temps à répondre, comme si elle se parlait à elle-même, qu'elle avait peur qu'il ne vienne pas. Alors j'ai dit : « C'est qui, ton Malik ? Ton amoureux ? » Elle n'a pas dit non, mais ça n'avait pas l'air très clair. J'ai pensé que c'était son mac : « Il s'occupe de toi ? » Et là, elle a été très claire : « Oh ! Non ! On se voit, c'est tout » Ensuite, je ne me souviens pas exactement de tout ce que l'on s'est dit, je lui ai demandé son prénom, elle m'a répondu qu'elle s'appelait Helena, en précisant que c'était son vrai prénom.

— Bien. Mais essayez de vous souvenir de la conversation, c'est important…

— Ben, je sais que je lui ai posé des questions sur son Malik, parce que je voyais bien qu'elle était… perturbée. Je lui ai demandé ce qu'il faisait, d'où il venait, si elle savait où il vivait, elle m'a répondu qu'il allait au lycée et qu'il habitait au Grand-parc, dans une tour qui s'appelle *L'Europe*… un nom qu'on retient. Elle m'a confié qu'elle n'en pouvait plus de ce boulot. Elle m'a demandé si j'avais choisi de faire ça, comment je faisais pour endurer… Alors j'ai plaisanté. J'essayais de lui changer les idées, enfin, elle a vu un garçon arriver, de l'autre bout du quai. Elle a dit : « Ah ! Le voilà ! » Elle est allée à sa rencontre et je les ai vu discuter… Mais j'ai été très étonnée parce qu'elle avait l'air en colère… Je crois qu'ils se disputaient, après, j'ai été embarquée par un client et je ne les ai pas revus.

— Donc vous l'avez vu, ce Malik ? Comment est-il ? Pouvez-vous le décrire ?

— Je l'ai aperçu, oui… Un jeune beur, assez grand, habillé comme tous ces jeunes, l'uniforme quoi : blouson, jeans… pas de casquette. Je n'ai pas bien vu son visage : il fait noir sur ce parking, et ils étaient à quelques mètres.

— Rien de plus précis ?

— Non, un jeune comme tous les autres, je les vois tous pareils, moi… je vous répète, je ne l'ai pas vu de près.

— Vous n'avez rien entendu non plus de ce qu'ils se sont raconté ?

— Non, j'ai seulement compris qu'ils n'étaient pas d'accord. Elle surtout, elle avait l'air de ne plus vouloir lui parler.

— Comment ça ?

— Après un temps, elle l'a poussé et elle s'est éloignée. Il l'a rattrapée, il lui a dit quelque chose mais c'est là que je suis partie.

— Est-ce qu'elle vous a dit pourquoi elle attendait ce « Malik ».

— Non.

— Est-ce que c'était pour de la drogue ?

La fille reste muette.

— Est-ce qu'elle vous a paru en manque ?

— Peut-être, vu sous cet angle…

— Il serait donc possible que ce Malik soit un dealer et que c'est pour cela qu'elle l'attendait ?

— Eh ! J'ai pas dit ça !

— Est-ce qu'elle a parlé de drogue ?

— Non ! Elle m'a seulement parlé de ce garçon qu'elle devait voir !

— Et elle a bien dit : « Le voilà » ?

— Oui.

— Vous ne voyez rien à ajouter ?

— Non, c'est tout.

— Bon, alors vous allez relire votre déposition, si vous vous rappelez d'un détail, de quelque chose, dites-le. Si vous êtes d'accord, signez… et bien sûr, il est possible qu'on vous contacte à nouveau. Est-ce que vous sauriez reconnaître ce Malik ?

— Peut-être, je crois.

— Très bien, alors si on le trouve, on vous convoquera.

4

Il n'était pas revenu dans ce quartier depuis l'accident d'Anna, un an s'est écoulé et il est encore sous le choc. D'ailleurs, cette expression : « Faire le deuil », qu'on lui a si souvent servie, l'exaspère : Il faudrait « faire son deuil » ?

Comment pourrait-il désirer « faire le deuil » d'Anna, lui qui ne veut pas accepter sa disparition, qui veut au contraire continuer à la vivre comme une révolte : ne pas tolérer l'intolérable, ce serait la trahir.

De plus, il ne sert à rien de vouloir échapper à la douleur, elle le traque partout et sans cesse, alors il préfère ne pas biaiser, vivre avec elle en continu et peut-être un soir, finir par l'apprivoiser.

Il se hérisse à l'idée d'oublier Anna. Chaque soir au contraire, il est comme un drogué en manque, à la recherche d'un souvenir, d'une odeur, d'une sensation, comme des simulacres de l'existence d'Anna, des relents de vie dont il est dépendant et dont il ne veut pas imaginer pouvoir un jour se passer.

Sa mémoire, déjà défaillante, peine à lui restituer le visage d'Anna, ou sa silhouette, il doit la stimuler de temps en temps avec des photos ; mais cela ne suffit pas, il lui faut se remémorer ses gestes, sa façon de se mouvoir, ses habitudes et sa manière d'agir. Il y parvient encore, mais le pire, c'est sa voix. Longtemps, il a gardé le message du téléphone qu'il écoutait au plus profond de son chagrin, jusqu'à ce qu'il ne puisse plus le supporter. Il a fini par l'effacer, et à présent il a perdu la voix d'Anna, son timbre, ses intonations. Il a beau fatiguer sa mémoire, il ne lui reste plus que des bribes, quelques mots, ceux qu'elle utilisait le plus souvent, et la petite phrase, intacte, acide et qui lui déchire le cœur : « À ce soir, sale flic ! »

Cependant, ici, ce n'est pas pareil, les fantômes qui rôdent autour ce carrefour maudit sont des monstres : les images horribles de l'accident, le corps mutilé d'Anna. Ça, c'est insoutenable.

Simon a donc évité, jusqu'à cet instant, de repasser par là, craignant de ne pouvoir soutenir des visions insupportables.

Il est un peu surpris, le cœur battant quand même, de pouvoir traverser ce quartier, en ce mois de janvier, sans se retrouver dans l'état de stress qu'il imaginait. Comme quoi, le pouvoir de l'imagination — qui nous fait appréhender les moments difficiles de l'existence, nous plonger par anticipation dans l'angoisse — est quelquefois supérieur à celui de la réalité. Il nous fait sous-estimer notre courage ou notre capacité à supporter la douleur.

Ah ! Toujours sa manie insupportable de vouloir tirer un précepte de tout.

Il roule lentement, observateur attentif, entre les tours et les immeubles dressés autour des maigres espaces vaguement aménagés. Il gare sa voiture devant la barre d'immeuble baptisée *L'Europe*, et prend conscience, à pied d'œuvre, de l'ampleur de la tâche. Le bâtiment est immense, de quoi se perdre… Chercher un simple prénom, à travers ce dédale sur plusieurs ailes et étages, tous ces paliers, toutes ces entrées, lui paraît impossible.

Anna aurait pu l'aider dans cette affaire, ce quartier, ces gamins, elle les connaissait bien, elle les aimait. Pourtant, il se souvient que, parachutée à la sortie de ses études dans ce poste difficile, au début, elle avait souvent craqué et cru renoncer à devoir confronter ses aspirations à la dure réalité de ces classes. Puis peu à peu, elle avait appris comment se faire écouter, accepter, respecter et aimer de ces gamins.

Elle disait : « Ils m'ont rendue intelligente, je leur dois au moins un peu d'instruction ! Tu ne crois pas ? »

Anna aurait su le conseiller et lui faire découvrir ce quartier. Elle connaissait les mères, les frères, les commerçants, les problèmes quotidiens de ces gens. Elle savait comment les aborder, leur parler. Elle avait « pénétré le milieu » lui disait-il, singeant le vocabulaire de police.

L'idée lui est venue que peut-être il n'y a qu'un Malik, celui d'Anna, son « petit chouchou », élève préféré, celui que tous les enseignants rêvent de rencontrer, de mettre dans le bon chemin, le petit garçon rebelle mais doué, intelligent, vif… et beau par-dessus le marché.

Anna lui en avait tellement parlé qu'il a l'impression de le connaître. Et si c'était lui ? Et si c'était pour ça que depuis le début quelque chose d'irrationnel le trouble dans cette affaire ?

Malik : est-ce un hasard ?

Simon se souvient… et se demande ce qu'il est venu chercher là aujourd'hui… S'il est ici, à cet instant, est-ce à la recherche de Malik ou d'Anna ?

Ce fil rouge dans l'enquête, ce qui le trouble depuis le premier jour, est-ce ce lien ? Un lien absent, qui le ramène dans ce quartier en réunissant deux prénoms : Anna et

Malik.

Mais des « Malik », il doit y en avoir en ribambelle dans la cité du Grand-parc. Rien que dans cette tour, trouver le bon, c'est peut-être mission impossible. Il ne se fait guère d'illusions, pour l'instant, les indications sont vagues et seules sont troublantes dans cette affaire les coïncidences et ses propres émotions, inexpliquées.

Des gamins jouent dans un espace vert, il s'approche et en moins d'une minute, les gosses sont tous autour de lui. Il leur demande s'ils connaissent un garçon, plus grand qu'eux, un grand frère nommé Malik.

Les réponses fusent toutes en même temps, les gosses font les intéressants :

— Moi, moi m'sieur, je le connais Malik.

— Moi aussi, moi aussi !

Et les bêtises jaillissent derrière les ricanements des gosses. Il n'obtient finalement aucun renseignement sérieux, les gosses ont déjà appris de leurs aînés, que les flics sont dans l'autre camp et que de, toute manière, ici, on ne fait jamais de cadeau.

Peu motivé, il abandonne les gamins. Il ne peut rien en tirer, mais il n'était pas vraiment venu pour ça, aujourd'hui, seulement poussé par la sensation bizarre d'être personnellement concerné par cette histoire, d'être touché de près par les personnages, il s'en défend mais ne parvient pas à s'en défaire.

« Anna, est-ce toi qui m'as ramené ici ? »

Il ne sait trop ce qu'il est venu chercher aujourd'hui, il n'agit qu'instinctivement, par petites touches, se rapprochant pas à pas, avec de maigres indices, du nœud de l'affaire, conscient cependant de cerner lentement une certaine vérité, encore lointaine certes, mais qu'il sent tout de même accessible.

5

Après quelques jours de recherche, Simon présume avoir trouvé celui qu'il cherche.

Plusieurs Malik habitent *L'Europe*, deux seulement ont un âge qui coïncide. Un seul est lycéen, ce pourrait donc être celui qu'Élodie a aperçu l'autre nuit.

Simon aurait pu éviter ce travail en s'adressant directement au lycée, d'ailleurs, mais cela aurait trop tôt pointé du doigt le gamin, et il n'a pas souhaité le faire.

Il valait mieux agir en souterrain et contacter le garçon avec discrétion et prudence. « Toujours sous l'influence d'Anna », remarque-t-il avec une petite pointe d'amertume.

Khadija monte les étages, chargée d'un lourd cabas débordant de légumes. Depuis cette nuit où Malik est rentré, sale et exténué, sans vouloir lui révéler d'où il venait, les choses se sont apaisées, leur vie semble avoir pris une bonne direction et Malik s'est calmé. L'étau se desserre, elle recommence à respirer.

Devant sa porte, elle découvre avec surprise qu'un homme semble l'attendre. Déjà elle se raidit.

Simon sourit gentiment, ayant perçu l'inquiétude. Elle se détend un peu :

— Bonjour, madame. Malik habite-t-il ici ?

Il a sur le champ repéré l'angoisse : il sait la détecter, imperceptible déglutition de la salive, une veine du cou qui bat, la voix blanche.

— Oui.

— Je suis policier, madame, je voudrais lui parler.

— Pourquoi ? Qu'est-ce qui se passe ?

Elle est futée, il note qu'elle n'a pas dit : « Qu'est-ce qu'il a fait ? » alors que c'est ce qu'elle pensait.

— Je veux seulement recueillir son témoignage, c'est tout. Il est peut-être témoin dans une affaire.

— Quelle affaire ? Témoin de quoi ?

— C'est Malik que je dois voir, madame. À quelle heure doit-il rentrer ?

— Il ne va pas tarder, il est au lycée… Euh… Entrez.

Simon la suit dans le F3 bien tenu.

— Asseyez-vous, dit-elle en se posant elle-même sur une chaise, cassée par l'émotion.

Simon se dit que ce Malik doit avoir déjà fait des siennes et que sa mère n'est pas tranquille. Il n'a pas trop à attendre, Malik en effet ne tarde pas à rentrer.

Quand il pousse la porte, immédiatement, Simon se dit que c'est lui, c'est le petit élève d'Anna, il en est certain, même s'il ne l'a jamais vu. Ce garçon a un visage frondeur, taillé au couteau, un regard acéré qui reflète l'intelligence.

Surpris par sa présence, Malik lance un regard inquisiteur vers sa mère, dont le visage décomposé ne lui laisse rien présager de bon. Simon se lève, se présente en montrant sa carte de police et :

— Vous vous appelez bien Malik ?

— Oui.

— Je dois vous interroger. Vous allez me suivre au commissariat.

Malik est sans voix. Il doit se retenir, de peur d'en dire trop, mais Simon lit l'inquiétude sur son visage, l'habitude lui fait pressentir que le garçon n'est pas sûrement pas irréprochable. Mais il veut rassurer la mère visiblement émue :

— Je vais emmener Malik, mais pour un simple interrogatoire. Ce ne sera pas long, madame.

Il réalise en le disant qu'il est peut-être en train de lui mentir. Il se pourrait que ce soit plus grave et que Malik ne rentre pas chez lui de sitôt. Cette idée le contrarie et le fait qu'il en ait conscience l'agace.

Khadija ne répond pas, elle se retient de questionner Malik, craignant de lui porter tort. Abattue, elle paraît s'être retirée derrière un mur, ce mur dont elle a l'habitude, celui du silence, des dents serrées, érigé par l'infortune, seul refuge pour les démunis ne les protégeant de rien.

Simon se dit qu'elle était si légère tout à l'heure, dans l'escalier, avec son grand sac. Là, à présent, le visage crispé, le regard pris au piège, elle paraît avoir pris dix ans d'un coup.

Pourtant, alors qu'ils s'apprêtent à sortir, elle se reprend et regarde son fils dans les yeux.

— Reviens vite.

Malik acquiesce silencieusement.

En descendant l'escalier, suivi de Malik qui n'en mène pas large, Simon réfléchit déjà à la manière dont il va pouvoir interroger le garçon. Il se sent lui aussi pris par l'émotion, traversé même par des idées folles qui le ramènent comme toujours à Anna.

Ils ne passent pas inaperçus devant l'immeuble, ils montent dans sa voiture sous les regards curieux, il est embarrassé et Malik est gêné.

Il y a Momo, qui « tient le mur » comme on dit, et qui ne peut s'empêcher de le narguer :

— Alors, Malik ? On va faire un tour chez les keufs ?

Malik préfère se taire.

Le trajet se fait en silence, le garçon semble très nerveux et Simon est de plus en plus persuadé qu'il doit avoir quelque chose à se reprocher.

Parvenu dans le bureau, Simon s'installe face au garçon, devant son écran. Il est tenté de tutoyer le garçon mais il hésite. D'habitude il évite le tutoiement, mais ce soir, c'est un simple mouvement de sympathie qui le pousse à cette familiarité.

— Est-ce que tu sais pourquoi tu es là ? Pourquoi je vais t'interroger ?

— Non.

— Tu n'en as aucune idée, vraiment ?

— Non, répète Malik sans conviction.

— Moi, je pense le contraire, mais cela n'a pas d'importance. Où étais-tu le samedi 7 janvier, dans la soirée ?

— Chez moi, pourquoi ?

— Tu en es sûr ?

— Oui, oui...

— Je crois que tu me mens. Tu n'es pas venu sur les quais ? du côté du *Colbert* ?

— Ah ! oui, j'ai fait un tour sur les quais, c'est vrai.

Curieux, se dit Simon, le garçon a l'air surpris, comme s'il s'attendait à autre chose.

— La mémoire te revient ? Est-ce que tu connais une prostituée prénommée Helena ?

Malik hésite, il a de nouveau l'air très inquiet.

— Alors ? Tu la connais ?

— Oui, enfin un peu... Je lui ai parlé quelquefois, c'est tout mais j'ai... enfin, j'ai jamais...

— C'est pas ce qu'on raconte. Helena, elle, prétendait bien te connaître. Tu lui as parlé ce soir-là ?

— Non, je ne l'ai pas vue.

— Tu es certain de ça ?

— Ben oui, puisque je vous le dis.

— D'abord tu me dis que tu n'es pas sorti, tu m'as menti, et maintenant tu mens encore : je sais que tu l'as vue !

— Mais non, je vous dis !

— Tu sais qu'elle est morte ?

Malik se lève brutalement de sa chaise, comme sous l'effet d'un choc.

— Non ! articule-t-il avec peine

« S'il simule, c'est fichu bon comédien » songe le flic.

— Tu ne savais pas qu'elle était morte ?

Malik secoue la tête négativement.

— Morte ? répète Malik, comme pour lui.

— On l'a retrouvée noyée, quelqu'un t'a vu lui parler ce soir-là.

— Non, insiste Malik, la voix brouillée par l'émotion.

— Une fille dit t'avoir vu vers dix heures, sur le parking, et vous vous êtes disputés, paraît-il.

— Ça alors ! C'est pas possible ! Je vous dis que je ne l'ai pas vue, j'étais venu pour la voir, c'est vrai… mais justement je ne l'ai pas trouvée, je l'ai attendue mais elle n'était pas là.

Cela paraît absurde de nier comme ça et pourtant le garçon paraît sincère, il a l'air très affecté.

— C'est curieux, une fille dit qu'Helena était là, sur le parking, qu'elle lui a parlé, et parlé de toi en plus. Helena a dit qu'elle t'attendait. Quand tu es arrivé, elle a dit : « Le voilà ». Ensuite vous vous seriez disputés.

Malik se prend la tête à deux mains :

— C'est pas possible ! C'est dingue ce truc !

— Tu l'as vue, oui ou non ?

— Non, non et non ! Je vous dis que je ne l'ai pas vue.

— Tu maintiens cette version ? Tu sais ce que tu risques si on prouve que tu as menti ?

— Je ne mens pas.

— Tu as déjà menti une première fois, il y a cinq minutes, comment veux-tu que je te croie ?

— Oui… Non, ce n'était pas un mensonge : je pensais pas que c'était important d'être allé sur les quais, je ne m'en souvenais même pas, sinon, je l'aurais dit.

— Malik, c'est grave. Ça peut même devenir très grave pour toi si tu t'entêtes à me raconter des craques. La fille n'a pas pu tout inventer : elle ne te connaît pas, comment aurait-elle deviné ton prénom ? Elle t'a décrit, elle a dit qu'Helena voulait absolument te voir, ne me dis pas qu'elle a inventé tout ça. C'est impossible, alors, tu ferais mieux de dire tout de suite la vérité.

Malik se redresse comme stimulé par ces paroles, il ne paraît plus défait mais animé d'une rage qu'il a du mal à maîtriser. Sa voix vibre de colère :

— Je vous ai dit la vérité, je suis venu pour la voir mais je ne l'ai pas vue. Vous ne me mettrez pas je ne sais quoi sur le dos, vous pouvez courir !

Simon est impressionné, mais perplexe. Ou bien le garçon dit vrai, ou il est très fort. Ce ne sera pas facile.

— Est-ce que tu as vu quelqu'un d'autre, ce soir-là ? Parlé à quelqu'un ?

Malik semble réfléchir avant de répondre, alors que ses réponses précédentes ont fusé avec une spontanéité évoquant une possible sincérité, mais il se bute.

— Non, personne.

« Il ment, se dit Simon, là il ment, décidément, c'est bizarre, s'il a vu quelqu'un, pourquoi veut-il le cacher ? Il a peut-être vu quelque chose qu'il ne veut pas dire ».

— Tu as vu quelque chose, alors ?

— Quelque chose comment ?

— Je ne sais pas, moi... Bon, on reprend tout depuis le début : tu me racontes tout ce que tu as fait, du moment où tu es parti de chez toi jusqu'à ce que tu y retournes, allez, je t'écoute.

— Je suis parti de chez moi vers neuf heures ou neuf heures et demi, je sais plus trop... À pied. Et je suis de suite allé vers le *Colbert* pour voir Helena, mais elle n'était pas là. Alors je me suis baladé, pas très loin, je revenais de temps en temps pour voir si elle était revenue. J'ai dû traîner comme ça... une heure, et puis je suis rentré chez moi, c'est tout.

— Tu n'as parlé à personne ?

— Non.

— Il y avait des filles sur le parking, tu n'as parlé à aucune ?

— Non, j'ai pas fait attention. Y'a toujours des filles, là.

— Tu n'as rien remarqué de spécial, rien vu de particulier ?

— Mais non ! J'ai juste fait un tour, je n'ai pas vu Helena et je suis rentré, c'est pas compliqué !

— Je crains que ça le soit, compliqué. Je te rappelle qu'une jeune femme est morte, je l'ai vue sur le trottoir, trop jeune pour mourir ! Et je peux te dire que je ferai tout mon possible pour trouver comment elle est morte. Alors j'aimerais mieux que tu coopères. Ce n'est pas parce que tu lui as parlé qu'on va t'accuser, mais pourquoi mens-tu ? Tu ne comprends pas que cacher quoi que ce soit te rend au contraire suspect ?

— Je ne comprends rien à votre histoire et je vous répète que je ne l'ai pas vue.

— À quelle heure es-tu rentré chez toi ?

L'hésitation de Malik ne peut passer inaperçue.

— Je ne sais pas trop, j'ai dû rester une heure à peu près.

— Donc tu serais rentré vers onze heures ?

— C'est ça, oui, je crois.

Simon est perplexe, un mélange de franchise et de dissimulations, ce gamin… Il pourrait le garder mais cela ne servirait à rien, l'enquête ne fait que débuter, le témoignage de la fille est fragile, il est préférable de laisser le gamin dehors, il pourrait lui en apprendre plus.

— Bon… Nous en resterons là pour ce soir, je te convoquerai prochainement pour te confronter avec la fille qui prétend t'avoir vu, nous verrons bien… En attendant tu signes ta déposition, à moins que tu te ravises ?

— Je lis d'abord, et je signe, dit fermement Malik.

Simon est troublé par l'aplomb du môme : est-ce du bluff ? Il le croit intelligent, pourquoi s'entêterait-il donc dans un mensonge dont il a tout à fait compris qu'il peut se retourner contre lui ? Que cherche-t-il à dissimuler ? A-t-il quelque chose à voir dans la mort de la jeune fille ? Quels étaient ses liens avec Helena ?

Autant de questions qui n'ont pas fini de le préoccuper.

Prétextant que c'est sa route et qu'il préfère ne pas le voir traîner, il propose de ramener le garçon chez lui. Il ne peut s'empêcher de ressentir un élan de sympathie envers ce gosse, il ne peut l'imaginer coupable d'un crime.

En sortant dans la rue, il lui offre une cigarette, ils fument en marchant vers la voiture :

— Tu ne savais vraiment pas qu'elle était morte, n'est-ce pas ?

— Non.

— Tu ne lis pas les journaux ?

— Non.

— Personne ne te l'a dit, tu n'en as pas entendu parler ?

— Non, je vous dis, je ne savais pas.

— Tu la voyais régulièrement ?

— On s'est parlé quelquefois, c'est tout, je vous l'ai déjà dit.

— Je sais… mais j'essaye de comprendre : c'est mon métier.

Puis changeant de ton :

— Tu vis seul avec ta mère ?

— Ouais

— Et ton père ?

— J'en ai pas ! Elle est trop forte, ma mère : *Elle a fait un bébé toute seule* ! Remarquez, comme ça, pas d'embrouille avec ce truc, là… vous savez, le complexe d'Œdipe ! Vous voyez, même mon père, j'ai pas eu besoin de le tuer, vu que j'avais ma mère pour moi tout seul, c'est pas une preuve, ça ?

— J'ai jamais dit que tu étais un criminel.

Malik reste fermé, braqué. La mort d'Helena le lacère. Il se triture le cœur. L'amertume le suffoque, il se rabâche qu'il avait bien raison de cultiver la haine, de bannir l'espoir de sa tête. Il avait raison de ne rien attendre et de se préparer au pire.

Il pense à cette sale histoire de bagnole avec Dany, ça aussi, ça va ressortir avec le reste. Il est cuit.

Il songe à Chloé, c'était trop beau, pour une fois, pour la première fois, l'existence semblait vouloir lui foutre la paix. Et ce soir, c'est comme un gouffre devant lui.

C'est encore plus dur à présent qu'il a cru pouvoir s'en sortir, qu'il a entrevu autre chose, qu'il a laissé se lever l'espérance, comme un bizut !

Il ne fallait pas, il le savait bien ! Depuis longtemps, il l'avait pourtant compris, qu'il fallait continuer à cultiver le négatif, nourrir l'adversité, flatter le malheur, au moins il n'aurait pas été déçu ! Il n'aurait pas été affaibli, il aurait pu encaisser.

Il fallait rester dans la merde !

Il se sent marron !

La tension de Malik est palpable. Simon tente d'écouter le silence qui s'est installé dans la voiture et qui diffuse comme des embruns, les effluves de son angoisse, il ne parvient pas à déceler la nature de son trouble.

Il dépose le jeune garçon devant l'immeuble, ému plus qu'il ne devrait, troublé par des opinions contradictoires, partagé entre le doute raisonnable, et la tentation de se laisser convaincre par la sincérité du chouchou d'Anna.

En rentrant chez lui, avant d'ouvrir la porte, repris par ses propres obsessions, il oscille encore, entre l'espoir le plus fou et la tyrannie de la raison.

6

Depuis l'interrogatoire de Malik, Simon n'a plus que cela en tête, conscient de devoir dissimuler devant ses collègues cette préoccupation exagérée, craignant de perdre son objectivité et son jugement.

Ne suffisait-il pas à Anna d'habiter ses nuits agitées de rêves, de cauchemars et d'insomnies ? Il faut à présent, qu'elle se manifeste aussi le jour, envahissant sa pensée et s'immisçant jusque dans son travail. Serait-il en train de devenir dingue pour la voir ainsi partout ?

Il est désormais convaincu que Malik est bien le petit élève doué qu'Anna a aimé autrefois, Simon le voit exactement comme elle l'avait dépeint, une personnalité attachante mais un écorché. Comment alors ne pas se laisser pénétrer par la sensation que c'est elle qui a mis cette enquête sur son chemin ? Pourquoi ? Pour protéger Malik ? Lui, l'athée, le cartésien, lui qui ne croit en rien, victime d'hallucinations ? Il a honte de ses fantasmes et se raccroche comme il peut à des certitudes : « L'étrange n'est jamais que le fait d'un pur hasard », « Les coïncidences ne sont que la rencontre fortuite d'éléments matériels, tangibles. »

Les images de la jeune fille morte ne se sont pas effacées. Ça, c'est la réalité tangible et Simon se dit que, en dépit d'Anna, il retrouvera sa lucidité et fera ce qu'il s'est promis : expliquer cette mort et trouver les coupables, même s'il doit impliquer Malik.

Il a convoqué le garçon pour la confrontation avec la prostituée qui prétend l'avoir vu ce soir-là. Pour l'instant, ni l'un ni l'autre ne sont à l'heure.

Enfin Élodie débarque la première dans le bureau, souriante, toujours sans complexe. Cette fois, elle a troqué sa tenue habituelle contre des vêtements plus passe-partout. Elle est vêtue d'un jeans et d'une petite veste en cuir, sans maquillage, elle lui paraît très jeune. Il se souvient qu'elle est à peine majeure. Aujourd'hui elle fait plus juvénile encore, peut-il lui faire confiance ?

— Bonjour, asseyez-vous. Je vous ai demandé de venir pour identifier un garçon qui pourrait être celui que vous avez vu le soir du 7 janvier parler à Helena.

Élodie songe qu'aucun flic ne lui a jamais parlé aussi poliment, aussi gentiment, ils sont d'habitude si méprisants ! « C'est un cas celui-là » se dit-elle, ce qui suffit à la décider à coopérer du mieux qu'elle le pourra.

L'inspecteur reprend, en attendant, la déposition de la fille, revenant sur quelques points, cherchant à déceler le moindre détail qui aurait pu lui échapper. Mais rien, elle a déjà tout dit, ne se souvient de rien d'autre et commence à se fatiguer sur sa chaise et à trouver le temps long.

Au bout d'une heure, il est évident que Malik ne viendra pas, la fille est amusée. Simon cache mal son énervement :

« Anna, j'en ai marre de ton Malik ! »

Il se lève brusquement et congédie Élodie. Maussade, il quitte son bureau derrière elle, ils traversent le couloir en direction de l'ascenseur, elle marche à quelques mètres devant lui et… aperçoit Malik, venant en sens inverse.

Il se dissimule dans l'encoignure d'une porte, et les laisse se croiser sans intervenir, pour voir.

Dans le couloir étroit, Malik frôle involontairement la fille au passage. Elle ne dit rien, ne bronche pas… Pas la moindre réaction : elle ne paraît même pas le remarquer. Et Malik paraît ne pas la voir. Ils se sont croisés comme des inconnus, en s'ignorant.

Simon s'interroge encore lorsque Malik le remarque et s'adresse directement à lui :

— Je suis en retard ?

Simon ne répond pas, rattrape la fille par le bras :

— Élodie ! Excusez-moi : on y retourne… Toi, tu attends là, lâche-t-il sévèrement à Malik, lui indiquant une chaise dans le couloir.

Il entre dans le bureau, suivi de la fille.

— Bon, alors, on va peut-être pouvoir avancer ?

S'adressant à Élodie :

— Est-ce que c'est le garçon que vous avez vu l'autre soir ?

Elle ne répond pas, embarrassée.

— J'ai posé une question.

— C'est possible.

— Comment ça, « c'est possible » ? Vous venez de le croiser dans le couloir et visiblement vous ne l'avez pas reconnu, en tout cas, vous n'avez rien manifesté ! Vous auriez dû vous arrêter, me dire : « c'est lui ! »

— Je vous ai dit l'autre jour, et répété aujourd'hui… Je ne l'ai pas bien vu ! Oui, c'était un garçon comme ça, avec ce genre d'allure. Ça pourrait être lui, oui, c'est vrai… mais je peux pas vous le garantir.

— C'est lui, oui ou non ?

— Il lui ressemble, là : ça vous va ? Mais je ne peux pas être certaine.

Simon est perplexe. Élodie est-elle sincère ou cherche-t-elle à disculper le jeune garçon ?

— On va voir, fait Simon.

Il se lève pour faire entrer le garçon :

— Assieds-toi... Regarde cette jeune personne... Elle dit t'avoir vu, le soir du samedi 7 janvier, parler à Helena, sur le quai du *Colbert*. Toi, qu'en dis-tu ?

— Ce n'est pas vrai, je n'ai pas parlé à Helena ce soir-là et je n'ai jamais vu cette fille. ajoute-t-il en se tournant vers Élodie.

— Connaissais-tu Helena ?

— Oui, je vous l'ai dit.

— Alors, tu es bien le « Malik » qu'elle attendait ce soir-là ?

— Oui, sans doute.

— Elle a dit à mademoiselle qu'elle t'attendait, s'énerve Simon... Et tu es venu ?

— Non, non et non ! s'entête Malik.

« Ce garçon est-il buté ou stupide ? » pense Simon.

— Pourquoi avais-tu rendez-vous avec cette fille-là ?

— Je n'avais pas « rendez-vous »... Je venais la voir, comme ça, à tout hasard !

— Dans quel but ?

— On était copains.

— « Copains » ? Avec une pute ? Copains ou plus ?

— Copains, je vous dis ! Seulement copains !

— Tu dis que vous n'aviez pas rendez-vous, pourtant elle t'attendait !

— Oui, mais c'était comme ça, des fois on se voyait, des fois pas !

— Est-ce que tu lui fournissais de la drogue ?

— Quoi ? éclate Malik.

— Est-ce que tu étais censé lui apporter sa came ? Est-ce que tu deales ?

— Je ne touche pas à ça ! fait-il, la voix brisée.

— Pourtant quelqu'un la fournissait.

— Mais non, elle ne se droguait pas !

— Et bien si ! L'autopsie l'a montré.

Malik paraît vaincu, il ne bronche plus, anéanti. Simon cherche à poursuivre l'interrogatoire, mais le garçon s'est muré dans un mutisme désabusé, passif. Il semble à la fois résigné et indifférent.

Constatant qu'il n'en tirera plus rien, l'inspecteur les libère avec mauvaise humeur, lui et cette pute qui ronge son frein, muette et embarrassée depuis un bon moment.

La seule déposition d'Élodie ne constitue pas une preuve, d'autant qu'elle ne l'a pas identifié formellement. La seule chose qu'il ait, selon la formule, c'est un « faisceau de présomptions ». Pourtant il est certain que la fille attendait Malik, Élodie n'a pas pu l'inventer.

Pourquoi dans ce cas s'acharne-t-il à nier l'avoir rencontrée ?

7

Le froid s'est répandu cette nuit, impitoyable, aiguisé comme une lame de glace. Pierre a senti dès les premières heures ses ressources faiblir et ses forces s'amoindrir. Finalement, l'autre jour, il n'exagérait peut-être pas tant que ça, en prétendant qu'il ne passerait pas l'hiver. Au fond, il s'en moque. À une petite nuance près, il aurait aimé la revoir et lui parler, les yeux dans les yeux, une dernière fois, mais... bah ! Cela non plus, il n'en est pas capable, trop cabossé... « Une épave... je ne suis plus qu'une épave ! »

Il a été difficile de trouver un abri cette nuit, un glacial vent de nord s'est levé, pénétrant partout, balayant ses cachettes habituelles, traversant ses tanières comme des couloirs de courants d'air.

Enfin, sous un porche qui a l'air délaissé, il finit par trouver un asile, rassemblant quelques cartons pour les amonceler en une sorte de paravent, de toile de tente pour s'y réfugier, épuisé, frigorifié, recroquevillé dans ce semblant de nid pour y chercher en vain pendant quelques heures un sommeil qui se dérobe.

À l'aube, émergeant de son terrier, il sent une première

douleur, aiguë comme un coup de poignard, plantée entre ses omoplates, écrasant sa respiration. Il grelotte et son front est en sueur, ses jambes vacillent.

« L'hiver a vaincu la carcasse, je serai donc une de ses premières victimes. »

Bordeaux s'éveille et s'anime autour de lui. La société effervescente s'affaire, courant après ses mirages, indifférente aux sans-logis, il le sait depuis longtemps.

Perdu au milieu de cette agitation humaine qui lui est devenue si étrangère, il rassemble ses forces et tente quelques pas pour se réchauffer.

Il marche pour marcher, n'ayant nulle part où aller, il ne peut qu'attendre l'heure d'ouverture des Restos pour espérer un peu de bien-être et un café chaud.

Il songe à Malik, qu'il n'a pas vu depuis longtemps, il se demande s'il est au courant de la mort d'Helena. Lui, l'a appris d'une prostituée, un soir qu'il traînait sur les quais. La tristesse qu'il éprouve le harcèle, comme une culpabilité de plus, un échec supplémentaire, parce qu'il s'était promis d'aider cette fille et qu'il l'a laissée mourir. Il avait repéré le danger qui lui rôdait autour et il n'a rien fait. Pourtant, il savait !

Cette responsabilité non assumée, ce sentiment d'avoir trahi une confiance, d'avoir failli, pèsent sur lui et ont aggravé, ces jours-ci, son état dépressif et sa santé déjà précaire.

Et Malik ? Pourquoi ne vient-il pas ? Sait-il ? Les a-t-il oubliés ? S'il avait du courage, il irait essayer de le trouver dans son quartier, mais il n'en a pas la force. Il sent bien qu'il ne tiendra plus longtemps debout et qu'un de ces soirs, il va se coucher sous un porche, ou sur banc, pour ne plus se lever.

« J'aurai, avec un peu de chance, ma trombine dans les

faits d'hiver, comme quoi il peut être plus facile d'exister mort que vivant, chacun sa gloire... »

Helena a bien eu droit à un entrefilet dans *Sud-Ouest* :

UN CADAVRE REPÊCHÉ DANS LA GARONNE !

Hier matin, dimanche 8 janvier, un promeneur a aperçu un corps qui flottait près des quais de Garonne. Il a aussitôt appelé la police. Après intervention des pompiers et de la brigade fluviale, le cadavre d'une jeune femme a été repêché dans le Port de la lune. Selon les enquêteurs, aucune identification formelle n'a pu être établie, en l'absence de papiers d'identité ou de tout autre document. L'inspecteur en charge des investigations nous a confié que cette très jeune femme était vraisemblablement originaire d'un pays de l'Est de l'Europe : « Probablement une prostituée » a-t-il déclaré. Suicide, noyade ou meurtre ? Rien ne permet aujourd'hui de privilégier l'une ou l'autre de ces hypothèses. Les recherches de proximité ont permis aux enquêteurs de découvrir son prénom probable : Helena.

Le président de l'Association des habitants des Chartrons, contacté par nos soins, a fustigé le « laxisme des autorités concernant les problèmes de la prostitution dans notre quartier, notamment aux alentours du *Colbert*. »

Toute personne susceptible de détenir des renseignements à propos d'une jeune femme prénommée Helena est appelée à se faire connaître auprès des services de police.

Un entrefilet ! Quelques pauvres lignes pour raconter cette tragédie ! Dans le même numéro, des pages entières consacrées à la production viticole, aux chauves-souris ou aux déboires sentimentaux d'un ministre...

Laconique et sans émotion, l'article lui a paru relever

du voyeurisme, car pourquoi en parler sinon pour se repaître du drame ? Pourquoi l'écrire, sinon pour donner ce « cadavre » en spectacle ? Une courte vie résumée d'un mot : « Prostituée ». Lui qui a connu Helena, qui pourrait témoigner de sa beauté, de sa gentillesse mais aussi de son calvaire et de son désespoir, qui aurait pu raconter tellement de choses, belles et pathétiques sur elle, aurait su émouvoir avec son histoire, susciter de la compassion et du respect.

Mais ces quelques lignes ne sont qu'une offense à la mémoire de la jeune fille. Il aurait aimé que soient reconnues ses souffrances, que son destin si particulier fasse l'objet d'une légitimation.

Errant dans les rues il laisse s'écouler les heures frileuses jusqu'au moment attendu du repas chaud. C'est un bus qui fait la distribution, Marie est toujours présente, fidèle à tous ces pauvres gens, le bénévolat c'est sa vie. Elle s'occupe de Luigi. Il ne l'avait presque pas reconnu : hagard, sale, si amaigri qu'on ne voit plus, entre sa barbe et ses cheveux, que des yeux enfoncés dans un trou, délavés, vides. L'étincelle de passion, de malice et d'intelligence s'est éteinte, ils ne brillent plus que de fièvre. Il lape sa pitance comme s'il se reniait. Il a capitulé, Luigi n'est plus Luigi. Pierre n'a pas le cœur à lui parler.

Dès qu'elle l'aperçoit, Marie vient vers lui, son visage marque l'inquiétude :

— Tu n'as pas l'air bien ? Où as-tu passé la nuit ? Il a fait si froid !

— Bah ! J'ai trouvé une niche !

— Tu es malade ? reprend-elle visiblement inquiète.

— Ça va aller ! Quand j'aurai mangé, ça ira.

— Alors viens vite, dit-elle en l'entraînant vers la cantine.

Après l'avoir servi, elle le laisse manger mais ne le quitte pas des yeux. Quand il a fini, elle revient vers lui :

— J'ai quelque chose pour toi, c'est pour ça que je te pistais, tiens !

Elle lui tend une lettre. Il est ébahi. Voilà des années qu'il n'a reçu aucune lettre… D'ailleurs, où les aurait-on adressées ?

8

Martin entre dans le bureau en se grattant la tête et Simon a déjà deviné ce qu'il va lui servir, l'idée l'a effleuré le jour même où il a rencontré Malik. Il s'attendait donc à cette conversation.

— Dis donc, j'ai une idée… Tu sais, le jeune que tu as interrogé l'autre jour, au sujet de l'enquête sur la fille du Port de la lune, il correspond exactement au signalement qu'a donné le type de la jaguar : un jeune beur aux yeux bleus, blouson, col roulé… Ça serait un coup de bol, de le piquer comme ça, mais pourquoi pas ? Il n'a pas l'air d'un agneau, on peut toujours le confronter avec le propriétaire du véhicule, ça ne coûte rien de vérifier, on l'a sous la main…

Simon y avait pensé aussi, mais… Il acquiesce mollement, à contrecœur. Il ne pourra empêcher Martin de poursuivre cette piste.

L'éventualité de voir Malik impliqué dans cette histoire lui déplaît. Rentrant chez lui, morose et contrarié, il prend conscience de son manque d'objectivité à l'égard du garçon. Mais ce Malik est partout, tout le monde semble l'avoir vu, au mauvais endroit, au mauvais moment, c'en est presque trop.

Cette enquête ou plutôt ces deux enquêtes, si éloignées au départ et qu'il avait, instinctivement, pressenties liées, le troublent et le fragilisent. Il y voit des signes, il sent la présence d'Anna, il n'est plus un simple policier faisant son travail, il se sent téléguidé, manipulé par quelque chose d'irrationnel et ne maîtrise plus le cheminement de ses idées. Trop de coïncidences s'accumulent et s'entremêlent.

Même le temps : les conditions météos sont identiques à celles de la mort d'Anna. Cela lui semble étrange et, l'instant d'après, il s'en fait le reproche, se persuadant de la banalité de la situation, quoi de plus normal que le froid en hiver ?

Ce soir, la route est glissante, comme ce soir funeste qui a dérobé la vie d'Anna. Une pluie fine tombe sur le sol gelé, le transformant instantanément en patinoire. Simon, concentré, songe à ce conducteur irresponsable qui a projeté dans les airs, « par distraction », Anna, son Anna. Elle s'est écrasée sur le sol pour plonger dans le néant. Des millions de fois, il s'est imaginé la scène qu'un témoin avait décrite et, ce soir encore, elle lui arrache des larmes, cette fraction de seconde entre vie et mort, cet instant frontière entre leur bonheur et le néant.

Au procès, le chauffard pleurait aussi, il a « demandé pardon ». Simon n'a pas répondu, il n'y a pas de réponse, le pardon n'est qu'un mot vide de sens devant l'irréparable. L'inconscience, la bêtise, le laisser-faire et devant… la mort ! L'absence d'Anna pour toujours… Quel pardon ? Il n'a rien dit. Comment un pauvre mot pourrait-il absoudre la responsabilité individuelle, ou collective ?

Et la petite phrase balbutie encore à ses oreilles : « À ce soir, sale flic ! »

« Anna ! Anna ! Que fais-tu ? Pourquoi me harceler,

perturber mon travail qui était tout ce qu'il me reste, pourquoi continuer à rôder comme ça autour de moi ? Il ne faudrait quand même pas oublier que c'est toi qui es partie ! Merde ! »

Est-il encore capable de réfléchir ? D'avoir un raisonnement sensé et objectif ?

D'abord, ce Malik, est-il celui d'Anna ?

Peut-être après tout n'est-il qu'un petit voyou sans le moindre rapport avec Anna. « C'est moi qui me fais un film. Évidemment, je vois Anna partout. Malik, c'est courant comme prénom, si ça se trouve c'est pas lui. »

Oui, c'est possible mais il est un moyen d'en être certain ! Simon vient de penser tout à coup aux photos de classe au dos desquelles elle inscrivait soigneusement les noms et prénoms de ses élèves : « Pour me souvenir d'eux quand je serai vieille » disait-elle.

Impatient de vérifier, à peine entré chez lui, il jette ses vêtements sur le canapé, se précipite dans le placard recelant encore les trésors d'Anna auxquels il n'a jamais touché.

Des petits cadeaux insignifiants, accompagnés de gentils billets, des petits objets sans valeur qui devaient avoir une signification et ne comptent plus pour rien, encore empreints du souvenir de ses doigts. Anna est la seule à les avoir touchés, aimés... Enfin, toutes les photos, classées par années.

Il sélectionne les deux ou trois années pouvant correspondre à l'âge que Malik devait avoir et entreprend d'examiner les visages un par un, attentivement.

Il n'est pas si évident de reconnaître un adolescent de dix-sept ans sous les traits d'un enfant de dix, la couleur des yeux n'est pas visible sur les photos, il faudra faire sans, mais soudain, un visage lui apparaît : c'est lui ! Il en est certain. Il tourne vivement la photo, le prénom de Malik est mentionné à cet emplacement :

Il n'y a donc plus de possibilités de douter, le Malik d'Anna est bien son Malik à lui. Au fond, Simon est soulagé, au moins une certitude, c'est la première dans cette affaire.

9

Le repas chaud généreusement servi par Marie l'a à peine requinqué, il a essayé de dissimuler la gravité de son état mais n'a déjà plus la force de feindre.

Pourtant, il avait réussi à recouvrer les quelques forces nécessaires pour éviter d'être emmené dans un centre, lieu qu'il ne peut plus supporter, dont il considère qu'ils y sont traités avec bienveillance, certes, mais comme des enfants, des simples d'esprit, des êtres inférieurs : ceux que l'on se doit de protéger, comme une espèce menacée. Il estime qu'on les y prive de leur dernière once de dignité...

« Préfère encore crever dans la rue. »

Sans être parvenu à donner le change, sous l'œil inquiet de Marie, il est parti, sans avoir où aller, comme s'il avait à faire, ou comme s'il était attendu. Il a su faire taire sa curiosité et a attendu, pour ouvrir la lettre, de se retrouver seul.

Il ne parvient pas à neiger, il tombe juste une pluie glacée, mêlée de flocons et qui transperce davantage les vêtements. Pierre ne sait plus où aller, le froid use ses dernières forces, l'air lui brûle les poumons. À chaque pas, il s'essouffle davantage.

Au grand jour, à la vue des passants, il est encore plus difficile de trouver un endroit où se poser, il ne supporte pas d'être confondu avec un ivrogne. Il arpente les rues, les trottoirs, à la recherche d'un endroit discret où il pourrait s'asseoir sans attirer l'attention et, enfin, ouvrir cette lettre dont il ignore la provenance et qui l'intrigue.

« Le jardin ! C'est là bien sûr qu'il faut que j'aille. »

D'un coup, ça lui semble évident, nul autre endroit ne pourrait l'accueillir. S'il faut aujourd'hui terminer le voyage, la volonté lui donnera l'énergie suffisante pour atteindre ce havre.

Il dépense donc ses dernières forces et parvient au jardin public, récompensé de ses efforts par le spectacle hivernal que lui offre la nature : les arbres poudrés de givre, le gel emprisonnant la végétation en de délicates sculptures, la glace silencieuse figeant le ruisseau recouvert d'une pellicule laiteuse qui laisse désorientés les canards sauvages, et le pâle soleil crevant le plafond bas du ciel…

Les bancs déserts offrent le choix de profiter de ces quelques rayons, et la solitude lui permet enfin de laisser parler sa souffrance : quelques quintes de toux, des gémissements qu'il ne peut retenir, le libèrent un peu.

Il retrouve un peu de souffle et retire de sa veste l'enveloppe précieusement gardée sur sa poitrine, pas d'adresse, simplement : « Pierre ».

Sans hâte il ouvre et lit, le cœur tambourinant.

Sous le coup de ce qu'il vient d'apprendre, il oublie qu'il a eu du mal à se traîner jusqu'ici et se remet debout.

Convaincu de devoir agir dans l'instant, il fait deux ou trois pas… avant d'admettre sa faiblesse. Contraint, il cherche à regagner le banc, sa vue se brouille, l'envie de vomir le saisit, ses jambes sont molles, il a très mal au côté de la poitrine, il tremble puis s'écroule, sans connaissance.

Le petit garçon, venu nourrir les oiseaux du parc, dit :

— Maman ! Pourquoi, il ne se relève pas le monsieur qu'est tombé ?

— Quel monsieur ?

— Là, derrière le banc, y'a un monsieur, il s'est fait mal ? Dis, Maman, il bouge plus…

10

L'homme à la jaguar a reconnu Malik sans une hésitation. Confronté à cette réalité, le jeune garçon, visiblement aux abois, est d'abord resté muet, l'air pris au piège, n'espérant plus qu'un miracle pour se sortir de ce pétrin.

Ses mains tremblent, il les cache. Simon ne peut s'empêcher de lui tendre la perche. Depuis qu'il est certain que Malik est bien le chouchou d'Anna, il ne se dissimule plus la sympathie qu'il éprouve pour lui, convaincu qu'elle n'aurait jamais pu se tromper en faisant confiance à ce gosse. Il est sûr qu'il en vaut la peine, il ne le chargera pas à la légère et fera tout ce qui est en son pouvoir pour trouver la vérité.

Il rappelle que l'intervention de Malik ce soir-là, a permis d'empêcher le vol. Il retrace les événements, tels que l'homme les a décrits, posant au passage des questions judicieuses à Malik, pour confirmer son récit.

Malik se décontracte un peu, confusément surpris que le policier vienne à son secours.

L'homme revient à la charge : que Malik donne alors le nom de son complice, puisqu'ils ne semblaient pas d'accord.

Simon interroge : quel était le plan ? Avec qui ? Que s'est-il passé ?

Malik, plus ou moins soulagé par la bonne volonté manifeste du flic, retrouve la parole. Ne pouvant se résoudre à balancer, il invente au fur et à mesure. Aux questions, il répond au petit bonheur, affabule sans talent. Il prétend ne pas connaître « l'autre », il était là par hasard, il a simplement vu la manœuvre et il est intervenu pour l'empêcher.

« Bien peu crédible », se dit Simon.

— Que faisais-tu, ce soir-là, sur la route du Cap-Ferret ?

— Du stop…

« Malin, ce garçon », se dit Simon. Mais il lui demandera — plus tard — où il comptait se rendre, en pleine nuit, à tendre le pouce sur cette route. Il garde au chaud les questions évidentes qui le mettraient mal à l'aise face à une victime devenue vindicative :

— Non ! Ils étaient ensemble ! proteste l'homme.

— Pouvez-vous en être certain ? demande froidement Simon.

— Mais… oui ! rétorque-t-il, décontenancé.

— Qu'est-ce qui vous permet d'affirmer qu'ils se connaissaient ?

— Il était dans la voiture.

— Alors ? fait Simon avec un mouvement du menton vers Malik.

— Oui… j'étais monté dans la voiture, mais je ne connaissais pas le conducteur : je faisais du stop. D'ailleurs, je suis rentré chez moi comme ça, avec un mec qui m'a laissé à Saint-Jean-d'Illac. Ensuite un autre sur les boulevards. Après, je suis rentré à pied, y'avait plus de bus.

— Est-ce qu'ils se sont parlés en votre présence ? reprend Simon.

— Heu… non, fait « M. Jaguar » surpris.

— Quelque chose vous a-t-il donné l'impression d'une connivence entre eux ?

L'homme hésite, à présent, il doute. Il essaye de se remémorer le scénario, mais ses souvenirs ne sont plus déjà assez précis. Il finit par convenir n'avoir eu que « l'impression » d'une complicité, mais il n'est plus certain. Il l'a vécu comme ça, mais peut-être au fond s'est-il trompé.

Simon — qui ne croit pas un mot de la version de Malik — prend pour la première fois de sa carrière une décision contraire à ses convictions :

— Souhaitez-vous porter plainte contre ce garçon ? demande-t-il.

Son ton est limpide : en posant la question, il fait son devoir, mais sa désapprobation est nette. L'homme est complètement désappointé : ce flic serait-il plus sympa avec les voleurs qu'avec les honnêtes gens ? Il est déstabilisé. Pour un peu, il a cru qu'il allait lui demander de le remercier et, pourquoi pas, de s'excuser de l'avoir accusé. Il n'ose protester, il marmonne que non, il ne porte pas plainte contre Malik… Mais il espère fermement qu'on trouvera l'autre, le voleur. *In petto*, amer, il se demande si la police souhaite vraiment arrêter les malfaiteurs. « Mais où va-t-on ? »

Simon remercie l'homme pour sa déposition, qu'il signe sans broncher. Puis il l'assure qu'il le tiendra informé de la suite de l'enquête et qu'il retient néanmoins Malik pour une déposition complète. Pour l'instant, répète-t-il, on ne peut rien retenir contre lui, puisque la seule certitude est qu'il a empêché le vol, l'enquête dira le reste.

Resté seul avec Malik, Simon change de ton :

— Je ne crois pas une seconde à ton histoire du stop, Malik. Je suis certain que tu connais cet agresseur. De toute façon, il fallait être deux pour ramener les bagnoles !

— Moi ? Mais je ne sais même pas conduire : vous voyez bien que ça ne peut pas être moi !

— Qu'est-ce que tu foutais sur cette route, en pleine nuit ? Du stop, je sais… Mais pour aller où ?

— Je ne sais pas, un coup de cafard… Je m'étais engueulé avec ma mère, je me suis barré comme ça, faire du stop pour aller n'importe où… Ça m'est déjà arrivé, je vous jure !

— Ah oui ! Tu faisais du stop, comme ça, sans savoir où tu allais ! Et tu n'es arrivé nulle part, mais dans un « nulle part » où quelqu'un, un inconnu, par hasard, braquait une voiture.

— Mais ce mec, il… Il m'a pris à Bordeaux, en fait.

— Ah, parfait… Donc, durant ce trajet, tu as eu le temps de le voir… Vous avez causé, n'est-ce pas ? Tu peux donc donner son signalement, il est comment ?

— Un type… Euh, blond et…

Simon éclate :

— Tu te fous de moi ? Je sais, tu m'entends : je *sais* que tu es assez borné pour te camper sur tes conneries qui ne tiennent pas debout ! Fais très attention, Malik… Cette procédure atterrira forcément sur le bureau du juge… Et le juge, il risque de te mettre tout sur le dos si tu persistes à nier l'évidence. C'est bien joli de vouloir jouer les héros, mais c'est toi qui vas trinquer !

C'est du bluff, bien sûr : sans le dépôt de plainte de « M. Jaguar », il ne peut pas grand-chose. Mais s'il impressionne le jeune homme, il pourra peut-être lui tirer les vers du nez au sujet d'Helena. Et coincer le complice du *car-jacking*, qui sait ?

Malik ne répond pas, impossible de balancer Dany,

c'est hors de question. Mais il est serré. Le flic, impassible, semble l'avoir compris… et il ne lâchera pas.

Devant le mutisme du garçon, Simon excédé enregistre la déposition, le fait signer… Dans le silence de sa caboche, il appelle Anna au secours : « Tu m'as mis ce vaurien dans les pattes, alors aide-moi, maintenant ! Au fait, *Chérie*, t'as fait le ménage, aujourd'hui ? »

11

Depuis deux jours, Simon planque devant *L'Europe*, surveillant les allées et venues de Malik, au cas où il aurait un contact louche, quelque chose... Mais nib ! Malik va au lycée et rentre à la maison, voilà tout. Est-ce vraiment sa vie ou est-il sur ses gardes ?

Il se méfie sans doute, mais il va bien falloir qu'il prévienne son complice. « Complice », c'est vite dit ! Pourquoi, s'ils étaient de mèche, Malik a-t-il empêché le vol ? Simon commence, au fur et à mesure qu'il découvre le jeune garçon, à se faire une idée. Il a dû se laisser embarquer dans cette histoire et reculer au dernier moment, preuve qu'il y a encore un fond de moralité dans ce crâne d'œuf.

Reste sa vie nocturne. Mais ce soir, c'est samedi. Simon espère que Malik va sortir. Alors, vers vingt et une heures, il s'est posté à cinquante mètres, tapi dans sa bagnole, il surveille l'entrée de l'immeuble.

Vers vingt et une heure trente, une silhouette sort du bâtiment, Simon croit reconnaître Malik, le suit à distance : c'est bien lui.

Ils remontent vers le boulevard, l'un derrière l'autre, se dirigent vers la barrière du Médoc.

Malik pénètre dans un Mac Do.

« Il a rendez-vous », se dit Simon, observant, de l'autre côté du trottoir, l'intérieur du fast-food. Le garçon se dirige vers une table occupée par une jeune fille, que Simon aperçoit de dos. Heureusement, ce n'est pas plein à craquer, Simon peut voir les deux adolescents s'embrasser au-dessus de la table. Le baiser lève toute ambiguïté sur la nature de leur relation. Simon, amusé, constate qu'il ne s'agit que d'un rendez-vous amoureux.

Il gèle à fendre le trottoir, les tourtereaux sont toujours en train de flirter. Simon, qui donnerait cher pour entendre leur conversation, n'en peut plus de piétiner pour empêcher le froid de le momifier.

Enfin, au bout d'une heure, les voilà qui sortent, empruntent la rue adjacente, tournent à droite et s'arrêtent sur le trottoir.

Les baisers reprennent de plus belle et dans l'encoignure d'une porte, les deux adolescents blottis, ne sont plus, un long moment, qu'une seule ombre immobile. Cette bouffée de jeunesse lui pince le cœur, lui qui ne sait plus, de tout cela, que le manque et la douleur.

Les jeunes gens se séparent enfin, la fille pousse un portail, à quelques mètres de là, et disparaît. Malik rebrousse chemin vers le boulevard et Simon reprend sa filature, content de se dérouiller les jambes.

Le garçon presse le pas, traverse le boulevard et prend la direction du centre-ville. Ils parviennent à la place Tourny, remontent le long des allées et empruntent la rue Sainte-Catherine.

« Un vrai parcours Santé », pense Simon.

Parvenu place de la Victoire, Malik s'engouffre dans un café. Nous y voilà ! Il doit avoir un autre rendez-vous.

Hélas, le bar bondé et grouillant ne lui permet pas, comme tout à l'heure, d'observer de l'extérieur. Alors, tant pis, il risque tout et entre.

Malik est assis face à un jeune garçon qui lui ressemble un peu, du même âge, vraisemblablement d'origine maghrébine aussi. « C'est le bon », se dit Simon, excité.

Malik est de dos, il ne l'a pas vu. Le flic ressort du café, perplexe : il ne sait pas comment agir sans se faire repérer. Et puis comment mettre les pinces à l'un sans alerter l'autre ? Convaincu de devoir empêcher le second garçon de filer, il se poste près de la sortie et patiente. Malik sort assez rapidement, sans le voir. Son intuition était la bonne : « Chouchou » n'allait pas s'attarder. Il le laisse s'éloigner. À présent, c'est l'autre qui l'intéresse, car il pense bien avoir trouvé celui qu'il cherche : l'auteur de la tentative de vol de bagnole.

Il sort son portable, appelle un collègue en renfort. La voiture de police ne tarde pas, pour une fois, et stationne à proximité. Les collègues sont prêts.

Une petite demi-heure après, le suspect sort à son tour... Simon lui tombe dessus, posant une main déterminée sur son épaule :

— Police... Vos papiers, monsieur s'il vous plaît !

— Et pourquoi ? Qu'est-ce que j'ai fait ? réplique-t-il agressif.

— Vos papiers, monsieur.

Le jeune garçon se dégage brusquement, glisse sous la main, démarre en trombe, mais Simon s'y attendait. Un collègue jaillit du coin de la rue et cravate le gamin, aussitôt secondé. « Refus d'obtempérer, délit de fuite », ça leur permet de lui passer les menottes et de l'embarquer.

*

De la Victoire, Malik descend sur les quais. Un bail qu'il n'a pas vu Esdé, et il se fait du souci : où peut-il crécher par un froid pareil ? Est-il au courant de la mort d'Helena ? Ces mots, à peine formulés, juste effleurés dans sa tête, le terrifient, il n'a pas encore pu accepter cette ineptie, cette idée incongrue, ce cauchemar, cette obscénité.

À la recherche du vieil homme il entre dans ce bar à clodos où ils s'étaient vus quelquefois. Il aurait tant besoin de lui parler, certain qu'il saurait le conseiller et le réconforter.

Le patron, questionné, ne peut le rassurer. Non, il ne l'a pas vu depuis plusieurs jours, déjà... mais il propose de se renseigner et d'essayer, d'ici trois ou quatre jours, de savoir quelque chose.

— Avec un froid pareil, j'espère qu'il a trouvé un abri, peut-être qu'il est dans un centre.

— Les centres, c'est pas trop son truc. répond Malik.

— Ouais, mais la dernière fois que je l'ai vu, il avait l'air mal en point. Alors, il a peut-être été obligé, cette fois.

— Tu peux te rencarder ?

— Je vais essayer, repasse d'ici quelques jours, on verra. Peux pas faire mieux. En tout cas, il était très affecté par la mort de cette fille qu'on a trouvée l'autre jour, dans la Garonne...

— Ah... il était au courant ?

12

Si Simon est convaincu de voir en Dany son voleur de voiture, l'instigateur de la tentative de vol de la jaguar sur la route du bassin d'Arcachon, il est persuadé que Malik était plus ou moins impliqué dans cette arnaque, il ne sait trop de quelle manière.

Mais, contrairement à son attente, M. Jaguar, convoqué une nouvelle fois pour témoigner et reconnaître le coupable, reste cette fois indécis. Il n'est pas certain d'identifier le deuxième homme. Il doute, il hésite.

« Il se fout de ma gueule, évidemment que c'est lui », se dit Simon.

Alors qu'il avait sans hésitation reconnu Malik, la victime ne se décide pas à reconnaître Dany : il ne se souvient plus très bien. « Oui, il lui ressemble, ce pourrait être lui, mais je ne suis pas sûr. »

« Eh merde ». Simon le congédie froidement.

Dany triomphe. Il conteste s'être trouvé ce soir-là sur cette route et dans cette galère. Le témoignage de l'homme ne l'inculpe pas, au contraire. Il affiche à présent, soulagé, une attitude décontractée. Petit sourire au coin des lèvres, œil pétillant, il nargue :

— Faut pas en faire un plat : pour finir, ils lui ont pas tiré, sa bagnole, non ?

Simon pourrait exploser de rage, mais il se contient :

— « Ils » ? Tu me prends pour un imbécile ! Tu devrais dire « on » ! Malik et toi !

— Non, je n'y étais pas ! Je vous jure !

— Ne jure pas sans arrêt ! Tu connais bien Malik, et tu étais avec lui.

Dany hésite, mais Simon revient à la charge :

— Bien sûr, que tu le connais, je vous ai vus hier soir, discuter, dans ce bar… Qu'est-ce qu'il est venu te dire, hein ? Te prévenir qu'on était sur ce coup ? Lui, au moins il a reconnu être sur les lieux.

— Ah ouais ? Pas moi… J'étais pas là.

— Et bien, moi, je suis certain que c'était toi et que Malik t'a empêché de voler la bagnole. Pourquoi ? Ça, j'en sais rien… Peut-être qu'il s'est dégonflé ? Qu'il a eu peur au dernier moment… Qu'est-ce que t'en dis ?

— J'en dis rien : j'étais pas là !

— Je suis convaincu du contraire et je le prouverai. N'oublie pas que tu t'es enfui lors d'un banal contrôle d'identité et ça ne plaidera pas en ta faveur !

Dany reste silencieux. Impressionné par la détermination du policier, il ne fait plus le fanfaron.

Une autre idée germe soudainement dans la tête de Simon… La ressemblance entre Dany et Malik — ils ont l'air de deux frères, même allure, même taille, même cheveux, seuls les yeux et la détermination diffèrent — lui saute aux yeux et aiguille sa réflexion. Et si… Si, ce fameux soir, ce n'était pas Malik qui parlait avec Helena ? Voyant arriver de loin une silhouette, même Helena a pu confondre l'un et l'autre, cela expliquerait qu'elle ne l'ait pas bien accueilli, découvrant qu'elle s'était trompée.

Élodie a seulement entendu « Le voilà ! » Elle a donc supposé qu'il s'agissait de Malik, celui qui était attendu... Ensuite, rien dans ce qu'elle a déclaré ne l'a confirmé, elle n'a pas entendu leur conversation, mais elle a mentionné, surprise, la contrariété d'Helena, qui contredisait son attente, son impatience...

Si c'était Dany, cela expliquerait tout. Simon ressent bien la petite piqûre d'excitation que lui procure le goût pimenté de la découverte, de la vérité dépistée. Alors, il attaque franchement :

— Bon... Passer à une autre affaire : tu deales ? Tu vends du shit, du crack, de l'héro ? Extasy, peut-être ?

— Ah ça... Certainement pas !

Sa voix est teintée d'inquiétude, il est de nouveau sur ses gardes. Simon ne lâche pas :

— Tu vois souvent des putes ?

Dany remue sur sa chaise, son anxiété est palpable, il ne sait pas quoi dire, hésitant sans doute à nier.

« Malik l'a affranchi, pense Simon. Il est au courant de la mort de la fille. » Il enfonce son clou :

— Tu es au courant ?

— Au courant ? Au courant de quoi ?

— La fille, Malik a dû te dire qu'on l'a interrogé à ce sujet. Elle s'appelait Helena...

Cette fois, on croirait que la chaise de Dany est électrique...

— Juste un mot : « meurtre » ! Cette fille est morte et on cherche un assassin. Alors ce n'est pas le moment de raconter des histoires, genre « faux témoignage », tu saisis ? Ce soir du 7 janvier, un samedi, tu as parlé à Helena, n'est-ce pas ?

Dany frémit.

— Je te précise qu'il y a un témoin, donc ça ne sert à rien de nier... Je te conseille plutôt la sincérité, c'est ton intérêt, si tu ne veux pas te trouver illico impliqué dans un assassinat !

Le garçon hésite : il ne parvient pas à évaluer la part de bluff… si elle existe ! Gagné par la peur, déjà amoindri par une nuit en garde à vue, une confrontation préalable et toute cette énergie dépensée à nier, à se forger une attitude, un profil d'innocent, par… tout ça !

Alors, il flanche.

— Ouais, je lui ai parlé cinq minutes !

« Bingo ! J'avais vu juste ! » jubile Simon, qui se force à garder son sang-froid :

— D'après le témoin, vous vous êtes disputés ?

— « Disputés » ? Non, elle voulait pas, c'est tout !

— Elle ne voulait pas quoi ?

— Faut vous faire un dessin ? Une pute…

— Tu venais pour une passe ?

— Bê… oui !

— Tu ne venais pas pour lui refiler ta dope ?

— Ah, ça non ! Je vous l'ai déjà dit, je touche pas à ça !

Il a l'air sincère… Effrayé, mais sincère.

— Pourtant, elle se camait, il fallait bien que quelqu'un la fournisse, alors pourquoi pas toi ?

— Et pourquoi moi ? En plus, cette fille elle n'avait pas l'air d'une junkie, c'était pas son genre, d'ailleurs.

— Elle se droguait, les analyses l'ont prouvé.

— Ça alors !

— Et ça t'avait échappé ? Bon, admettons… pour le moment. Alors donne-moi ta version, raconte : comment ça s'est passé ?

— Je suis arrivé et je lui ai juste proposé du fric, comme l'autre fois, mais elle m'a dit non. J'ai insisté, elle s'est fâchée, disant qu'elle n'était pas une pute ! Là, je me suis fendu la poire et je lui ai balancé qu'elle était un peu gonflée, parce que j'étais bien placé pour savoir le contraire, elle m'a poussé, en colère et m'a dit de foutre le camp.

— Et après ? Tu es parti comme ça, sans rien dire ?

— Non, j'étais un peu énervé moi aussi, convient-il. Je lui ai dit que ce n'était pas la peine d'attendre Malik, qu'il avait trouvé une fille qui voulait bien coucher avec lui et gratos en plus, parce que c'était pas une pute, elle… Et je me suis barré… mais j'ai vu qu'elle chialait.

— Tu es parti ? Et elle ? Elle est restée là ?

— Ouais.

— Qui me dit que tu n'es pas parti avec elle et que ça a mal tourné ?

— Non, merde ! Elle n'a pas voulu, je vous dis !

— Cette fille est morte juste après ! Qu'est-ce qui me force à croire à ton histoire ? Tu as fait quoi ensuite ? Tu es allé voir une autre fille ? Tu as parlé à quelqu'un ?

— Non, mais j'ai vu un mec qui lui a parlé, juste après moi.

Simon sursaute : vrai ou faux ?

— Ben voyons, c'est un peu facile ! Il arrive à point nommé pour te tirer de ce mauvais pas, ce troisième larron !

Dany reprend, sur la défensive :

— Non, juré ! Je partais et j'ai vu arriver une belle bagnole : une BMW. Je l'ai remarquée, une belle caisse comme ça ! Et le mec est descendu, j'ai traîné un peu sur le parking, j'ai vu que le mec se dirigeait tout droit vers la fille, ils ont aussitôt discuté et ils avaient l'air de s'engueuler sévère !

— Quelle imagination ! Il va falloir me convaincre !

— Facile ! Je me rappelle encore le numéro de la plaque de la BMW !

— Ah ! Quelle mémoire ! Les plaques, c'est ton truc ? Réflexe professionnel ?

— Oh, ça va ! J'aime les belles bagnoles, c'est tout. Alors je les regarde et alors c'est comme ça : j'imprime les numéros sans faire exprès.

— Bon, vas-y… envoie tes chiffres, on vérifiera ! fait Simon, crayon à la main.

Dany s'exécute, Simon reprend :

— Tu dis qu'ils semblaient se disputer ? Pourquoi ? Qu'est-ce que tu as entendu ?

— Non, je n'ai pas vraiment entendu, j'étais loin, je m'étais planqué. Je les ai matés un moment, j'ai vu que ça carburait, le mec avait l'air de l'engueuler, elle n'en menait pas large ! Mais je ne sais pas ce qu'il lui disait, j'ai juste entendu, à un moment, il a dit : « Mais je ne me laisserai pas faire ! » Ensuite, ben… je me suis cassé, c'était pas mes oignons !

— Donc, quand tu es parti, ils étaient encore ensemble ?

— Exact !

Le récit semble à Simon suffisamment crédible : Dany est bien le petit trafiquant de bagnoles qu'il pense, son attirance pour les belles voitures et sa mémoire des plaques d'immatriculation est révélatrice.

Curieusement, ce qui le trahit dans un sens, laissant soupçonner un intérêt équivoque pour les voitures, semble le disculper d'un fait bien plus grave, sa présence sur les lieux un peu avant un meurtre. Le garçon est fin, il n'a pas hésité à faire un choix, quitte à dévoiler ses penchants coupables pour l'automobile.

Dans la voiture, en rentrant, il se remémore chaque mot prononcé, chaque expression du gamin trahissant son trac, sa sincérité ou sa duplicité.

C'est devenu sa manière de travailler, d'aborder les enquêtes, comprendre les individus et démasquer les émotions.

Un élément lui semble positif, c'est bien Dany qu'Élodie a vu, et non Malik et sur ce point donc, Malik dit la vérité. C'est déjà ça, mais cela n'implique pas pour autant qu'il n'ait pas rencontré la jeune fille plus tard dans la nuit.

Simon reste convaincu que Malik n'est pas rentré aussi tôt qu'il le prétend. Là-dessus, il pense qu'il a menti. Pure intuition. Le métier : l'habitude des interrogatoires lui a appris à percevoir la petite fêlure dans la voix, le tressaillement involontaire de la mâchoire, les ondes du mensonge.

Si Simon ne se trompe pas, si Malik est bien resté et qu'il l'a rencontrée, plus tard, la fille ne devait pas être dans de bonnes dispositions à son égard, d'après ce que venait de lui révéler Dany. Elle lui aura peut-être fait une scène.

Cela pourrait bien être le point de départ d'une dispute… D'accord… mais de là à tuer.

Enfin, le plus important pour le moment, c'est ce troisième homme, demain, si cette immatriculation est bonne, il aura son identité.

13

En se garant ce matin à l'adresse indiquée par les services des cartes grises, adresse présumée du propriétaire de la BMW du « troisième homme », Simon, intrigué, se souvient que c'est dans cette rue, presque devant cet immeuble qu'il a vu, un soir, Malik et une fille s'embrasser.

Chloé, s'apprêtant à sortir, s'emmitouflant devant la glace du vestibule sursaute au bruit de la sonnette, inhabituel à cette heure matinale.

Elle appuie sur le bouton de l'interphone :

— Oui ?

— C'est la police, madame.

Les jambes flageolantes elle fait entrer Simon. Malik ! Elle songe à Malik. Elle n'arrive pas à sortir un mot, de peur qu'il ne s'étrangle dans sa gorge serrée.

Simon a de suite perçu la panique de la jeune fille, mais il est lui-même sous l'effet de la surprise : C'est la petite amie de Malik, probablement la fille de cet homme que Dany a vu sur les quais parler avec la prostituée ! Ce chassé-croisé de personnages, promet d'être instructif.

Simon réfléchit, une foule de questions se bousculent

dans sa tête et son imagination part déjà au triple galop. Ce nœud a sûrement de l'importance.

— Monsieur Dumonteil, c'est votre père ?

— Oui, mais il n'est pas là, parvient à sortir Chloé.

— Il est déjà parti, ajoute une autre voix descendant de l'étage.

« La mère, sans doute. Belle femme », ne manque pas de remarquer Simon.

— Monsieur… dit-elle, tendant la main vers Simon.

— Bonjour, madame. Je suis inspecteur de police et je souhaiterais voir monsieur Dumonteil.

— Je vais vous donner son numéro de portable. Il est en déplacement pour quelques jours, répond-elle avec un très grand sang-froid et sans poser aucune question, comme s'il était tout à fait normal, banal et anodin, de recevoir à huit heures du matin un flic à son domicile.

Chloé, jusque-là figée dans l'entrée comme une statue de glace, semble s'être dégelée à l'arrivée de sa mère. Elle murmure, en embrassant cette dernière :

— J'y vais, maman.

Puis, se tournant vers Simon :

— Au revoir, monsieur…

— Au revoir, mademoiselle… ?

Laissant traîner comme s'il attendait son nom.

— Chloé, Chloé Dumonteil.

Et elle s'échappe.

Sa mère le regarde silencieusement, elle attend patiemment un mot, une phrase.

Il perçoit dans ce regard une très grande lucidité, une force affranchie, ou quelque chose comme une sorte de détachement. Elle sait quelque chose, du moins elle semble préparée à affronter n'importe quoi. Un peu comme lui lorsque, dans sa méfiance à l'égard du destin, il se concentre, prêt à recevoir les coups.

Un courant de sympathie passe entre eux, sans plus d'échange verbal, il sait reconnaître l'élégance et la simplicité des âmes lorsqu'il les croise. Il doit cette sensibilité à Anna : elle avait la sagesse qui ramenait en permanence chaque moment de leur vie dans le bon chemin, impossible de dérailler avec elle mais, par-dessus tout, elle l'avait réconcilié avec le genre humain. C'était un ange ! Sans doute ne peuvent-ils exister très longtemps sur la terre et c'est pourquoi Anna est morte si jeune, afin de rester éternellement belle et pure. Anna ! Tout ce que tu m'as laissé !

Quittant le domicile cossu avec le numéro de portable en main, Simon est dérouté, il ne s'attendait pas à ça. Tout se complique. D'habitude, lorsqu'il est sur une piste, il est comme le chercheur qui pose des hypothèses, puis les vérifie par l'expérience. Cette fois, il est mené par les éléments qu'il découvre en progressant dans cette histoire. Comme un chef d'orchestre qui ne guiderait plus ses musiciens, auquel les instruments échapperaient… Il est dépossédé du sentiment de donner une direction déterminée à son travail. Il ne sait pas où il va. De plus, avec cette sensation d'être suivi — ou plutôt mené — par le fantôme d'Anna, sa sensibilité est à vif, il n'évolue pas en toute liberté et sa raison lui semble vaciller.

Cette famille-là mêlée à cette histoire ? Comment ? Pourquoi ? Voilà bien un fait insolite qui change toutes ses perspectives de l'affaire, l'incite à se ressaisir pour affûter sa réflexion.

D'un côté, deux petits voyous qui se connaissent et sont probablement complices dans la tentative de vol de voiture. Ils ont tous les deux des relations avec la même prostituée, mais peut-être pas de même nature. Sont-ils des rivaux ? Une rivalité qui a pu les conduire à la violence, c'est possible.

Il y a aussi le problème de la drogue : ils contestent tous les deux être des dealers ? Peut-il les croire ?

La fille était peut-être désespérée : Dany venait de lui apprendre que Malik avait une petite amie. Or, d'après ce qu'a dit Élodie, quelques instants auparavant, elle semblait l'attendre avec impatience. Elle était donc sous le choc de la déception, mais de là à se suicider.

D'un autre côté, cet homme, Dumonteil, qui arrive à son tour, vers neuf heures, cet homme dont la fille est la petite amie de Malik…

Quelles étaient ses intentions lorsqu'il s'est rendu sur les quais ? Que voulait-il ? Soustraire sa fille à des influences ? Est-il intervenu pour la protéger ? Ou simple hasard, il était là pour une passe. D'après le témoignage de Dany, il était agressif. Il n'est pas exclu non plus que cet entretien se soit mal terminé.

Et sa fille, Chloé, de quoi a-t-elle eu peur ? Parce qu'elle était réellement paniquée lorsqu'il a débarqué chez eux. Malik a dû lui raconter toute l'histoire, mais que craint-elle donc ? Est-elle impliquée personnellement, ou bien est-ce seulement pour lui qu'elle s'inquiète ?

Et la mère ? Son attitude digne et réservée, son absence de surprise… Il ne peut en tirer aucune déduction. Elle pourrait avoir également un mobile.

Tout ça lui semble peu crédible, il ne parvient pas à engager son esprit dans une voie, elles lui paraissent toutes sans issue. Trop d'élucubrations et il n'aime pas ça.

Pour l'instant, l'accumulation des hypothèses et suppositions diverses ressemble trop à un château branlant.

Il ne se sent pas tout à fait lucide, toutes les questions qu'il se pose demeurent sans réponse, de plus il est enclin à repousser toutes les hypothèses qui le conduiraient à accuser Malik.

Finalement, Simon tourne en rond.

14

Déambulant dans la cité, Chloé prend seulement conscience de n'avoir pas eu, jusque-là, la simple curiosité de vouloir voir l'endroit où habite Malik. Elle se sent coupable de ce manque d'intérêt, c'est comme une sorte d'égoïsme. En découvrant ce quartier, ces tours, ces immeubles gris, imaginant ce que peut être l'univers de Malik, elle devine le F3 dans lequel il vit, la vue sur un autre immeuble, la crasse des cages d'escaliers, les odeurs et les bruits, les enfants qui errent sur les parkings parce qu'ils n'en peuvent plus de se supporter dans leurs appartements négligés, le manque d'espoir, la résignation, l'absence de beauté. Ici tout est gris, bétonné, laid et ordinaire.

Au milieu de toute cette médiocrité, Malik a grandi comme une plante peut grandir sur des immondices.

Ils avaient eu, un soir dans l'île, une discussion au sujet de la médiocrité, qui lui fait tellement peur. Elle-même pouvait se sentir parfois tellement médiocre, physiquement, intellectuellement… Malik lui a expliqué que l'important, ce n'est pas la médiocrité, qui n'est que dans le regard jeté par ceux qui ne voient que la surface des choses et ne savent donc rien.

— L'important, c'est quoi ?

— C'est ça ! a-t-il dit en lui montrant l'arc-en-ciel magnifique qui, à cet instant, venait d'enjamber l'horizon.

Ils n'ont plus rien dit, contemplant ensemble le pont divin de la couleur, jusqu'à ce qu'il disparaisse dans l'odeur de l'averse suivante.

L'arc-en-ciel, pour Chloé, c'est Malik. Son amour pour lui ne fait que grandir, chaque jour, depuis qu'elle le connaît.

Elle se le figure en expansion, comme l'univers. Malik est celui qu'elle devait rencontrer et si l'on considère le pourcentage de chances de croiser sur la Terre la personne qui vous est exactement destinée, elle s'estime extrêmement vernie.

« Oui, cela mérite de vivre », Chloé a acquis avec Malik cette certitude et ne se pose plus, comme avant, cette question à tout propos. Au contraire, désormais, elle parvient même à déguster des choses insignifiantes, les petites banalités des journées, les broutilles de l'existence.

Avec Malik, elle a appris cela, la légèreté de se laisser porter par la vie

Elle était venue avec l'espoir de le trouver — il fallait absolument lui parler — et elle comptait sur la chance, mais elle s'est épuisée en vain à arpenter les allées, les rues, à contourner les immeubles, n'osant pas se renseigner, intimidée par les regards curieux qu'elle suscite : elle n'est pas d'ici et ça se voit !

Renonçant à son projet, elle s'apprête à rentrer, traverse la rue en direction du boulevard, quand elle aperçoit sur le trottoir d'en face la mince silhouette de Zora, serrée dans son imper, marchant d'un pas rapide, tête baissée.

« Pour ne pas me voir ? », se demande Chloé

— Zora ! appelle-t-elle en courant vers elle.

Zora s'arrête et attend, visage fermé.

— Zora ! Je suis contente de te voir, il faut que je parle à Malik, c'est très important.

— Je ne sais pas où il est... De plus, tu devrais lui foutre la paix !

— Qu'est-ce que tu veux dire ?

— Tu trouves qu'il n'est pas assez dans la merde ?

Chloé écarquille des yeux étonnés.

— Oui ! Toi et cette fille, cette pute, vous l'avez mis dans la merde ! À cause de vous deux, il s'est fourré dans une sale histoire ! Moi, j'ai tout fait pour qu'il s'en sorte, qu'il revienne au bahut, qu'il se remette au boulot... Il allait bien, mais il a fallu qu'il tombe sur toi ! et patatras... Je ne sais pas dans quel merdier tu l'as foutu, je ne sais pas ce que vous avez fait, mais il a l'air d'avoir de gros soucis, Malik... Alors, moi je te dis « fous-lui la paix ! » Tu lui as fait assez de mal comme ça !

Chloé n'est pas de taille à contester de telles accusations. Les larmes aux yeux, elle capitule :

— Si tu le vois... Dis-lui seulement que la police est venue chez moi, j'étais venue l'avertir.

— Je ferai la commission, répond froidement Zora.

15

Ils ont rendez-vous vers vingt et une heures, comme d'habitude, au Mac Do, puisqu'ils n'ont guère d'endroit où être tranquilles.

Chloé a essayé de le joindre. Il y a urgence, la situation se corse.

Émus de se retrouver, ils goûtent réciproquement le réconfort de leur présence comme un soulagement à leurs inquiétudes, mais ils passent vite au vif du sujet.

Chloé s'étonne que les flics veuillent interroger son père. Si les flics les soupçonnent, eux, pourquoi l'ont-ils convoqué, lui ? Elle n'imagine pas un seul instant qu'il puisse s'agir d'une autre affaire, une affaire qui ne les concernerait pas.

Mais Malik tente de la raisonner. Il peut y avoir maintes raisons pour que la police veuille interroger quelqu'un : un accident de la route, un témoignage quelconque, une contravention impayée… Qui sait ?

Mais bizarrement, il ne croit pas lui-même à ce qu'il dit. La coïncidence lui paraît trop suspecte, il suppose davantage l'existence d'une relation entre la visite de ce flic et eux.

Il pousse sa réflexion dans cette direction et il lui vient une idée. Il fait tout à coup le lien. Cet homme, l'homme qu'il a une fois aperçu sur les quais, celui qu'il avait déjà reconnu — cette dispute lors de sa virée avec Momo et ses copains, un soir d'automne dernier — pourrait être le père de Chloé ! Il se souvient bien d'avoir remarqué, dès le premier soir, lorsqu'il avait raccompagné Chloé chez elle que cette altercation avec lui avait eu lieu à quelques mètres de chez elle. La coïncidence ne lui avait pas échappé, puis il l'avait oublié. Il est interloqué par sa découverte. Il laisse passer quelques minutes de silence et l'angoisse de Chloé monte en flèche. Malik réalise lentement tout ce qu'implique cet imbroglio. Il s'est engueulé avec le père… Bon, ça, ce n'est pas la peine de s'en vanter, mais le reste ? Il vient de comprendre que cet homme « allait aux putes », ou du moins en fréquentait une, il en est certain. Est-il obligé de dire la vérité à Chloé ? Est-ce nécessaire de lui imposer cette souffrance supplémentaire ? Elle qui nage déjà dans la pétoche !

— Malik ! Qu'est-ce qu'il y a ? Dis-moi ! Tu as compris quelque chose, n'est-ce pas ?

Malik reste encore un moment silencieux, il ne sait toujours pas ce qu'il doit dire, il faudrait le temps de réfléchir mais voilà : Chloé devant lui, avec son exigence de sincérité, lui fait perdre un peu ses moyens. Néanmoins, un raisonnement fait son chemin : si les flics veulent interroger son père, c'est donc uniquement parce qu'il fréquentait Helena. Cela n'a donc rien à voir avec leur relation, à Chloé et lui. Cela signifie qu'ils ne savent rien à propos de Chloé.

Dans un sens, c'est une bonne nouvelle. Cela justifie de lui dire la vérité, reste qu'il faut lui révéler que son paternel n'est peut-être pas celui qu'elle croyait. Malik, qui se fait une certaine idée, assez élevée, de ce que doit pouvoir représenter un père — quand on en a un — est effrayé par la pensée de détruire une illusion de plus…

— Chloé ? Tu peux me décrire ton paternel ? Son allure, sa taille, la manière dont il s'habille.

— Pourquoi ? Qu'est-ce que ça a à voir ?

— T'occupe, dis-moi.

— Ben… Mon père est très classique : taille moyenne, une petite calvitie. Dehors, il porte toujours un chapeau gris, un pardessus assorti… Que te dire de plus ? Il n'est ni beau ni laid, je ne vois rien qui le distingue. Il n'a pas l'air marrant, plutôt sévère, tu vois ?

— Chloé, ce que j'ai à te dire va pas te faire plaisir.

— Vas-y, mais… je me doute à présent, il voyait cette fille, non ?

— Comment as-tu deviné ?

— Si tu me demandes de te le décrire, c'est que tu l'as déjà vu… Pas difficile d'en déduire que tu l'as vu sur les quais, c'est ça ?

— Oui.

— Avec Helena ?

— C'est ça.

Elle reste un moment muette, assommée par la nouvelle, c'est une partie de son univers qui s'écroule, ce en quoi elle avait cru, ce qui lui paraissait justement trop lisse.

Comment y croire ? Elle qui croyait baigner dans un cadre parfaitement conventionnel… C'est tellement contraire à l'image austère de son père…

Elle n'a jamais rien su d'un différend entre ses parents, à peine ressenti quelquefois un soupçon d'hypocrisie, et l'intuition d'une eau trop plane, trop tranquille.

Elle songe à sa mère mais, ce qui domine le plus, c'est le ressentiment à l'égard de son père. Qu'en pense Malik, de ce bourgeois qui « va aux putes » ? Que ressent-il, lui qui n'a jamais pu aimer Helena, lui qui a frappé Dany pour elle, lui qui l'a respectée ?

Elle a honte, honte vis-à-vis d'Helena, honte de cet acte avilissant, prédateur, du riche sur le pauvre, abusant de son argent pour s'approprier son corps et l'avilir…

Pour s'en défaire, elle explique à Malik son dégoût.

16

Il lui manque le fil.

Simon, agacé, impatient de progresser et contraint d'attendre encore deux jours avant de pouvoir interroger Dumonteil absent, rumine et finit par céder à l'envie d'aller tirer les vers du nez à Malik.

Comprendre quels sont les liens entre ces personnes mêlées à la même histoire. Cet imbroglio lui mine les nerfs.

Qui a le premier rôle dans cet embrouillamini et quels sont les seconds couteaux ? Comment se croisent ou s'entrecroisent ces rôles ? Coincé dans sa voiture dans une file d'attente à un feu rouge, à quelques centaines de mètres de *L'Europe*, il aperçoit, sans surprise, Chloé qui traverse la rue. « Elle est allée prévenir son copain, bien sûr. »

Il trouve Malik, devant l'immeuble, au milieu d'un groupe de garçons.

Il gare la voiture et descend, le garçon l'a déjà vu et va à sa rencontre, il semble de mauvais poil, Simon le rassure :

— Hé ! Je suis juste venu parler un peu.

— Parler de quoi ?

— À ton avis ?

— À mon avis, de rien ! J'ai déjà tout dit...

— Tu as vu Chloé dernièrement ?

Malik sursaute, il ne s'attendait pas à celle-là !

— Vous savez aussi, pour Chloé ?

Puis il hausse les épaules, de l'air de s'en foutre et reprend :

— Non, je l'ai pas vue... Mais laissez-la tranquille, elle n'a rien à voir dans ces histoires !

— Malik, je suis juste venu pour essayer de comprendre un peu ce qui a pu se passer. Dany et toi, vous êtes copains ?

Malik ne veut pas répondre. Alors Simon répond à sa place :

— Oui, vous étiez copains, bien sûr... Et vous avez fait des coups ensemble, ça, c'est certain. Il couchait avec Helena. Et toi ?

— Moi, je couche pas avec les putes !

— Oh ! Monsieur à sa dignité... Et pourquoi tu la voyais, alors ? La drogue ?

— Vous êtes têtu : je vous ai déjà dit que je ne touchais pas à ça. Demandez, renseignez-vous... C'est votre boulot ! La came ou le cul, c'est la seule alternative, pour vous ?

— Alors, pourquoi la voyais-tu ?

— Pourquoi ? Pourquoi ? Mais pour rien, putain ! Pour rien ! Y'a besoin d'une raison pour voir les gens ? Bê, j'en avais pas ! Elle était sympa et je l'aimais bien, c'est tout ! Et puis j'aurais voulu aussi l'aider, parce qu'elle voulait s'en sortir : elle n'était pas une pute !

Sa voix est sourde, il parle comme pour lui seul, comme poussé par un impérieux besoin de se persuader lui-même.

Simon attentif, s'interroge sur la sincérité du gamin.

— Comment ça, « pas une pute » ?

— Je veux dire qu'elle n'avait pas eu le choix... C'est pas pareil quand même ! Non ?

— Si, sans doute. En tout cas, cette fille avait l'air de tenir à toi : elle t'attendait avec beaucoup d'impatience et d'émotion, ce soir-là.

Malik en a marre que ce flic lui ressasse ça, comme si sa propre culpabilité ne suffisait pas... et, d'un coup, il craque :

— Putain ! C'est ma faute ! lâche-t-il, avachi.

Simon laisse passer quelques minutes, il se dit que peut-être les aveux ne sont pas loin, il est sur le point enfin d'apprendre quelque chose.

— Pourquoi ta faute, Malik ? demande-t-il doucement.

Malik se ressaisit, fulminant, le regard mauvais :

— Ça y est ! Je vous vois venir, là ! N'allez pas en tirer des conclusions ! J'ai dit : « C'est ma faute » parce que si je l'avais vue ce soir-là, je l'aurais empêchée de se foutre à la Garonne ! C'est plus clair, comme ça ?

— Tu penses donc qu'elle s'est volontairement noyée ?

— Sûr !

— Moi je n'en suis pas certain : on a pu l'aider à se noyer, parce qu'elle a été frappée, violemment. Dany, par exemple, il était furieux, il a pu avoir une vilaine dispute avec elle, une dispute qui aurait mal tourné.

— Dany ? Pff ! Vous n'y êtes pas ! Il ferait pas un truc pareil ! OK, c'est pas un ange, mais c'est pas un violent...

Il a dit ça tout en songeant aux raclées qu'ils ont échangées... Mais non, c'est pas pareil, c'est pas vraiment de la violence, c'est de... l'amitié.

Simon change de sujet pour le déconcerter :

— Tu couches avec Chloé ?

— Ça ne vous regarde pas ! Je vous ai déjà dit de ne pas

la mêler à ça ! Elle n'a rien à voir dans cette histoire.

— D'accord, ce sont vos affaires, mais pourquoi Chloé, a-t-elle la trouille comme ça ? Et de quoi ? Puisque tu me dis qu'elle n'a rien à voir là-dedans.

— Elle a toujours peur, de tout, tout le temps, alors ! Elle a peut-être peur pour moi…

Il a l'air sincère, songe Simon.

— Revenons à Helena. Tu n'as pas une petite idée de ce qui a pu se passer ce soir-là ? Tu connaissais peut-être aussi quelques-uns de ses clients, non ? C'est peut-être un client qui a pété un câble…

Malik réfléchit très vite et envisage quelques hypothèses… qu'il garde pour lui. Il secoue la tête.

— Je ne connaissais pas ces clients, qu'est-ce que vous allez chercher !

— Sans les connaître, tu as pu apercevoir des michetons, tu pourrais les décrire.

— Non, j'ai jamais fait attention à ça.

— Tu ne vois pas ? Tu n'as pas une petite idée de ce qui a bien pu se passer ce fameux samedi soir ?

— Non, non et non ! Vous lâchez rien, hein ? Un vrai pit-bull. Je ne sais vraiment pas ! Je vous l'ai dit : j'y comprends que dalle !

« Moi aussi, j'y comprends que dalle », se dit Simon.

Et Chloé, elle était où, cette nuit-là ? La question lui brûle les lèvres, mais Malik lui a tourné le dos en pestant et il ne peut pas le retenir : on est pas chez les poulets, ici.

« Bordel ! Anna, tu pouvais pas lui apprendre la politesse, à ce gosse ? Et puis au lieu de faire la vaisselle à la maison, tu ferais mieux de m'aider à le sortir de ce pétrin ! »

17

Le flic s'est enfin barré, mais en le laissant une fois de plus plongé dans l'angoisse. Et la tension monte encore d'un cran : il songe à sa mère, au souci qu'il lui cause, il s'en veut tellement. Les événements se sont enchaînés sans qu'il lui ait semblé pouvoir les maîtriser, ou si peu. Les putasseries de la vie, une toile d'araignée qui se serait insidieusement tissée autour de lui, l'emprisonnant, l'empêchant de réagir. Le piège s'est refermé.

Des embrouilles, il en a connu… mais cette fois c'est bien plus grave, il panique.

Il ne peut s'empêcher de songer à l'île, au souvenir des moments passés avec Chloé dans la cabane, embué comme un rêve d'une infinie douceur. L'odeur de la marée, le silence et le bruit du ressac. Il se souvient du couple de cygnes et les voit glisser, il revoit la lumière le soir, leurs chaleurs mêlées sous les duvets. Ils étaient seuls au monde. Une fois de plus, il sent peser sur ses épaules l'inéluctable fatalité, accompagnée de cette rage qui lui déchire le cœur, irradie ses muscles, court sous sa peau comme une onde douloureuse. Ses poings se serrent à lui meurtrir les paumes, il faut qu'il cogne, qu'il casse, qu'il libère cette violence.

Absorbé par ses sombres pensées, il n'a pas vu Momo qui lui faisait signe :

— Hé ! Malik, viens voir un peu, il faut que je te cause !

« Oh merde ! se dit Malik. Manquait plus que celui là ! Remarque ! Peut-être une occasion de cogner et se défouler un peu ! »

Momo a senti la réticence :

— Écoute, mon frère, faut que je te cause grave !

Le ton est conspirateur, mais amical, presque gentil. Enfin, autant qu'il est possible chez Momo, peu pratiquant en matière de gentillesse. Mais, visiblement, ça a l'air sérieux.

— Vas-y, je t'écoute.

— Pas là, on va aller dans un coin zen.

Malik le suit vers les sous-sols, du côté des caves, là où se font les transactions, les trafics en tous genres. Là, entre ces murs gris et souillés, dans la pénombre du sous-sol et les odeurs d'urines, on peut tout se dire et régler des comptes.

— Faut que je te dise : y a des bruits qui courent. Paraît que t'es embringué dans une sale histoire, mon pote !

— Ça va !

— C'est le Dany qui a jacté et maintenant il se raconte des trucs…

— Du genre ?

— Que tu voyais une pute… Lui aussi, la même, mais que t'étais jaloux parce que t'as pas pu te la faire, et lui si. Il raconte qu'on sait pas qui l'a butée mais pourquoi ça serait pas toi ? Parce que la nuit qu'elle est morte, un pote à lui t'aurait vu traîner là-bas sur le coup de minuit et pas tout seul : avec une meuf… Et s'il raconte ça aux flics, t'es bon, parce qu'il paraît que c'est pas du tout ce que t'aurais dit, vu que t'as menti aux keufs. Alors moi je me dis que ça va finir par arriver à leurs oreilles, aux keufs, vu qu'ici, y a des mouchards qui demandent que ça, d'aller baver... C'est pour ça, je voulais t'affranchir.

Malik est muet et livide. Momo reprend :

— Attends, on va pas laisser faire ! J'ai déjà fait courir l'info que l'enfoiré qui aurait l'idée de parler aux flics, on s'occuperait de lui, mais grave tu vois... Alors ils vont faire gaffe. On est là, Malik. En tout cas, moi, je suis avec toi. T'inquiète, ils vont pas moufter !

Un petit silence et Momo reprend :

— C'est que je te dois, tu comprends.

— Tu me dois rien, Momo.

— Bê si, je te dois ! Et on te doit tous ici, tu sais bien, parce que nous, on n'est pas comme toi, on n'est que des branleurs, des moins que rien, de la racaille, qu'est-ce qu'on fait, hein ? À part des conneries, j'veux dire... mais toi, qui as grandi ici, avec nous, t'es pas comme nous, t'as quelque chose en plus et en même temps t'es pareil, ouais, c'est ça le plus fort : t'es comme nous mais en mieux, quoi ! T'es un mec bien, quoi. Je sais pas comment tu fais, moi, mais respect ! Alors on va pas laisser des mecs tordus te mettre dans l'embrouille, parce que qu'est-ce qui nous resterait à nous, si tu plonges ? T'es... t'es... Bê t'es notre espoir, Malik, on va pas le laisser filer, vu qu'on en a pas d'autre !

Malgré la situation alarmante, Malik est touché par cette solidarité imprévue, cet élan d'amitié inattendu : quelle tirade ! Momo, qu'il prenait pour un con, un demeuré ! Il a dû la répéter avant, c'est pas possible.

Il lui faut absolument prévenir Chloé : s'il a vent de cette « autre meuf », le flic va croire que ça ne peut être qu'elle. Si elle était interrogée à son tour, elle pourrait craquer, lâcher ce qu'elle sait. Il faut la protéger. Un coup de fil sur son portable — elle en a un, elle : c'est utile aussi d'être friqué — et ils conviennent de se voir, comme d'habitude, au Mac Do.

Il lui relate la conversation surprenante avec Momo : un copain de Dany les aurait vus sur les quais, ce satané samedi soir de merde et il a bavé. Malik parle très vite, pressé d'arriver au bout de son discours, pressé de tranquilliser Chloé, dont il voit croître l'inquiétude :

— Te bile pas, Momo m'a rencardé... On va gérer le coup. Dany n'est pas fou, il sait très bien que s'il raconte qu'on nous a vus là-bas, ce soir-là, moi je le donne pour le coup de la bagnole. Je crache tout à ce keuf têtu qui me colle aux baskets. Jusqu'à présent, j'ai soutenu mordicus que je ne connaissais pas le mec qui voulait piquer la jaguar, mais il m'a pas cru... Seulement, il n'a aucune preuve contre Dany, sauf si je changeais mon témoignage. T'inquiète, le Dany, il se tiendra à carreau... Il a les foies. On va se charger avec Momo de bien lui faire comprendre, au cas où il ne serait pas capable de réfléchir tout seul.

Chloé ne pose aucune question, elle acquiesce simplement et c'est tout, elle fait confiance. Malik lui explique qu'elle ne devra rien dire au cas où... Si on lui demande, elle soutiendra qu'elle n'est pas allée sur les quais ce soir-là. D'ailleurs, personne ne s'en doute : pourquoi serait-elle allée là-bas ? Il faut que leurs versions coïncident parfaitement, Malik insiste.

Il faut espérer qu'elle tiendra, qu'elle aura la force, il faut compter sur son amour.

18

Simon a passé une nuit blanche, manipulant à s'en détraquer la cervelle tous les éléments de cette affaire, comme les pièces d'un puzzle. Il avait beau essayer de les ordonner, elles ne voulaient pas s'encastrer. S'agissant plutôt d'un casse-tête, il imaginait toutes les combinaisons possibles, sans pouvoir se satisfaire d'un scénario ou d'un autre.

« Il me manque un code, ou peut-être la pièce maîtresse. Est-ce cet homme, Dumonteil ? »

Lorsqu'il parvenait à écarter ses neurones de cette affaire, c'est l'angoisse qui lui serrait le cœur…

Car, en rentrant la veille, de nouveau le coup de la cuisine ! Il ne s'était pas souvenu de l'avoir rangée… et elle l'était ! Pire encore : il avait trouvé le lit fait… Depuis la mort d'Anna, il ne le fait jamais. Tout était rangé comme elle le faisait, à sa manière à elle : la maison respirait Anna.

Il avait beau fouiller dans sa mémoire, il était certain de se souvenir de tout ce qu'il avait fait le matin à la maison, avant de partir. Impossible pourtant de s'expliquer ce qui avait pu se passer ici, ni ce qui lui arrivait, à lui.

Des pensées complètement folles traversaient son esprit, entre somnolence, demi-sommeil et insomnie, Anna rôdait encore. De pirouettes en soubresauts, il avait fini sur un vrai champ de bataille de couette et d'oreillers entortillés. Il avait dû finir par dormir puisqu'il s'était réveillé en travers du lit, épuisé, ses fantasmes nocturnes lui apparaissant comme des divagations. Des rêves peut-être ?

« Anna est morte ! Et les morts ne reviennent pas ranger les maisons des vivants… En plus, Anna, le ménage, c'était pas son truc, déjà quand elle était vivante ! Ça m'étonnerait qu'elle vienne le faire, à présent qu'elle n'habite plus ici ! »

Même l'ironie ne prend pas et ne parvient ni à l'arracher à ce malaise ni à l'extirper de son chagrin : aujourd'hui est le jour maudit, triste anniversaire : un an.

Avant de gagner son bureau, Simon est passé voir une amie psy, à qui il avait envie de raconter ses élucubrations, cherchant une explication rationnelle, mal à l'aise, lui le pragmatique, avec ses sensations insolites, cherchant à se rassurer. Ce qu'elle a fait en avançant — mais c'était prévisible — « l'effet anniversaire » qui bouleverse toujours.

Elle lui a expliqué que son refus du deuil, sa peur quotidienne de rentrer à la maison et d'être confronté physiquement à l'absence ont pu agir sur son inconscient, le poussant à effectuer les tâches qu'Anna avait l'habitude de faire, occultant du même coup sa mémoire. Tout ça pour, en quelque sorte, retrouver « l'impression » d'une Anna vivante en rendant à la maison l'ambiance qu'elle avait alors.

De plus, cet anniversaire morbide, en ravivant la douleur, provoque parfois des troubles psychologiques. Elle répéta qu'il avait bien fait de venir la voir, qu'il ne fallait pas les laisser s'installer. Elle lui avait proposé son aide et fixé un véritable rendez-vous... Mais il songeait déjà à s'en sortir tout seul, en mettant en place des procédés rationnels : demain, il noterait scrupuleusement, avant de quitter la maison, l'état dans lequel il la laissait... Il verrait bien si la folie le guette. Il fit un autre détour par une papeterie pour acheter un carnet uniquement dédié à cette résolution...

Simon contemple avec morosité, par la fenêtre de son bureau, les averses et les bourrasques d'un hiver un peu fou, inconstant et qui s'est radouci, tempéré par une dépression venue d'Espagne. « Suis-je tempéré par une dépression ? » Son esprit va d'un événement à un autre, d'une personne à l'autre, d'un lieu à un autre, insatisfait, fiévreux, agité, en attendant le père de Chloé.

Ponctuel, Dumonteil a même quelques minutes d'avance. D'entrée, au cours des cinq premières secondes, l'instinct de Simon lui rend cet homme antipathique. Son aplomb, une certaine morgue dissimulée sous des dehors amènes, dévoilent une suffisance qu'il exècre : « Ce type se prend pour quelqu'un ! » Avec une politesse froide et marquée, il invite du geste l'homme à s'asseoir. Un court silence, puis Simon attaque :

— Savez-vous pourquoi je vous ai fait venir, monsieur Dumonteil ?

L'homme rétorque vivement, hautain :

— Précisément, c'est ma question ! Je ne sais pas, non... Veuillez m'éclairer.

« Attends mon coco, tu vas en rabattre. »

— Où étiez-vous, le samedi 7 janvier au soir, disons entre 21 h 00 et minuit ?

L'homme reste muet, il paraît s'interroger... Est-ce qu'il ne se souvient vraiment pas, ou est-ce qu'il feint ?

— Je vais vous aider, monsieur Dumonteil, vous étiez en compagnie d'une prostituée. La mémoire vous revient-elle ?

Il pâlit, et ne se décide toujours pas à émettre un seul mot… Peur de se dévoiler ? Il ne s'attendait pas à ça. Il a troqué sa suffisance pour un air traqué qui n'est pas pour déplaire à l'inspecteur.

— Vous avez été vu, ce soir-là, avec une femme, sur les quais près du *Colbert*, un endroit réputé pour sa prostitution… Il se trouve que cette même femme a été retrouvée morte, quelques heures après votre rencontre…

Cette fois, c'est la liquéfaction…

— Comprenez-vous, à présent, l'objet de votre convocation dans ce bureau ?

— Morte ? articule-t-il, la voix étouffée.

— Toujours à la morgue, même… Vous l'ignoriez ?

— Non… Enfin, pas vraiment…

— Expliquez-vous.

— Eh bien, j'ai lu un entrefilet dans le journal à propos d'une… femme de ce genre, retrouvée morte dans le fleuve, mais… Enfin, j'ai pensé à elle, mais je n'étais pas certain que… On parlait d'une Helena, et je la connaissais sous le nom de Mélancolía… je crois.

— Helena, je vous le confirme. Veuillez, monsieur Dumonteil, me raconter votre entrevue avec cette femme dont le nom de trottoir était bien Mélancolía… Qu'étiez-vous venu faire ?

L'homme paraît abattu, gêné, il se laisse aller piteusement :

— Je l'avais vue… quelquefois.

Les fils s'entrecroisent encore : Malik et cet homme ne se connaissent apparemment pas, entre eux pourtant deux liens : Helena, qu'ils fréquentaient tous les deux, et bien sûr Chloé.

— Vous fréquentez souvent les prostituées, monsieur ?

Il lui donne volontairement du « monsieur », à chaque phrase, pour mieux le tenir à distance. Ses mains s'entortillent :

— C'était exceptionnel, un… un moment difficile.

— Vous savez que c'est illégal ? Vous encouragez par vos pratiques, monsieur, un trafic humain…

L'homme soustrait son regard, visiblement peu habitué à se faire réprimander.

— Ce soir-là, avec elle, vous avez eu une dispute. Selon un témoin, en tout cas. À quel sujet, cette dispute ?

Il s'affaisse un peu, soupire, et admet :

— Depuis quelque temps, à plusieurs reprises, j'avais remarqué un homme posté devant chez moi. Cet homme, je l'avais déjà vu, sur les quais, parler avec cette fille et ils avaient l'air de bien se connaître, d'être… disons intimes. J'ai donc supposé qu'il y avait peut-être un plan, un chantage en préparation, quelque chose comme ça. Alors, je suis venu lui en parler, mais elle a tout nié. Elle a été méprisante… Elle refusait de me répondre ou de me donner une explication.

« Ça y est, nous y voilà ! Un quatrième homme entre en scène ! »

— Vous vous êtes mis en colère ?

— Non, je l'ai seulement avertie que je ne me laisserai pas faire et, euh… fermement.

— Voulez-vous dire, monsieur, que vous l'avez menacée ?

— Non ! Je ne l'ai pas menacée.

— Cet homme, que vous avez vu, pouvez-vous me le décrire ?

— Taille moyenne, l'âge… euh… difficile à dire, soixante ? Grisonnant. Je l'avais déjà vu sur les quais, il avait la mine d'un indigent, d'un sans-logis… Mais quand je l'ai vu devant chez moi, ce n'était plus le même : il était propre et correctement vêtu, il semblait même rajeuni. D'ailleurs, la première fois, je ne l'ai pas reconnu… Ce n'est que par la suite que ça m'est revenu, mais je suis certain que c'était le même homme.

— À quelle heure avez-vous quitté Helena ?

— Je ne suis resté qu'un quart d'heure, à peine… Il pouvait être neuf heures et demi, dix heures à peu près, je n'ai pas regardé l'heure.

— En quels termes vous êtes-vous quittés ?

— Je lui ai signifié que je ne viendrai plus, elle m'a répondu que, de toute façon, elle n'exerçait plus cette profession, que ce n'était pas la peine de revenir, car elle ne serait plus là. Je suis parti. En fait, elle était très bizarre ce soir-là, pas comme d'habitude.

— Il y avait donc des « habitudes », monsieur ? C'est-à-dire ?

— D'ordinaire, elle était plutôt triste, réservée, fermée même… Ce jour-là, je l'ai trouvée énervée, excitée, je ne l'avais jamais vue dans cet état.

— Vous pensez qu'elle pouvait être droguée ?

— Je n'ai pas pensé à ça, c'est possible après tout…

— Revenons, monsieur, à cet homme providentiel. Il va falloir le retrouver : si vous le revoyez devant chez vous, il faut le signaler immédiatement. Nous en faire une description plus précise, aussi. Mais nous verrons cela plus tard. Revenons à cette soirée. Avez-vous « regardé » l'heure à laquelle vous êtes rentré chez vous ?

— Vingt-deux heures environ, peut-être un peu plus tard, une demi-heure maximum.

— Quelqu'un peut-il en témoigner ? Votre femme ? Votre fille ?

— Ma femme regardait la fin d'un film, à la télé. Je lui ai parlé.

— Un samedi ?
— Nous avons le câble.
— Et votre fille ?
— Elle était sortie, je crois.
— Savez-vous à quelle heure elle est rentrée ?
— Non.

Après avoir tenté d'obtenir une description exploitable de l'homme-mystère, Simon avait congédié un Dumonteil bien moins fiérot qu'à son arrivée. Mais Simon restait perplexe. « Une enquête à tiroirs : à chaque fois, un homme en cache un autre. »

Il songe à Helena, lequel d'entre eux quatre l'a frappée ? Il faut bien qu'il y ait un responsable ! La vérité une fois de plus semble se dérober.

Ce quatrième homme, apparu aujourd'hui, brouille encore les pistes : une affaire de chantage ? Ce Dumonteil avoue un vrai mobile : il a dû avoir peur que l'on dérange son existence au cordeau. Cependant Simon ne l'imagine pas frappant et tuant. Il ne le croit pas capable de violence, mais... les apparences sont parfois trompeuses. Il a connu des assassins avec des visages d'anges.

Chloé était sortie, dit-il. Où était-elle ? Avec qui ? Malik était sur les quais, était-elle avec lui ?

Sur le chemin du retour, Simon peu à peu change d'état d'âme : le trouble se substitue à la réflexion, l'émotion au raisonnement. Il revient à Anna.

Luttant désespérément contre ce qui lui apparaît comme sa folie, repoussant cette tentation insensée de croire encore et d'espérer un miracle, presque honteux de lui-même, il ne peut calmer le bouleversement qui le gagne à l'approche de la maison.

Il ouvre la porte, le cœur fou.

Immédiatement, il sent, il voit, il retrouve la maison comme il l'a laissée : l'odeur, le désordre, la tristesse sont les siens, seulement les siens.

Il l'a sa réponse raisonnable : Anna n'est pas venue !

19

Au petit matin, à peine sorti du lit, Simon s'empresse de fuir la maison, ce décor immuable et impitoyable du passé, ce silence cruel. Il se jette dehors avec fougue, se rue vers le monde des vivants, le bruit, la société, l'agitation, la banalité du quotidien.

Cette nuit, il s'est à nouveau débattu contre la folie. Lui qui ne croit qu'aux sciences, aux techniques et aux réalités concrètes, comment a-t-il pu laisser seulement poindre l'idée insensée, démente, d'un retour d'Anna ? Il ne se connaît plus.

Il songe à son enquête et ne peut nier la présence et l'implication d'Anna. « C'est ça qui a dû me perturber, elle n'a pas tort la psy, faut que je fasse gaffe. »

Décidé à se reprendre, à mettre en ordre ses idées, à clarifier sa pensée, il tente d'aborder la journée d'une manière méthodique et organisée.

Il se met au travail, reprend chaque point, chaque élément de l'enquête, fait le tour des personnages et de la chronologie, entre neuf heures et minuit environ, du moins ce qu'il en sait. Puis il note :

— Helena attend Malik, elle se confie à Élodie.

— Dany arrive, ils se disputent avec Helena.

— Elle parle à Dumonteil : autre dispute.

— Malik aussi vient sur les lieux (prétend ne pas l'avoir vue, mais…).

— Helena disparaît. Personne ne semble l'avoir vu partir.

— Autopsie : Noyée. Droguée, frappée. Mauvais coup ? L'assassin peut l'avoir crue morte et balancée à l'eau.

— Un clochard introuvable ? Connu de Malik ? (À vérifier)

— Chloé ? Où est-elle le 7 janvier ? (À vérifier)

MOBILES ? (tous en ont un…)

— Dany : la colère, la frustration, il n'aime pas qu'on lui résiste, il a pu revenir et s'emporter.

— Malik : la jalousie ? Ils ont pu également avoir une dispute qui a mal tourné.

— Dumonteil (mari) : le chantage.

— Dumonteil (femme) : jalousie aussi ? Mais peu crédible : aucun indice de sa présence sur les lieux.

— Dumonteil (Chloé) : jalousie encore ? À cause de son amour pour Malik, le mobile le plus avéré. Elle est passionnée…

Au fond, il s'aperçoit qu'il ne sait pas grand-chose, la fille a pu aussi bien être frappée par un autre client, ou son mac ? Il peut s'agir d'un règlement de compte comme il en existe dans le milieu. Il n'a même pas exploré cette piste… Il n'y croit pas. Est-ce bien rationnel ?

Helena a également pu se suicider.

— Helena désespérée d'après Élodie : sensibilité exacerbée. Droguée aussi.

— Deux disputes l'une après l'autre. Découragement ?
— Malik croit au suicide. Sincèrement ?

En fait, la vraie question pour Simon, c'est la sincérité de Malik car plusieurs fois, il a senti, il a su que le garçon mentait ou ne disait pas tout. Le mensonge le plus flagrant concerne l'épopée du vol de voiture. C'est certain, il a très bien compris depuis longtemps que Malik était le complice de Dany. Mais, plus grave, il est convaincu que Malik, le soir du drame n'est pas rentré chez lui aussi tôt qu'il le prétend, pourquoi ment-il à ce sujet ? Il le soupçonne de cacher quelque chose d'inquiétant. Aurait-il pu déraper ? Sait-il quelque chose ? Protège-t-il quelqu'un ?

Trop de questions à poser à Malik, cela ne peut attendre, il ira le cuisiner en fin de journée.

*

Il l'attend du côté du lycée et, discrètement, il le suit sur le trajet. Lorsqu'il est enfin seul, il le hèle. En le voyant, Malik soupire, marquant ostensiblement son agacement.

— C'est pour un vol ou un crime cette fois ? Pourquoi pas un braquage, hein ?

Le ton est agressif mais Simon perçoit quelque chose de différent, comme une résignation, une lassitude à travers la colère toujours sous-jacente.

Il lui fait remarquer sévèrement que si nécessaire, il peut le convoquer au commissariat et qu'il ferait mieux de coopérer s'il ne veut pas comparaître — puisque le bluff du juge ne semble pas être éventé.

— J'ai deux ou trois questions à te poser. Elles sont faciles.

Malik est sur la défensive, inutile de le braquer en lui parlant de Chloé de suite.

— Est-ce que tu connais un clochard qui venait voir Helena ?

— Ouais. répond prudemment Malik après un temps de réflexion.

— Sais-tu où on peut le trouver ? Comment il s'appelle ?

— Justement je ne sais pas ce qu'il est devenu, je le cherche.

— Pourquoi ?

— C'est un pote.

— Son nom ?

— Pierre, c'est tout ce que je sais.

— Qu'est-ce qu'il venait faire ? C'était un de ses clients ?

— Pas du tout ! Il était trop… classe !

Trop « classe » ? Simon ne peut s'empêcher de penser avec ironie à Dumonteil, à son élégance vestimentaire, à sa suffisance et à l'irritation que lui a causée cet homme imbu de lui-même. Mais Malik qualifie ce clochard de « classe » pour se permettre ce que le père de Chloé n'hésitait pas à se payer !

— Pourquoi dire « il était » ? Tu le crois mort ?

— C'est possible, oui. Il allait pas bien, il était malade, je suis vachement inquiet pour lui. J'ai cherché à avoir de ses nouvelles, mais… personne ne l'a vu depuis quelque temps.

Le garçon a l'air sincèrement attristé.

— C'était vraiment un clochard ? Il vivait dans la rue ?

— Ah, ça oui ! Je l'avais baptisé Esdé, pour SDF quoi, ça le faisait marrer.

— Depuis quand tu ne l'as pas vu ?

— Ça fait un bail, avant noël.

— Tu n'étais pas revenu sur les quais depuis ?

— Non.
— Tu n'avais donc pas revu Helena non plus ?
— Non.
— Pourquoi ?
— C'est mes oignons.
— Non, ces renseignements sont utiles à l'enquête, pour comprendre ce qui s'est passé, tu dois répondre. C'est à cause de Chloé ?
— Un peu ça, ouais.
— Et ce soir-là, tu y retournais ?
— Ouais.
— Pourquoi ?
— Je sais pas, pour m'excuser.
— De quoi ?
— De l'avoir laissée tomber.
— Ah... et que comptais-tu faire ensuite ?
— Je sais pas. Je voulais l'aider mais je ne savais pas comment faire, je voulais seulement en parler avec elle, ce putain de « samedi 7 janvier au soir », comme vous dites !
— Et Chloé, elle était au courant ?
— Pour Helena ? Oui, je l'avais prévenue que je la laisserai pas tomber... Mais j'ai jamais couché avec elle, c'est ce que j'ai expliqué à Chloé.
— Elle t'a cru ?
— Bien sûr.
— Elle était où Chloé, ce soir-là ?
— Chez elle, sans doute.
— Non... D'après son père, elle était sortie. Tu ne l'as pas vue ?
— Je vous ai déjà dit que j'ai vu personne.

Parfois, Malik est transparent, ses paroles respirent l'évidence et la sincérité. Il est fichtrement sympathique, le petit chouchou d'Anna. Mais, dans la seconde qui suit, il se ferme : méfiant, sombre, irascible. Pas difficile de comprendre qu'il ment.

En avançant dans cette enquête, au fil des jours, Simon a senti grandir une véritable affection pour ce gamin attachant. Il voudrait l'aider et même, pourquoi pas, le protéger. Mais Malik ne lui fait pas confiance, il dissimule quelque chose et il ne dit que ce qu'il est contraint à révéler, cela n'aide pas à comprendre.

Simon ne peut le croire capable de frapper, mais il y a quand même cette violence que l'on sent à fleur de peau et qui ne doit pas toujours être facile à contenir. Et puis il y a quelque chose de cassé dans son regard, il lit ce qu'Anna appelait : « résignation provocante à attraper le malheur ».

— Revenons à ce SDF, ce Pierre… Je sais qu'il traînait tous les jours devant le domicile de ta copine Chloé, il parait qu'il les surveillait. Sais-tu pourquoi ? Qu'allait-il faire là-bas ?

Malik reste un instant silencieux, comme médusé. Il prend cet air singulier qu'il a quand il se concentre et réfléchit à toute vitesse :

— Alors là ! J'y crois pas ! Devant chez Chloé ? J'y crois pas ! répète-t-il.

Il est vraiment abasourdi. Simon attend la suite.

— Je sais qu'il allait voir une ancienne copine, il allait se planter devant chez elle.

— Tu veux dire que c'est une femme qu'il allait voir ?

— Oui… Enfin, la « voir » n'est pas exact. Il allait la regarder, juste. Sans jamais lui parler. C'est une femme qu'il avait connue autrefois, il en était raide dingue. C'est même plus ou moins à cause d'elle je crois qu'il avait dégringolé dans le caniveau.

— Comment l'avait-il retrouvée ?

— Ah ça… je sais pas.

Malik est réservé tout à coup et Simon comprend immédiatement qu'il s'arrête là pour ne pas devoir confesser quelque péripétie inavouable.

Le flic, lui, cogite. L'information est importante et lève un nouveau voile sur l'affaire.

Cette femme que le SDF venait voir pourrait donc être la mère de Chloé ? Il a senti chez elle une espèce de nostalgie, dans sa tenue, son expression, son allure de personnage de roman et dans son regard absent, quelque chose d'indéfinissable et d'endormi, sous l'éteignoir. Bref, il ne serait pas étonné qu'il s'agisse d'elle.

Il est un peu tard pour s'inviter à leur domicile, d'autant que cela risque de faire beaucoup. Le mari fréquente une pute qui a été tuée. La femme a un amoureux transi devant sa porte, un SDF qui plus est ! La fille a pour copain une « caillera » de cité… Ça ne fait pas très net, tout ça. Pour une famille « bien sous tous rapports », ce n'est pas loin de l'implosion…

Vu sous cet angle, le mari aurait vraiment eu des raisons de tuer la fille pour empêcher le chantage, et peut-être aussi le SDF, pourquoi pas, faisant de ce « Pierre » deux coups : se débarrassant d'un rival et d'un maître-chanteur. Mmm… Pas très convaincant, tout ça.

— Allez, Malik, fait-il cordialement. Si tu veux me parler, voilà ma carte, je te note mon portable. Ce n'est que pour t'aider…

Simon a le secret espoir de faire enfin céder ses barrières, convaincu que Malik n'a pas tout dit et que peut-être il *sait* tout. Le garçon paraît hésiter un temps, mais finalement il se contente de prendre la carte de visite puis de poursuivre son chemin.

« Il a failli parler, mais il s'est mordu la langue… Pourquoi s'est-il ravisé ? »

20

Dès le lendemain, Simon se rend chez les Dumonteil, partagé entre l'intérêt pour son enquête et cette réserve qu'il éprouve toujours à pénétrer comme un oiseau de mauvais augure dans un nid, coucou indélicat interrogeant sans connaître le degré d'implication de ses interlocuteurs. Il va devoir s'immiscer dans leurs vies, violer leur intimité, les perturber, provoquer peut-être un séisme dans des rouages huilés par le quotidien et — qui sait ? — pour rien. C'est son métier. Certes, la quête de la vérité le passionne, mais il aime trop les gens et répugne toujours à fouiller, à déranger.

« C'est encore Anna, c'est elle qui m'a enseigné cela, qui m'a transmis sa sensibilité, communiqué son empathie et qui m'a fait comprendre que ce n'était pas une faiblesse. »

Il sonne et c'est madame Dumonteil qui vient lui ouvrir : elle paraît être seule et il en est soulagé, les choses seront plus faciles.

Comme lors de sa première visite, il est vaguement troublé par la beauté de cette femme et par l'aura qu'elle dégage. Il avait déjà ressenti cette impression de résignation tranquille, comme si elle savait, comme si elle regardait en face, beaucoup plus loin que lui et au-delà du présent.

Du coup, il est embarrassé, mal à l'aise, ne sachant par où commencer l'entretien. Il est là, debout dans la vaste entrée, gauche. Elle le perçoit et, avec un demi-sourire, l'invite à s'avancer, à s'asseoir. Étonnant encore, elle prend les devants : franche et directe.

— Claire Dumonteil, annonce-t-elle. Vous venez sans doute, au sujet de mon mari, si c'est cela, je suis au courant, pour la prostituée.

— Elle est morte, le saviez-vous, madame ?

— Mon mari a préféré me prévenir.

Ses réponses sont sobres.

— Vous a-t-il parlé d'autre chose ? D'un homme ?

— Oui.

— Que vous a-t-il dit au sujet de cet homme ?

— Pas grand-chose, qu'il craignait un chantage.

— Qu'en pensez-vous ?

— Je connais cet homme, dit-elle spontanément. Le chantage n'est pas son genre. C'est autre chose.

Simon attend la suite, l'encourage d'un geste.

— Je l'avais connu autrefois, et depuis quelque temps, il passait du temps devant la maison, semble-t-il. Je ne sais pas comment il m'avait retrouvée, mais c'est probablement pour moi qu'il était là. Cela dit, il ne m'a jamais adressé la parole. D'ailleurs, je ne l'ai vu et reconnu qu'une seule fois, tout récemment. J'espérais le revoir pour lui parler, mais il n'est pas revenu.

— Vous connaissez son nom ?

— Pierre Lagrange.

— Merci, madame. On va le rechercher.

— Pourquoi ? Qu'a-t-il fait ?

— Rien, probablement, mais il connaissait également

cette prostituée. Ils étaient amis apparemment. Nous recherchons toutes les personnes qui pourraient détenir des renseignements pouvant contribuer à expliquer sa mort. Votre mari est rentré tard ce soir-là, étiez-vous couchée ?

— Non, je regardais la télé.

— Vous souvenez-vous de l'heure ?

— Approximativement vingt-deux heures, à peine plus. J'ai regardé Bravehart sur le câble, et ça a commencé à 20 h 35 environ. Un film assez long, qui n'était pas encore terminé quand il est rentré. Faites le calcul.

— Merci, je le ferai.

Elle était visiblement préparée à cette question, il en a d'autres qui devraient l'ébranler un peu plus :

— D'autre part, madame, connaissez-vous le petit ami de votre fille ?

— Non.

— Vous n'êtes pas au courant de ses relations avec un jeune garçon, nommé Malik ?

— Non, depuis quelque temps, j'avais compris qu'elle était amoureuse, ce n'était pas très difficile de le comprendre.

Simon songe avec un petit sourire à la scène à laquelle il a assisté, au Mac Do puis dans la rue. Voila au moins quelque chose qui ne fait pas doute : Chloé est amoureuse.

— Mais quel rapport avec ce qui vous amène ici ? Ma fille n'a rien à voir avec cette histoire.

Le ton est inquiet, inquisiteur.

— Votre fille était sortie ce samedi-là, à quelle heure est-elle rentrée ?

— Je ne sais pas.

— Vous étiez donc au lit ? À quelle heure êtes-vous allée vous coucher ?

— Je ne me souviens pas exactement. Après le film, j'ai lu un peu.

Il insiste, mais elle est embarrassée et visiblement inquiète. Elle se demande déjà pourquoi ce policier s'intéresse à sa fille et comment elle pourrait être concernée par cette affaire. Il va la laisser mariner un peu dans ses conjectures.

Au volant de sa voiture, se retournant pour reculer, il aperçoit Claire Dumonteil, qui sort précipitamment pour le rattraper :

— Monsieur !

Il baisse la vitre :

— S'il vous plaît, si vous le retrouvez, pouvez-vous me prévenir ? Pierre Lagrange, je veux dire…

Claire rougit, Simon sourit :

— Bien entendu.

21

« Putain ! Je suis cerné ! » se dit Malik.

Depuis que Momo lui a parlé, l'autre jour, il a ruminé, ressassé ses craintes et pesé le danger, jusqu'à ce que, peu à peu, une éventualité lui apparaisse.

Il descend quatre à quatre les escaliers, et se met en quête de Momo. Il finit par envoyer un petit le chercher chez lui, préférant lui causer en terrain neutre. Momo lui a tendu la perche, mais reste le souvenir de leurs rivalités, les stigmates de leurs affrontements... Malik n'est donc pas très à l'aise, cependant, il n'a pas le choix, il lui faut de l'aide.

Momo ne se fait pas attendre. Toujours désœuvré, il répond vite à toute sollicitation susceptible de lui permettre d'échapper à son ennui, de se défouler, de dérider son quotidien. Il affiche l'air satisfait du type dont on a besoin, fier de son importance pour une fois. Son sourire exprime bien qu'il a déjà compris que Malik était demandeur, ce coup-ci, et il se doute de quoi. Il lui frappe l'épaule pour le saluer et pour lui signifier qu'il est disposé à l'écouter. Ils se replient vers leur endroit habituel, à l'abri des regards.

Malik prend la parole et explique son plan : il faut fermer la gueule à Dany et il a de quoi le faire, seulement il aurait juste besoin d'un petit coup de main. Momo ressent la piqûre agréable de l'excitation et se frotte déjà les mains : fermer la gueule à ce mec-là, ça le branche et s'il y a un peu de castagne, il est partant. Bon, jusque-là ça va, se dit Malik, rien d'étonnant. Il expose donc son plan d'action : ils vont agir chacun de leur côté, de manière à mettre double pression, de sorte que Dany se sente isolé, acculé.

Momo est d'accord : ce Dany, c'est un foutu lâcheur. Avec Malik, c'est vrai, il a eu des différends, mais ils sont quand même toujours du même côté, de la même galère, ils sont toujours frères, quoi ! Yo man... C'est pas comme l'autre là, qui les nargue avec son pognon et qui les snobe grave ! Il pique des bagnoles à présent, c'est vrai qu'il a commencé jeune à être attiré par la mécanique...

— Tu te souviens des mobs ? Ah, les mobs !

— Qui vole une poule finit chez les keufs ! dit Momo, qui a ses proverbes à lui.

Ils topent dans une passe de main compliquée : marché conclu ! Avant de se quitter Momo ose quand même la petite question qui le titille :

— Eh, Malik ! Entre nous, c'était qui la meuf avec qui t'étais ? C'était la pute ou la bourge ?

— Ta gueule !

22

D'ordinaire, il ne cède pas aux élucubrations, il s'en tient aux faits. Mais cette enquête ne ressemble à aucune autre.

Baignant dans une atmosphère étrange, Simon obéit à des ressentis plus qu'à la logique. Il ne cherche plus à fuir les sentiments qu'il éprouve à l'égard de Malik, ni même à l'étrange attirance qu'il ressent pour les autres : de Helena morte sur le quai, qui l'a obsédé dès le premier jour, jusqu'à Claire, rencontrée tout à l'heure, en passant par Chloé, écorchée vive qui lui ressemble un peu, avec son amour en bandoulière et son regard perdu. Même cet homme, ce Pierre Lagrange, qu'il n'a jamais vu et qu'il imagine attachant.

Évidemment, ce n'est pas une attitude professionnelle : un flic doit rester impartial, mais Simon ne s'est jamais pris au sérieux et c'est justement ce qui fait sa force. Ne trichant pas avec lui-même, s'assumant avec ses faiblesses, il n'est pas dans un jeu de rôles, il est « vrai »… enfin, autant que l'on peut l'être.

Cette enquête l'émeut, soit… et alors ?

Besoin de se laver la tête. Simon prend la route de

Lacanau. Marcher sur la plage, respirer l'océan, ça va lui dégourdir les jambes et l'esprit.

Au fur et à mesure qu'il progresse vers l'ouest, le ciel, comme toujours, s'éclaircit et Simon se dit encore une fois qu'il devrait vendre la maison et vivre sur la côte, le temps y est plus clément, et puis il adore le calme de ces stations désertes en hiver, comme abandonnées par des chercheurs d'or ineptes.

Enfin, s'il faut se remettre à vivre, sans Anna, il lui faut un projet qui l'occupe, meuble sa vie, quelque chose de concret, de fort et de sensé… Sinon mourir.

Les rues balayées par la tempête récente sont ensevelies sous le sable. Ce n'est qu'un tout petit aperçu de ce que la nature serait capable de faire, mais ici elle est bienveillante avec les hommes et n'abuse jamais de sa force. Pourtant, ils ne l'ont pas beaucoup respectée : le béton, les immeubles en bordure d'océan ont mangé la dune, rogné la grève, défiguré le paysage.

Simon descend sur la plage. Le vent d'ouest, reste de la dépression, est encore soutenu, il revêt sa capuche et marche près de l'eau, longeant les vagues, avec la seule préoccupation reposante de ne pas se mouiller les pieds.

Après avoir marché une heure dans le sable, recevant de plein fouet l'air vif du large et les embruns, Simon n'est plus le même. D'abord, sans penser à rien, sans même prendre la peine de se souvenir, ici, son enfance et sa jeunesse le rattrapent partout, complices de cette nature, indissociables, fugaces cependant, portées par cet espace, les odeurs salées, le grondement de l'océan et le murmure du vent dans les dunes et les cimes des pins.

Une belle sculpture d'arbre rejetée par la marée lui offre de s'asseoir, les coudes sur les genoux, le menton appuyé sur ses paumes, le visage offert à l'air marin, laissant vagabonder son esprit librement, laissant affluer les souvenirs, laissant le désordre bienfaisant l'emplir sans le combattre.

Sa pensée, saute sans contrainte d'une image à une autre, d'une sensation à une autre. Comme toujours, ici, sa mémoire est sensorielle. La nostalgie, donc, est apaisante, elle le traverse comme une vague saine et purifiante.

Reprenant le chemin du retour, Simon ne veut pas gaspiller le bien-être que sa promenade lui a procuré, soucieux de prolonger ce calme, de ne pas troubler cette quiète sensation d'avoir repris pied que lui insuffle le contact avec la nature, il s'accorde la fin de journée comme répit.

Lorsqu'il est dans cet état d'esprit, les choses concrètes et matérielles reprennent de l'importance, comme si elles retrouvaient leur place dans la réalité, il se préoccupe alors de faire les courses, de songer à laver sa voiture ou de passer l'aspirateur dans la maison. Il décide donc d'en profiter pour passer au supermarché faire ses provisions et, ce soir, il fera abstraction de tout le reste. Il va se concocter un repas réconfortant devant une série débile à la télé, posant sa cervelle sur un guéridon jusqu'à demain.

23

Simon s'occupe d'abord de lancer les recherches autour de Pierre Lagrange — dans les hôpitaux, les centres d'hébergement, la morgue, l'État civil, la Sécu, les immatriculations — en se disant que la clé de cette enquête est peut-être là, une intuition lui fait entrevoir un dénouement à sa portée.

Martin entre dans le bureau, affichant un air de contentement.

— Qu'est-ce que tu cherches ?

— Un clodo qui a disparu de la circulation.

— T'es au courant qu'on a en retrouvé un mort de froid ? C'est peut-être le tien.

— Merde ! dit Simon choqué.

« C'est pas de chance » se dit-il.

Il songe immédiatement au chagrin de Malik.

— Tu comptais en apprendre avec ce mec ? Bah ! Je crois qu'on pourra s'en passer. J'ai des infos, du sérieux : on va pas tarder à conclure :

Il s'était occupé de suivre Karim Benyoussef, alias Dany, qu'ils soupçonnent fortement de vol des voitures. Pas de preuves mais de lourdes présomptions : son train de vie inexpliqué sans ressources légales, notamment. Il ne touche pas à la drogue, ça, c'est vrai. Malik non plus. Helena devait se pourvoir ailleurs. Pour ce qui est de Malik, il a dû tremper dans de petits trafics avec son pote Dany, mais il semble s'être calmé. Il devait néanmoins être dans le coup, pour la tentative de la jaguar.

— Il n'a pas dû vouloir aller jusqu'au bout, il a eu peur et il a empêché le vol, fait remarquer Simon qui avait compris ça depuis le début.

Martin acquiesce et reprend son compte rendu. Concernant Malik, il a appris une nouvelle beaucoup plus inquiétante : il aurait menti au cours de son interrogatoire au sujet de son emploi du temps du samedi soir. Cela ne s'est pas passé comme il l'a dit, il n'est pas rentré chez lui vers vingt-deux heures. Vers minuit, voire une heure du matin, il a été vu sur les quais et ça, c'est grave.

— Qui l'a vu ? lâche Simon catastrophé.

— Un copain de Karim-Dany prétend l'avoir vu vers le milieu de la nuit.

— Quoi ? Quel petit fumier, ce Dany ! Tout ça c'est peut-être de la poudre aux yeux.

— Possible, il va falloir les interroger tous les deux. Karim et celui qui prétend avoir vu ton protégé, un dénommé Ludo, après on interrogera Malik lui-même.

Simon est déçu, pourquoi Malik a-t-il menti s'il n'a rien à se reprocher ? Soudain, il a peur pour lui, vraiment peur, que s'est-il passé ce soir-là qui le pousse à dissimuler ? S'il n'a rien à se reprocher pourquoi ces mensonges ?

D'abord il prétend ne pas être venu, ensuite être rentré chez lui à 22 h 00, comment le croire lorsqu'il prétend n'avoir pas vu Helena ?

En poussant sa réflexion, Simon parvient à une déduction qui fait grandir son inquiétude. Lorsqu'il a interrogé

Malik la première fois, il a prétendu qu'il ignorait le crime, il ignorait donc a fortiori l'heure du crime. Pourtant il a pris soin d'affirmer être parti plus tôt. Pourquoi cette précaution ? S'il avait ignoré l'heure du crime, il n'aurait pas jugé utile de mentir sur l'heure de son retour.

Simon est catastrophé par le raisonnement.

Malik n'est pas forcément coupable, peut-être était-il seulement présent à ce moment-là, il peut avoir vu quelque chose qu'il ne veut pas dire. Protéger quelqu'un, mais qui ?

Pourquoi ne lui a-t-il pas fait confiance ?

L'autre jour, il a failli lui dire quelque chose, était-ce cela ? Voulait-il lui parler de sa présence sur les quais au milieu de la nuit ? S'il avait parlé, cela aurait pu être différent. Peut-être est-ce sa faute à lui, qui n'a pas su le mettre en confiance, il pense à Anna et se sent presque coupable.

— Et ce n'est pas tout, reprend Martin. Malik aurait été vu cette nuit-là sur les quais, aux environs d'une heure… et pas tout seul : accompagné d'une fille… Enfin, ce n'est pas certain. Le témoin dit qu'il a formellement reconnu Malik mais que l'autre personne était dans l'ombre et qu'il ne l'a pas bien vue, mais il les a vus s'embrasser.

« Merde… Chloé ? »

— Autre chose encore, il paraît qu'il était jaloux de ce Karim, à cause de cette pute dont il s'était amouraché. Ils auraient même échangé des coups à cause d'elle.

— Et d'où tu tiens tout ça ? demande Simon, accablé.

— On a quelques « cousins » dans le quartier.

Trop facile, les indics… Ce Ludo a balancé dès qu'on lui a posé deux ou trois questions embarrassantes, il a lâché ces infos pour qu'on le lâche, lui. Mais il est téléguidé par Karim-Dany. Pourquoi ont-ils balancé Malik ? Peut-être pour se venger. Il est vrai que Malik a fait échouer la tentative de vol de la bagnole : c'est peut-être un règlement de compte.

— On va les convoquer et les confronter, on y verra plus clair ensuite. Ça t'emmerde, pour ton protégé, non ? Ou je me trompe ? Tu le connais ce gamin ?

— Non, répond Simon évasif... puis, brusquement : c'était un élève d'Anna.

— Je comprends, dit simplement Martin.

Resté seul et pensif, Simon se laisse submerger, tantôt par la sensation d'avoir manqué, trahi en quelque sorte la mémoire d'Anna, d'avoir fait fi de tout ce qu'elle lui avait laissé, de n'avoir pas rempli sa mission... Mais aussi par des sentiments presque paternels pour ce gamin.

Anna aimait Malik, soit. Il avait onze ans, il en a dix-sept aujourd'hui. Il a pu changer, dériver, passer de l'autre côté. Après tout, c'est si facile.

Il suffit à Simon de se remémorer sa propre jeunesse et ses tentations pour savoir combien la frontière peut être fragile entre le droit et l'illicite, la conscience du condamnable et le manque, l'envie. Il sait aussi toutes les raisons — même mauvaises, elles ne sont pas moins efficaces — qui peuvent amener un jeune « défavorisé » à craquer. Ensuite, lorsque le premier pas est franchi, le chemin est tout tracé, inexorablement le même, sans issue de secours, l'impasse.

Tout a pu arriver cette nuit-là, un dérapage, n'importe quoi.

Le crime paraît tellement inconcevable au commun des mortels, ce passage à l'acte au-delà de l'imaginable semble toujours être le fait d'êtres « à part », de monstres, de déments. Simon sait par expérience que certains criminels sont des individus ordinaires, et qu'ils ne savent même pas eux-mêmes comment ils ont pu commettre un assassinat, ni comment ils en sont arrivés là. Il se demande d'ailleurs quelquefois s'il y a une grande différence entre ceux-là et cet homme qui a tué Anna avec sa bagnole.

Pourtant, quelque chose le retient encore de franchir le pas, il ne parvient pas à ébaucher un scénario qui chargerait Malik, il ne peut se résoudre à le suspecter de violence et reste donc dans le questionnement. Pourquoi a-t-il menti sur son emploi du temps ?

Avec qui était-il au milieu de la nuit ?

Chloé ou Helena ?

24

Malik s'est déjà rendu à deux reprises chez Dany, en vain : l'oiseau n'était pas au nid. Ce dimanche matin, il est davantage sûr de son coup, seulement il va falloir le faire se lever. Précisément, il lui faut tambouriner un bon moment à la porte, jusqu'à alerter les voisins qui gueulent :

— Qu'est-ce que c'est ce bordel ? Et on ne peut pas se reposer chez soi le dimanche matin ! Déjà qu'il y en a qui font la java toute la nuit… Bien sûr, comme ils vont pas au boulot, ils s'en foutent de faire chier ceux qui bossent.

Enfin, quoi, le discours habituel. Malik constate qu'ici, ce n'est pas très différent de chez lui. Au bout d'un quart d'heure de ce ramdam, Dany ouvre enfin la porte, en caleçon, ébouriffé, les yeux ensommeillés et l'air furibond :

— Putain ! Tu fais chier ! Ça va pas, non ? T'as vu l'heure ?

Malik pousse violemment la porte entrouverte et la claque derrière eux. Il s'assoit au comptoir et demande, autoritaire :

— Fais-nous un café, j'ai des trucs à te dire.

Dany, se doutant bien de quoi il s'agit et craignant que ça tourne vinaigre, s'exécute sans un mot, l'air renfrogné. Pendant qu'il s'active autour de sa machine à café, Malik démarre, histoire de ne pas lui laisser le temps, désireux d'abattre de suite ses cartes maîtresses.

— Alors, il paraît que tu racontes qu'un mec m'aurait vu où il fallait pas, ce putain de samedi soir à minuit ?

— J'y suis pour rien, moi : il t'a vu, il t'a vu !

— Ça, c'est con ! C'est comme toi, je t'avais pas reconnu, un certain soir, sur la route du Cap-Ferret. Mais maintenant, je me souviens très bien, c'était pas toi qui voulait braquer une jaguar ?

— Déconne pas, fait Dany qui a déjà la trouille.

C'est pas un modèle de courage ce mec, il ferait mieux de raccrocher ses trafics parce qu'il assume pas. Malik a une bouffée de mépris.

— Ben, il va falloir changer ta version, si tu veux pas que je change la mienne ! Je déconne pas, c'est simple comme bonjour : si tu racontes qu'on m'a vu, je te donne aux keufs, et tu plonges pour tentative de vol. Si on m'a pas vu, moi aussi je suis aveugle. Tu vois le deal ? À toi de voir lequel de nous deux à le plus à perdre. Alors tu diras à ton pote qu'il s'est trompé : il n'a pas pu me voir, vu qu'à minuit, j'étais rentré. Fourre-lui bien ça dans le crâne ! Je veux même pas savoir son nom, mais s'il s'avise de causer, je m'en prends d'abord à toi, et tu peux lui dire que ça sera sa fête en suivant !

— Ça va ! Je suis d'accord, mais c'était pas la peine de faire tout ce bordel pour ça, parce que je t'aurai jamais donné, c'était pas mon intention. Je suis pas barge !

— Alors pourquoi t'as été baver et raconter ça à droite et à gauche, c'est pas pour que ça circule, peut-être ?

— Mais non, j'ai raconté ça à un pote, c'est vrai. Un soir que j'étais pas clair... Après c'est pas ma faute si ce con a pas su tenir sa langue, mais c'était pas ce que je voulais, juré !

— Ouais, bê... Je m'en fous de ce que tu voulais, moi

je te dis qu'à partir de maintenant c'est comme j'ai dit et basta, OK ?

— Ouais… Ça va !

— T'avise pas de changer d'avis parce que je te jure que je te laisserai pas t'en tirer !

Décollant de son tabouret, la tasse de café à la main :

— Il est amer, ton jus !

Et pour clore la discussion, il balance par-dessus le comptoir, la tasse qui s'écrase sur le mur dans une grande tache marron.

Satisfait de l'entretien, un peu plus léger, Malik fait un crochet par les quais, histoire d'essayer de glaner des nouvelles de Pierre. Avec un peu de chance, il pourrait croiser Luigi, il croit savoir où il traîne parfois. Mais rien.

En désespoir de cause, il pousse la porte du petit bistrot où ils s'étaient rencontrés. Le patron est au comptoir, la salle est déserte. Malik commande un café et questionne…

— Pierre ? Il est mort, petit… Ouais, c'est moche, pauvre type, crever comme ça dehors, dans le froid ! C'est dégueulasse de les laisser crever comme des chiens ! Non, même les chiens sont mieux traités…

Malik est glacé. Son esprit ne veut pas entendre la nouvelle, mais le froid parcourt déjà ses membres et fait exploser sa poitrine.

C'est comme lorsque son ancienne instit est morte, l'an dernier, dans un accident : les mêmes sensations de vide, et cette impossibilité d'y croire. Il a bien essayé d'étouffer son chagrin sous la colère et la rage, contre l'injuste, l'absurde, l'insupportable, mais la nostalgie est restée. Anna avait semé en lui des graines qui ont continué à germer et jamais il ne l'oubliera.

25

En mission. Il est en mission, c'est du sérieux.

Pour la première fois, Momo se sent investi de quelque chose qui ne lui fait pas honte, il ne sait pas vraiment analyser ce qu'il ressent mais c'est quelque chose de fort, qui a à voir avec une certaine morale. Celle de la cité, bien sûr.

C'est vrai ce qu'il a dit à Malik, l'autre jour. Ça lui est pourtant sorti comme ça, spontanément, le surprenant lui-même. Il n'y avait jamais réfléchi auparavant et cette idée s'est imposée : Malik, c'est quelqu'un.

Ils se connaissent depuis qu'ils sont tout petits, ils ont partagé les bagarres des cours de récré, les conneries et puis les affrontements entre bandes, mais Malik était le plus fort. Le seul à pouvoir lui clouer le bec avec une remarque qui faisait tilt, le seul à pouvoir faire rentrer dans sa caboche une petite idée qui faisait ensuite son chemin et faisait même quelquefois des petits. Ouais ! Malik, il a mis de la raison en lui. Peut-être qu'il lui doit d'avoir évité les plus grosses conneries. Mais il y a autre chose de plus important : il ne voulait pas se l'avouer, il était un peu jaloux parfois. Oh ! bien sûr, lui, Momo, il n'était pas bon à l'école alors, il n'a pas pris le même chemin mais en ce qui concerne l'amitié et tout ce qui va avec, il a appris la leçon.

Alors aujourd'hui, il renvoie l'ascenseur. Hier soir, Malik a grimpé jusqu'à son appart, Momo a ouvert la porte mais ne l'a pas laissé rentrer. Il était trop gêné ! Malik, il est pauvre, il a pas de paternel, mais chez lui c'est clean et sa mère est cool : elle parle, et tout... Alors que chez lui c'est tout le temps le souk dans l'appart et en plus ses parents, ils sont pas présentables, ils lui foutent la honte !

Alors, il s'est empressé de fermer la porte derrière lui et ils sont descendus vers leur endroit préféré pour discuter. Malik lui a raconté l'irruption chez Dany, Momo était mort de rire. Malik a dit :

— Il faut mettre un peu plus de pression dans la foulée, histoire de s'assurer du silence de cet enfoiré.

— C'est pas fini, on va le faire chier dans son froc, tu vas voir !

Alors Momo traîne du côté de la victoire pour y dénicher Dany. Il finit par le voir s'amener, sur le coup de dix heures. Il l'aborde brutalement et le tire par la manche :

— Viens par là, j'ai à te parler.

Dany se dégage et proteste mais sans trop insister devant cette détermination.

— On va chez toi. Bouge !

— J'aime mieux pas.

— Tu discutes pas, fait Momo, content d'exercer son autorité.

Dany n'est pas de taille à lutter avec Momo. Surtout ici, maintenant. Il regarde désespérément à droite et à gauche pour voir s'il ne se trouverait pas dans les parages, un pote pour lui venir en aide, des flics voire, pour une fois... Mais ne voyant personne, il est contraint de suivre Momo jusqu'à son appartement. Ce dernier siffle en entrant pour souligner le luxe tapageur. Dany, hausse les épaules, l'air fatigué.

— S'la tête d'ma mère… Ça rapporte, le commerce de bagnoles, dis donc !

— Bon, ça va, t'es pas inspecteur des impôts… Alors accouche… Même si j'ai une petite idée.

— Ah bon ! Tant mieux ! Si tu sais déjà, ça ira plus vite, commence mon vieux, qu'est-ce que t'as à dire ?

— C'est pour Malik ?

— Gagné ! Tu vois, c'est pas compliqué ! On m'a dit que tu racontes des trucs qui le mettraient dans la merde… Ben ouais, t'es allé baver… Seulement voilà : tout ce tu racontes, c'est que des conneries, des menteries… Ton pote il a dû rêver quand il l'a vu, ou t'as confondu ce qu'il t'a dit, parce que figure-toi qu'il était avec moi et des potes, juste à ce moment où tu dis qu'il était sur les quais !

— Merde… Momo, on l'a vu !

Momo se saisit d'un tabouret et le balance sur le bar de toutes ses forces.

Le tabouret se brise. Momo est très calme…

— Oh pardon… Répète un peu. Pas compris.

— Putain, vous faites tous chier !

— Oh non : c'est pas dur, tu fais circuler que Malik, personne l'a vu ce soir-là et c'est tout !

— Mais j'ai jamais eu l'intention de le donner !

— Alors qu'est-ce qui t'as pris d'aller lâcher ces salades, t'avais pas prévu que ça finirait par se savoir, ou quoi ? T'es quand même pas plus con que moi, bordel !

— J'ai déjà dit à Malik que c'était un soir où j'étais pas très clair et j'ai un peu trop parlé, c'est vrai… Je jure, la tête de ma mère, que j'ai pas voulu le donner.

— On s'en fout de ta mère. Je suis venu t'avertir que si tu racontes aux flics qu'on a vu Malik, cette nuit-là, tu vas le regretter… On t'en fera baver, mon pote, à salir ta moquette de bourge, là… Tu peux me croire ! Et puis j'en sais un paquet sur toi et tes combines, que les keufs, ils aimeront aussi !

— Mais puisque je vous dis que c'est d'accord, bordel ! Vous vous prenez la tête pour rien.

— Je te connais, Dany de mes fesses, Karim de mon cul… T'es qu'un pourri : on a pas confiance. Alors je t'ai à l'œil, et ton pote aussi. Je sais où vous trouver…

— Je croyais que tu pouvais pas le saquer, Malik.

— Tu calcules vraiment plus que dalle, toi. C'est vrai que tu nous as lâchés depuis un bail ! Il a raison Malik, t'es plus qu'un « beurgeois » !

26

Avant de descendre de la voiture, Simon aperçoit déjà la lumière dans le salon : « Encore ! » Un flot d'idées paradoxales investit son esprit. Une fraction de seconde avant d'ouvrir, il ne sait plus ce qu'il espère, il n'est même pas sûr de ne pas préférer la folie.

Sa main tremble pour tourner la clé, il suspend sa respiration, son cœur cogne dans ses tempes. Il pousse la porte :

La maison est rangée et propre.

— Anna !

Il est certain d'avoir éteint la lampe, ce matin, et d'avoir laissé son désordre habituel. Il fait le tour de la maison, impossible d'avoir oublié tout ça. Son carnet spécial est sur la table et confirme. La psy a beau dire, il est sûr de sa mémoire : il a laissé le bordel, quelqu'un est venu… Et qui, sinon Anna, aurait pu entrer dans cette maison et remettre de l'ordre à sa manière à elle ? Parce que tout lui rappelle Anna : la façon dont le torchon est mis à sécher, la machine a café — placée en biais sur le plan de travail avec leurs deux tasses dessus — les petits coussins disposés aux extrémités du canapé, les revues ordonnées par date sur la table du salon… Ça s'invente pas, merde ! Il revoit jusqu'aux gestes d'Anna. Au diable, la psy et toutes les explications du monde, Anna est venue !

Elle est venue.

Il s'écroule dans le canapé, il ne peut plus lutter, tous ses efforts pour raisonner, pour s'accrocher au réel, au sensé, sont vains. Il regarde le carnet et le jette dans un coin de la pièce avec rage. « Tiens, ramasse, ma chérie. » Il n'en peut plus de chercher à expliquer l'irrationnel, il abandonne. Il se pelotonne sur les coussins et dans son manteau, laisse aller son chagrin, laisse Anna l'envahir jusqu'à ce que le sommeil le terrasse enfin.

*

Il a dormi par saccades, réveillé très tôt par le froid et les courbatures, il a vu Anna dans ses rêves et, comme à chaque fois que ça lui arrive, au matin l'émotion ne s'en va pas : il n'a de cesse de se repasser ces visions, de tenter de capter encore un peu ces images évanescentes.

Lorsque cette douceur se dissipe, il est rattrapé par le doute. Une nouvelle fois il se dit : « Je deviens fou », mais il n'éprouve plus que lassitude et résignation, ne sachant ce qu'il doit croire, s'il est ou non la victime de ses propres délires. Il va capituler.

Il quitte la maison. Sans la fuir. Contrairement à l'habitude, il s'oblige plutôt à sortir. La tentation est forte de rester, de se cacher et d'attendre Anna. En planque, comme un « sale flic »…

Martin a convoqué Malik, Dany et Ludo pour un interrogatoire et des confrontations. Il faut essayer d'y voir clair dans leurs emplois du temps le soir du drame. S'il le faut, il usera de la garde à vue pour contraindre l'un ou l'autre à parler. Simon ne se sent pas disposé à cet exercice, pourtant…

« Pas envie ce matin de fouiller la merde. Pourquoi a-t-il fallu que je m'acharne à vouloir boucler cette enquête dont tout le monde se fout ? »

Pourquoi lui faut-il toujours chercher à tout expliquer et à tout comprendre ? « Anna, pourquoi m'as-tu poussé à faire ça, si tu voulais protéger Malik ? »

Soudain, une illumination…

« Ou alors, c'est ça, Anna ? C'est parce qu'il est vraiment en danger, que tu m'as mis sur son chemin ? Alors, il va falloir m'aider davantage parce que je n'y comprends plus rien. Anna, c'est pas suffisant de venir faire le ménage quand je ne suis pas là ! »

— Qu'est-ce que tu dis ? fait Martin.

Simon se rend compte qu'il a pensé tout haut.

— Rien, rien. Un truc avec le… N'importe.

Martin le regarde d'une drôle de façon, il se demande s'il a bien entendu : Simon parlait-il à Anna ? Il hoche la tête, se souvient de sa beauté, et aussi du drame. Il revoit l'enterrement et le visage ravagé de Simon, émet un petit soupir amical et inquiet.

Avant cette enquête Simon n'avait pas beaucoup de contact avec son collègue, et pas beaucoup d'atomes crochus non plus. Du respect, sans plus. Mais depuis quelque temps, il s'est passé quelque chose de non-dit, un flux inconsistant mais un soupçon d'humanité est passé entre eux comme un courant, un élan qui ressemble à de l'amitié. Simon se sent parfois découvert, trahi, le regard de Martin dans ces moments-là, se fait un peu plus chaleureux. Ils se sont réciproquement habitués à leurs silences, se comprenant avec de moins en moins de mots.

Ils sont convoqués pour 11 h 00.

Vers dix heures trente, le téléphone sonne. Simon sursaute mais ce qu'il apprend le tire de sa léthargie.

Le SDF retrouvé mort dans la rue n'est pas Pierre Lagrange, c'était un dénommé Luigi Fallopi. Pierre Lagrange est hospitalisé au Tripode. Dans un état grave, certes, mais vivant.

La nouvelle le plonge dans le plus grand émoi, il ne tient plus en place.

Prétextant qu'il est urgent d'interroger ce témoin — qui pourrait décéder d'un instant à l'autre — et dont le témoignage est crucial à ce stade de l'enquête — il convainc Martin d'interroger seul les « cailleras ».

Il est confiant. Martin est un bon flic, il peut s'en remettre à lui, il ne va pas chercher à charger Malik à tout prix. Et puis, un regard neuf… Il n'est pas fâché de pouvoir se décharger de cette tâche, il n'attendait rien de cet interrogatoire. Malik restera buté et campera sur ses positions et il est fort probable que les deux autres ne le chargeront pas et reviendront sur leurs dires. Simon est donc persuadé que c'est autrement qu'il faut tenter de cerner la vérité. Pierre Lagrange lui laisse espérer quelque chose de nouveau.

Martin accepte.

Malik, arrivé le premier, est assis dans le silence du couloir du commissariat. Il affecte un air calme et déterminé. L'interrogatoire ne lui fait pas peur, il a réglé le problème en amont, grâce à Momo… Il lui doit une fière chandelle.

L'autre ne témoignera pas… Ah ça ! Pour balancer en douce, ça va ! Mais là… Il va avoir les chocottes : leurs petites magouilles avec Dany, il doit tremper dedans sans avoir pied.

Donc, il se sent tranquille. Sans leurs témoignages, on ne pourra pas prouver sa présence, au milieu de la nuit, sur ce putain de quai, ce foutu samedi de merde…

Il songe à la soirée qu'il a passée hier, avec Chloé, à la douceur de ce moment. Quand il la retrouve, c'est à chaque fois une bouffée de bonheur, elle l'étonne toujours avec sa sincérité naturelle, cette façon de s'ouvrir à lui… Tout ce qu'il peut lire dans son regard de trouble et d'émouvant, et dont elle n'a pas honte, parce que c'est lui. Au fond, Chloé avec toutes ses peurs avouées, c'est une vraie courageuse, un vrai petit soldat !

Simon quitte le bureau et se trouve dans le couloir face à Malik qui s'est déjà levé en l'apercevant.

— Ah ! j'ai une bonne nouvelle pour toi, Pierre Lagrange n'est pas mort.

Malik se rassoit sous le coup. Une onde d'amitié le submerge.

— Il va bien ?

— Non, il est malade. Il est à l'hôpital, au Tripode. Mais ne t'inquiète pas : il est soigné. C'est mieux que mort de froid, non ? Bon, je vais voir si je peux lui parler. C'est mon collègue qui va t'interroger. Coopère, Malik, je t'en prie ! Si tu n'as rien à te reprocher, ton intérêt c'est de dire la vérité, que l'on puisse t'aider… Je ne sais pas ce que tu caches, mais ce n'est pas bon ! Les secrets, on les découvre, tu sais, on trouvera !

Malik sent sa gorge se nouer, la peur est revenue.

En route pour l'hôpital, Simon est tenté de faire un crochet par chez lui, partagé encore une fois entre le désir fou d'y trouver Anna et le souhait de chasser l'irrationnel et celui de retrouver une réalité conforme à son tempérament.

27

Simon se gare sur le parking de l'hôpital, pressé. Il est impatient de rencontrer cet homme dont il s'est déjà forgé une image, à travers ce que Malik lui en a dit, et aussi Claire Dumonteil, qui l'a connu autrefois… et probablement aimé. Pourvu qu'il soit encore en vie : on lui a dit au téléphone qu'il était au plus mal.

Il se renseigne. En effet, Pierre Lagrange a été amené dans un état critique : tuberculose pulmonaire, hypothermie, sous-alimentation… Le pronostic vital est toujours engagé.

— Ça dépendra… dit évasivement l'infirmière.

— De quoi ?

— De son envie de vivre, dit-elle en sachant de quoi elle parle.

Visiblement, elle n'est pas optimiste sur ce cas; Elle l'accompagne jusqu'à la chambre, frappe et le fait entrer :

— Je vous laisse, ne le fatiguez pas trop, il peut à peine parler, il est très faible.

La chambre est double, d'un bref coup d'œil, il repère Lagrange. Ce n'est pas difficile, l'autre est jeune. Il s'approche du lit :

— Monsieur Lagrange ?

L'homme dort, ou semble dormir. Simon insiste encore un peu. Le jeune voisin dit :

— Il dort presque tout le temps.

Simon patiente quelques instants devant la fenêtre. Lagrange se tourne dans le lit et tousse un peu.

— Monsieur Lagrange ?

L'homme soulève à peine ses paupières, mais fait un signe de la tête pour indiquer qu'il a compris, ce qui encourage Simon :

— Monsieur, je voudrais vous parler. Est-ce que vous m'entendez ? Je suis inspecteur de police.

L'homme fait un effort pour tourner son visage vers Simon, ses yeux brillants montrent soudain un vif intérêt.

— Comment allez-vous ?

Pierre Lagrange esquisse un léger, très léger sourire, imperceptible et qui veut en dire long.

— Pouvez-vous me répondre ?

Pierre hoche la tête et souffle un « oui » à peine audible

— Vous connaissez Malik ? Vous souvenez-vous de lui ?

— Oui ! dit-il avec plus de force.

— Vous connaissiez aussi une prostituée, nommée Helena, ou Mélancolía ?

Pierre fait un gros effort, il semble de plus en plus ému, il tente de se redresser et retombe lourdement sur l'oreiller. Il fait signe à Simon de s'approcher et, désignant le placard à côté du lit, l'incite à se diriger vers celui-ci.

Simon fait le tour du lit, va vers le placard et ouvre la porte.

— La lettre, dans ma veste, fait Pierre.

Une veste crasseuse est suspendue. Simon fouille nerveusement et extirpe du vêtement une enveloppe froissée, il la montre à Pierre qui marque un signe d'approbation et de contentement. D'un geste du menton, il incite Simon à lire la lettre.

Dans l'enveloppe, deux feuillets, arrachés à un carnet, on dirait. Simon lit à toute vitesse en arpentant la chambre, du placard à la fenêtre. Puis il regarde Pierre, comprend le regard qu'il lui donne en retour, relit une deuxième fois. Attentivement. Abasourdi.

Il reste un moment silencieux, planté devant la fenêtre, réfléchissant, envahi lentement par la vérité.

Il retourne vers le lit :

— Merci, monsieur.

Pierre acquiesce en fermant les paupières. Il semble soulagé, apaisé. Simon ne sait comment le formuler et pourtant il n'a pas envie de quitter cette chambre avant de lui avoir parlé de Claire Dumonteil.

— Malik s'est inquiété pour vous… Il demandera à vous voir, je lui ai dit où vous étiez. Mais… une personne m'a demandé de vos nouvelles : Claire.

Pierre ferme des yeux chassieux, des perles de sueur sur le front, il secoue la tête :

— Trop tard ! articule-t-il.

— J'ai promis, insiste Simon

Avant de démarrer la voiture, il ne peut s'empêcher de sortir les feuilles de l'enveloppe et de les relire, encore sous le coup de la surprise.

Il est déjà 14 h 08, lui dit la montre du tableau de bord. Il n'a pas déjeuné, il a faim… Mais avant, pourquoi ne pas faire un crochet pour voir madame Dumonteil et tenir sa promesse, ensuite... il verra à satisfaire son estomac, pour digérer cette lettre.

Il remonte les boulevards jusqu'à la barrière du Médoc. Bouleversé, il pense à Malik, à Anna. Parvenu devant le domicile, il sonne. Claire vient ouvrir. Elle l'interroge du regard en le saluant. Il répond d'un battement de paupières, indiquant que c'est bien pour elle qu'il vient.

— Au Tripode, service pneumologie, chambre 424.

Elle remercie, puis s'inquiète :

— Qu'est-ce qu'il a ?

— Tuberculose.

— Grave ?

— Oui.

— Je peux y aller ?

— Je ne sais pas s'il le souhaite, il n'a peut-être pas envie que vous le voyiez dans cet état.

Claire réfléchit quelques secondes, puis :

— J'en ai assez de le manquer, de l'attendre. Je n'ai plus le temps aujourd'hui, vous comprenez ? J'y vais.

— Vous avez raison, répond-il avec le sourire.

*

Simon songe à l'interrogatoire qui s'est déroulé sans lui : ils doivent avoir terminé, qu'est-ce que Malik a bien pu raconter ? Cela n'a plus d'importance, puisqu'il connaît la vérité à présent.

Il reprend les boulevards, l'heure du déjeuner est maintenant largement dépassée et il n'a plus faim, l'émotion lui ayant coupé l'appétit. Une petite idée insidieuse point, grandit, folle, absurde, et il ne parvient pas à la rejeter, elle finit par lui insuffler l'envie irrépressible de faire un détour par la maison.

Puisqu'une morte n'est plus morte… Puisque les choses ne sont pas toujours ce que l'on croit.

Il s'est trompé, il n'a rien vu, il n'a rien compris et il y avait une explication, tout le monde s'est fié aux apparences, il fallait voir un peu plus loin.

« Si Anna n'est pas morte il doit donc y avoir une explication aussi. Il faut que je sache ! » Il roule à vive allure, jusqu'à la maison. « Anna, es-tu vivante ? » Son émotion s'accentue et il n'est plus tout à fait lucide quand il ouvre la porte.

Un bruit de vaisselle dans la cuisine lui décroche le cœur. Il hurle :

— Anna ?

Le bruit d'une pile d'assiettes cassée lui répond.

28

Malgré tout son savoir-faire et son expérience, la patience de Martin a été mise à dure épreuve, il a eu du mal à contrôler sa colère. Ces gamins se sont concertés et mis d'accord, c'est évident, autant pour ce qui est du sketch de la jaguar que pour leur emploi du temps sur les quais, cette fameuse nuit. Rien à en tirer, ils sont très forts. Ils étaient en outre d'un calme agaçant. Martin était ahuri de constater leur aplomb, pas du tout impressionnés par l'enquêteur, le lieu, la situation… Ils ont pourtant, ses collègues et lui, usé de toute leur habileté, jouant tantôt la carte de la gentillesse et de la compréhension, alternant avec la fermeté, la sévérité… Rien à faire.

Le fameux Dany et son copain Ludo sont arrivés, le sourire au bec, ils se sont payé le luxe de les narguer. Martin leur aurait volontiers collé une baffe à chacun ! Il s'est contenté de les faire mariner pendant qu'ils interrogeaient Malik. Celui-là au moins ne faisait pas trop le fier !

Mais il a fermement nié être présent sur les lieux après vingt-deux heures, vingt-deux heures trente le soir du meurtre et sa détermination semblait inébranlable. Concernant l'épisode de la tentative de vol de bagnole, il est resté buté, affirmant contre toute vraisemblance qu'il faisait du stop, qu'il ne connaît pas le chauffeur de la voiture. En tout cas, il a juré que ce n'était pas Dany. Il a raconté qu'ayant compris en un éclair la situation, il a réagi en s'interposant pour empêcher le vol. Son histoire ne tient pas debout, mais il l'a répétée sans faillir, résistant à toutes les embûches. Il avait dû préparer son discours, il est intelligent. Ils ont eu beau l'assaillir de questions, revenir en arrière, prêcher le faux, chercher à le contredire : rien ! Impossible à piéger, ils l'ont pourtant cuisiné pendant des heures.

D'ailleurs, comme le propriétaire de la jaguar n'a vaguement reconnu que Malik, qu'il admet en outre que celui-ci est réellement intervenu pour l'aider, ça corrobore sa version. Et tous savent cela parfaitement : Dany s'en tire à bon compte. Partant de là, évidemment, ce dernier renvoie l'ascenseur et disculpe Malik en revenant sur ce bruit qu'il a fait courir, ou laissé courir. Il déclare, et son compère fait de même, qu'ils n'étaient pas dehors le soir du crime sur les quais et qu'ils n'ont donc pas pu voir Malik à cette heure avancée de la nuit.

D'ailleurs, ils n'auraient jamais affirmé une chose pareille. Ils prétendent même, avec toupet, pouvoir fournir des témoignages de personnes avec qui ils auraient passé la soirée, tranquilles chez eux. Ils étaient tellement sûrs d'eux qu'ils ne se donnaient même pas la peine de feindre une quelconque sincérité, non, ils n'affichaient qu'un détachement ironique et suffisant !

Néanmoins, Martin est convaincu qu'ils mentent. Ils ont conclu un marché et se blanchissent mutuellement, ils étaient présents à l'heure où la prostituée est morte, il devait y avoir aussi une autre fille avec Malik, qui était-ce ? Était-ce Helena ?

Bon sang de bon sang, Martin enrage de n'avoir pu leur tirer les vers du nez. D'autant plus que leurs mensonges les rendent davantage suspects. Il les aurait volontiers gardés, mais… il n'a pas l'ombre d'une preuve.

Les présomptions sont lourdes mais, consciencieux, il ne peut s'en contenter, il lui faut plus. Il n'est certain que de deux choses : Dany et Malik connaissaient la victime et ils étaient très certainement présents sur les lieux du crime et à l'heure approximative où il a vraisemblablement été commis. Cependant, on ne sait rien de leur implication, du rôle qu'ils ont pu jouer. Ils ne sont pas forcément coupables mais ils ont pu voir quelque chose. Ils en savent peut-être plus, ils protègent peut-être quelqu'un.

Il n'arrête pas d'essayer d'appeler Simon sur son portable et n'obtient que la messagerie. Qu'est-ce qu'il fout ?

29

Il s'est endormi !

Ils ont passé des heures à parler, ressasser les souvenirs, se dire tout ce qu'ils avaient gardé sur le cœur pendant tous ces mois. La soirée a été bouleversante, incroyable même. Si elle avait pu prévoir !

Elle s'est d'abord longuement expliquée :

Elle n'était pas revenue à la maison depuis que c'était arrivé. Alors, en garant la voiture devant le portail, l'appréhension l'avait fait trembler. Pourtant, déterminée, elle était enfin parvenue à oser franchir le pas.

En ouvrant la porte, le trac l'avait reprise, mais le foyer était silencieux. Elle était entrée.

Elle était venue récupérer des lettres. Ce n'est pas qu'elle y attachait une grande importance, non... Ce n'était qu'une question de pudeur, c'est tout. Toutefois, c'était si difficile qu'elle avait toujours renoncé, sous un prétexte ou un autre. Mais ce jour-là, sans l'avoir vraiment prémédité, elle avait trouvé la force.

En entrant dans le séjour, elle avait allumé la petite lampe, comme pour dissiper son anxiété. La porte de la cuisine était ouverte, elle avait vu le désordre, la vaisselle s'amoncelant dans l'évier, la table envahie de pots, de canettes de bières, de quignons de pain, de lettres ouvertes au milieu des miettes et salissures.

Elle avait été tentée de repartir aussitôt et puis, quelques instants plus tard, accaparée par ses réflexions, perplexe, machinalement, sans même s'en être aperçue, elle s'était retrouvée une éponge à la main. Sans réfléchir, suivant son impulsion, elle avait tout nettoyé, lavé les casseroles et les poêles, rangé la vaisselle, débarrassé la table et plié et rangé le courrier tâché.

Il lui avait fallu plus d'une heure pour remettre la cuisine dans un parfait état de propreté, l'activité avait chassé toute son angoisse. Elle n'avait finalement pas trouvé les lettres qu'elle était venue chercher, s'apercevant que le plus important, en fait, était d'avoir pu revenir dans cette maison. Elle les prendrait un autre jour, ces lettres…

Elle se dit donc qu'elle reviendrait, elle repasserait de temps en temps en essayant de se rendre utile. Elle avait laissé un mot pour le dire.

Elle était revenue depuis, effectivement à plusieurs reprises, trouvant chaque fois de quoi ranger et nettoyer ; cela ne la gênait pas, elle aimait bien ça et elle avait besoin de rendre service.

30

Pressé de se retrouver seul, il se hâte vers la sortie du commissariat, profitant de quelques minutes d'avance sur les deux autres.

Malik est perplexe. « Trop facile ! » a-t-il tendance à penser, impossible de deviner ce que savent et pensent les flics. Pour l'instant, il s'en est à peu près sorti, mais il se doute bien que les flics ne vont pas en rester là. Leurs déclarations lui semblent tellement vaseuses, il se demande même comment les flics pourraient gober ces histoires, mais bah ! Pour l'instant il faut s'en contenter.

En marchant, il pense à son pote Pierre, il ira le visiter demain… Ce soir, pas le courage. Et puis, il y a aussi Chloé qui doit attendre des nouvelles avec impatience, il faudrait la prévenir, mais c'est si compliqué !

En fait, il est fourbu, cassé par la tension des dernières heures. De plus, il n'a pas dormi la nuit précédente, ou si peu, d'un sommeil hanté de cauchemars. Il n'aspire plus qu'à faire le vide dans sa tête et se reposer un peu, pour y voir plus clair ensuite.

Il fait nuit déjà, sa mère doit s'inquiéter. Il fait froid ce soir, après ces heures enfermé dans un bureau. Il presse encore le pas et coupe au plus court par les petites rues, derrière le quartier des Chartrons qu'il connaît comme sa poche.

— Hé ! T'as le feu au cul ou quoi ?

Il les entend ricaner derrière lui.

« Merde, ils m'ont suivi ! Putain ! J'ai pas envie de les voir ces deux connards ! »

— T'aurais pu nous attendre, non ? fait Dany

— Pourquoi t'as filé comme un péteux, hein ? Après le service qu'on vient de te rendre, tu pourrais te montrer un minimum reconnaissant, non ?

— Un service en vaut un autre, réplique Malik.

— Attends ! reprend Dany, la colère dans la voix. C'est d'un meurtre qu'il s'agit là, c'est pas rien, alors la ramène pas trop !

Malik hausse les épaules.

— Ouais ! Je t'ai vu ce soir-là, surenchérit Ludo. Ça, j'en suis sûr, au milieu de la nuit et avec une gonzesse en plus, je l'ai pas bien vue, mais je sais que c'était une fille, ouais. Et méfie-toi parce que je pourrais m'en souvenir si tu nous les cassais trop !

— Toi, la balance, je te parle pas ! répond Malik

Le coup est parti avant qu'il l'ait vu venir et Malik l'a reçu en pleine figure, sous le choc, il tombe sur le dos, violemment, contre le trottoir. Au moment où il tente de se relever, l'autre s'acharne et lui décoche un brutal coup de pied dans le ventre. Il retombe sur le pavé, lourdement, un voile noir passe devant ses yeux, du sang lui coule dans la bouche, un liquide chaud dégouline sur ses cuisses, il sombre.

Dany est resté muet, cloué par la violence de

l'agression, puis il se rue sur Ludo, le cramponne par l'encolure et il hurle :

— T'es barge ou quoi ?

Il se penche sur Malik, inconscient.

Il voit le sang couler sous sa tête et il prend peur.

— Il ne bouge plus ! Putain, tu l'as tué ?

L'autre le tire par la manche :

— Allez viens, on dégage !

31

L'esprit encore ensommeillé, émergeant peu à peu d'un état quasi-comateux, Simon tente de rassembler le puzzle des évènements de la veille, d'ordonner ses pensées. Peu à peu tout lui revient, il se repasse le film de la journée. Avec le recul, il se sent honteux, comment a-t-il pu dérailler autant ?

Il avait crié sans réfléchir : « Anna ! » Comme s'il y croyait ! Du coup, il lui avait fait peur, sous l'effet de la surprise, elle avait cassé la vaisselle. Elle était apparue à la porte de la cuisine, l'air éberlué :

— Simon ? Qu'est-ce qui t'arrive ?

Il s'était pris la tête dans les mains, de rage, d'humiliation, de chagrin ! Il avait craqué.

Marianne l'avait consolé, doucement. Ils avaient parlé, parlé, comme pour rattraper le temps perdu et retrouver, dans le réconfort des paroles, l'écho de leur propre douleur. Bercé par les paroles affectueuses, comme après un chagrin d'enfant adouci par les attentions maternelles, il s'était endormi apaisé.

Mais ce matin, il ne s'expliquait toujours pas comment

il avait pu en arriver là.

Il aurait dû se douter que c'était Marianne : elle seule avait la clé. De plus, elle lui avait laissé un mot pour s'expliquer, épinglé au tableau de la cuisine, mais il n'y avait pas fait attention.

Pourtant, il savait qu'elle devait passer prendre quelques bricoles, dont la correspondance qu'elle avait échangée avec sa fille, elle lui en avait parlé un jour, mais les mois avaient passé et il avait oublié.

Ou alors, peut-être s'étaient-ils évités, pendant un temps, chacun muré dans son propre chagrin.

Enfin, il n'avait plus songé à sa belle-mère et la pensée qu'elle se soit rendue chez lui ne l'avait même pas effleuré. Mais pourquoi n'avait-il pas cherché une explication raisonnable ? Et puis, n'aurait-il pas dû voir le message affiché au tableau ?

Il n'aurait jamais cru qu'il lui soit possible de croire à des choses aussi démentes que le retour d'une morte. Comment la raison peut-elle ainsi vaciller ?

Il doit convenir qu'il était sérieusement perturbé. Sans doute la «présence» d'Anna dans cette enquête, à travers Malik, l'avait ému, renforçant le trouble dû à cet « effet anniversaire », comme aurait dit la psy. Mais il lui fallait admettre la faiblesse de son esprit face à l'émotion et au chagrin.

Il ressent la nécessité de chasser de sa tête ces jours opaques remplis de doutes et d'hallucinations, de reprendre pied et cela semble cependant lui demander de gros efforts. Puis son esprit revient sur la journée de la veille et sa visite à l'hôpital, l'excitation monte, il se lève d'un coup.

Douche, café…

La lettre !

Il se précipite sur sa veste et retire l'enveloppe de la poche, il parcourt à nouveau les feuillets avec encore un léger ébahissement.

Son téléphone lui communique les nombreux appels de Martin et plusieurs messages : Malik et Dany ont donc soutenu qu'ils n'étaient pas sur les quais après dix ou onze heures, ils mentent bien sûr. Cela n'a plus d'importance, maintenant, Simon connaît la vérité, il se hâte vers son bureau pour partager la nouvelle avec son collègue.

À peine arrivé, balayant les questions de Martin d'un geste, il lui tend la lettre :

— Pierre Lagrange était en possession de ça.

Comme lui, Martin lit et relit, éberlué. Puis il regarde Simon, silencieusement, quémandant son opinion.

— Tu comprends ce que cela signifie ? dit simplement Simon.

— Il faut vérifier.

— Oui, on va vérifier mais ça me paraît cohérent.

— Oui, répond Martin, dans la lune. On ne s'attendait pas à ça, ça change tout ! On repart à zéro !

Deux ou trois coups de fil ont bien corroboré le contenu de la lettre, confirmant qu'elle était parvenue par l'intermédiaire d'une association, cette dernière attestant la véracité des informations. L'enquête va prendre un autre chemin négligé à tort, dès le départ. Cependant, pour Simon, c'est la fin d'un épisode important.

Il a les réponses qu'il cherchait.

Oui, hier, il a eu toutes les réponses.

32

Il gare la voiture devant *L'Europe* et, se souvenant du premier jour, réalise, satisfait, l'importance des révélations qu'il détient.

« Anna, tu vois, j'ai fait ce que tu attendais. »

À peine quelques semaines qu'il était venu dans ce quartier, hanté par le souvenir de l'accident. Il mesure le chemin parcouru pour résoudre cette enquête. C'est comme si l'histoire de Malik s'était mêlée à la sienne, le déroulement des événements le ramenant constamment à Anna, il a perdu pied.

Il n'a pas accepté l'idée de devoir un jour faire ce foutu deuil, il avait voulu garder la plaie ouverte, comme pour braver la mort. Dès lors, toujours à vif, il avait succombé à ses fantasmes. Pour endormir la douleur, il avait accepté le délire et les hallucinations. Lui !

Même encore aujourd'hui il ne parvient pas tout à fait à se convaincre du caractère purement fortuit de sa rencontre avec Malik. La coïncidence lui semble troublante, il préfère garder à l'esprit un vague sentiment de mystère. Encore une manière de se rattacher à Anna par le surnaturel, lui qui ne croit en rien !

Il avait oublié que le corps d'Anna pourrissait dans la terre !

Un an ! Il lui aura fallu un an pour comprendre que la présence d'Anna qu'il ressentait toujours aussi fortement auprès de lui et quelquefois si intensément qu'elle lui donnait le vertige, était normale. Il portait Anna en lui, à tout jamais, dans son cœur et dans sa mémoire. Sa façon d'envisager les événements, de faire des choix, de réagir, c'était ainsi, il n'y pouvait rien mais c'était si évident, si simple qu'il avait fallu qu'il soit aveuglé par la colère sourde de la déchirure pour ne pas le comprendre.

Depuis hier, il commence à comprendre qu'à vouloir toujours tout rationaliser selon la méthode de l'analyse policière, il s'était laissé dépasser par ses émotions. Pour être honnête, il doit convenir d'avoir toujours considéré avec une certaine condescendance la psychologie et ses explications. Il croyait pouvoir tout gérer, même son chagrin. Sans doute a-t-il présumé de ses forces et il a oublié l'essentiel.

Il se sent plus fort aujourd'hui, comme au sortir d'une épreuve. Non, pas « plus fort », peut-être même un peu moins, mais acceptant ses faiblesses, comme s'il avait grandi. Il a l'impression d'avoir traversé une épreuve personnelle.

Il faut dire que pendant un an, il n'a côtoyé personne, replié sur sa souffrance, toujours solitaire. Il n'a rien partagé, ni reçu de soutien, et toutes ces pensées morbides ont tourné dans sa tête. La parole, c'est ce qui lui avait manqué le plus, qui lui aurait peut-être permis de garder l'équilibre… Mais c'était bien lui, ça ! Entêté et fier !

Hier soir, en parlant avec Marianne, il a pris aussi

conscience de cela et leur conversation l'avait désincarcéré de sa douleur.

Il monte l'escalier. Au premier coup de sonnette la porte s'ouvre précipitamment : Khadija apparaît, le visage décomposé. Pourquoi cette inquiétude ? D'emblée, elle la lui communique.

— Malik est là ? demande-t-il.

Elle secoue la tête, le regard interrogateur, le front plissé :

— Non

— Savez-vous où il est ?

À nouveau, elle articule péniblement :

— Non.

— Vous l'avez vu hier soir ?

— Non

— Il n'est pas rentré ?

Elle hésite, puis répond :

— Non.

Sait-elle dire autre chose ?

— Vous savez qu'il s'est rendu au commissariat, hier, n'est-ce pas ?

— Oui, mais il n'est pas rentré, je ne l'ai pas vu.

— Cela vous inquiète, est-ce que cela lui arrive de ne pas rentrer ?

Elle hésite encore à répondre :

— Euh… Non, pratiquement jamais. C'est pour ça, oui je suis inquiète.

Un silence et sa voix blanche poursuit comme si elle se jetait à l'eau :

— Il lui est arrivé quelque chose ?

Simon se sent brusquement décontenancé. Malik n'est

donc pas rentré chez lui après son interrogatoire, qu'est-ce que cela peut bien signifier ? Où est-il passé ? Qu'est-ce qui a pu lui arriver ?

Il réfléchit, Martin n'a rien mentionné de particulier, mais il ne connaît pas Malik autant que lui, il a pu passer à côté de quelque chose. Pourrait-il s'être enfui, poussé par la peur. Il prend congé de Khadija, l'assurant de lui donner des nouvelles dès qu'il en aurait de s'activer pour en avoir. Elle s'accroche un peu pour en savoir davantage, il tente de la rassurer :

— Sûrement rien de grave. Tout va rentrer dans l'ordre…

Il pense pouvoir lui donner des explications dans la journée.

Il est pressé de retourner au commissariat parler à Martin. Il est beaucoup plus inquiet qu'il ne l'a dit, ça ne ressemble pas à Malik de disparaître comme ça, il craint quelque chose de grave.

Au moment où ils pensaient boucler leur enquête ! Merde ! Il faudrait pas que…

33

Dans le couloir de l'hôpital entre ces deux murs blancs parallèles et uniformes, hygiéniques et froids, dans les odeurs aseptisées et indifférentes, défilent la vie et la mort. Chacun y balade un peu de son existence, de ses peurs, de ses amours.

Claire déambule entre les chariots bruyants, les infirmières pressées, les visiteurs inquiets, les flopées de souvenirs, de regrets, les vagues d'émotions, de douleurs, de doutes et d'espérances.

Mais en dépit de tout, de l'ombre de la maladie et celle de la mort, dans ce couloir, pour Claire, flottent des images lumineuses, vives et colorées, plane un parfum de jeunesse. Dans ce couloir, Claire remonte le temps, un pincement au cœur.

Elle n'aurait pas cru cela possible il y a quelques jours. La vie est chamboulée. Ce matin, Chloé l'a regardée d'une drôle de façon, dans le couloir, alors qu'elle enfilait son manteau pour sortir. Chloé a toujours l'air de savoir les choses et de tout comprendre. Elle sait aussi, pour son père. Claire a bien remarqué le mépris avec lequel elle se tient à distance. Comment sait-elle ?

Elle devrait avoir une explication franche avec sa fille. Ce n'est plus un bébé.

Mais pour le moment, les choses ne sont pas encore stabilisées dans son esprit. Elle n'a aucune idée de l'avenir. Elle ne veut pour l'instant penser qu'à une seule chose, elle a un rendez-vous. Un rendez-vous manqué autrefois, la vie le lui devait.

L'existence s'acquitte de cette créance, pour Claire c'est aussi lumineux qu'indubitable, normal et évident.

Devant la porte de la chambre, elle a le trac. Peur soudain d'arriver trop tard, mais peur aussi des instants à venir, derrière cette porte, tant ils lui paraissent devoir être précieux.

Elle frappe plusieurs fois et pousse doucement la porte.

Il y a deux lits, un seul est occupé. Elle se souvient avec angoisse que l'inspecteur a mentionné qu'ils étaient deux dans la chambre. Est-ce que c'est trop tard ?

Le malade est tourné vers la fenêtre, elle ne peut le voir, son cœur se serre. Une éternité s'écoule, quelques mètres à franchir avant de savoir si c'est bien lui.

Elle fait le tour du lit, s'approche : l'homme est endormi.

Elle s'assoit à côté et le regarde : les traits fatigués par la maladie, usés par l'âge et accentués par sa vie dans la rue n'altèrent pas le caractère de ce visage qu'elle a aimé, elle retrouve l'émotion intacte à son souvenir, elle voudrait caresser ce front. Le sillon qui creuse les joues s'est approfondi, cette bouche desséchée par la fièvre… une vague d'amour la submerge.

Au bout de quelques minutes, Pierre ouvre enfin les yeux. Une lumière passe sur son visage Elle lui fait signe, un doigt sur la bouche, de ne pas parler, est-ce la peine ? Ils n'ont pas besoin de mots pour l'instant, ils ont bien le temps encore, d'user plus tard des paroles.

34

Dans la voiture, il saisit sa radio, pressé de savoir, de questionner Martin. Mais rien, aucune nouvelle de Malik. Martin ne peut fournir aucune explication : Malik était tendu certes, mais pas au point d'aller faire une connerie. Enfin, c'est peu probable.

— Aïe aïe aïe, qu'est-ce que ça veut dire ! Pourvu que…

— Et les deux autres ? demande Simon.

— Passe voir chez Benyousef, peut-être qu'il aura une explication, à part ça, je ne vois pas ce qu'on peut faire pour l'instant. Je t'envoie un collègue, n'y va pas seul, on sait jamais.

— OK, j'y fonce, donne-moi l'adresse.

Une demi-heure plus tard, Simon s'arrête devant l'immeuble, une voiture de police y est déjà stationnée. « L'uniforme » descend et vient vers lui.

Simon lui fait signe de le suivre et se précipite dans l'escalier étroit. L'appartement est tout en haut, au quatrième. Il sonne comme un damné.

Il entend un bruit, puis celui de la serrure.

Dany entrouvre la porte et bouche bée, se laisse pousser à l'intérieur sans protester.

Simon claque la porte :

— Alors ? lance-t-il d'un ton sévère.

— Alors quoi ? tente Dany.

— Où est Malik ?

— Je sais pas, moi... Chez lui ?

Simon élève le ton :

— Non, il n'est pas chez lui et je crois que tu le sais, alors, on rigole plus là, si tu sais quelque chose il faut le dire, il n'est pas rentré de la nuit et il lui est peut-être arrivé quelque chose de grave. Sais-tu où il est ?

— Il est chez lui.

— Bon sang je te dis que non : j'en viens. Il n'est pas rentré. Alors ?

— Ouais ! mais maintenant il y est, je viens de le ramener.

— Explique !

— Bon, il a eu un souci hier soir, il s'est pris le bec avec un mec, ils se sont tabassés et Malik a morflé. Mais moi j'y suis pour rien, j'ai rien fait et j'ai pas eu le temps d'intervenir, je l'ai ramassé et comme il avait l'air pas bien, je l'ai amené aux urgences. Ils l'ont soigné et après, je l'ai ramené chez moi, parce qu'il voulait pas rentrer chez lui dans cet état... pour pas affoler sa mère, vous voyez ? Je l'ai ramené ce matin : maintenant, il est chez lui, vous pouvez vérifier.

— Comment va-t-il ? Il est blessé ?

— Non, finalement c'était pas méchant, il n'a rien.

— Qui l'a agressé ? Ludo bien sûr !

— Ça, je sais pas... fait évasivement Dany.

— Ben, voyons ! lance Simon. Bon, on va savoir immédiatement si tu dis vrai.

Sur ce, il saisit son portable et compose le numéro de Malik. À la deuxième sonnerie, on décroche. C'est Khadija.

— C'est Simon… Malik est-il rentré ?

— Oui, oui… Il est là, merci…

— Comment va-t-il ?

Un léger blanc, Simon entend la voix de Malik, loin derrière, puis Khadija :

— Ça va bien, merci monsieur.

Simon met fin à la conversation et se tourne vers Dany :

— On n'a pas fini de régler nos comptes avec toi. Ne crois pas que tu vas t'en sortir comme ça.

Il ne reste plus qu'à porter la lettre à son destinataire. Chemin faisant, Simon se ravise, parce qu'une idée le traverse d'y ajouter quelque chose.

Avant de se rendre là-bas, il fait donc un détour et passe prendre le colis.

35

Khadija est sortie.

Malik tourne en rond dans l'appartement, l'esprit embrouillé par deux nuits d'insomnie, fatigué par les heures passées au commissariat et surtout par la baston qu'il a encaissée. Ce Ludo est une brute, il ne s'en est pris à lui que pour évacuer la tension subie chez les keufs. Il lui a fichu un sacré coup dans le ventre qui lui a fait perdre connaissance pendant quelques secondes, ensuite il a préféré feindre l'évanouissement afin d'éviter un autre coup. Là, les deux autres ont pris peur. Il s'en doutait. Ludo s'est tiré, pas étonnant ! Mais Dany est resté. Dès qu'il s'est retrouvé seul avec lui, Malik a ouvert les yeux :

— Eh ! Malik, ça va aller ? a fait Dany soucieux.

— Ouais, ça va… Aide-moi à me lever. Merde !

Il a du mal à tenir debout, il saigne toujours du nez.

— On n'est pas trop loin de chez moi, tu pourras marcher ? Je vais chercher ma bagnole et je t'emmène à l'hosto !

— Pas la peine ! Tu me ramènes chez moi.

— On verra.

Dany l'a aidé à marcher. Il se tenait le bide, un peu

inquiet quand même des dégâts à l'intérieur. Plus tard, il souffrait tellement qu'il a accepté d'aller à l'hôpital. Ils ont passé la moitié de la nuit aux urgences et finalement après quelques examens rassurants et un sédatif, ils sont revenus chez Dany. Cet épisode les a presque réconciliés.

Le matin suivant, sa mère l'a rudement sermonné, elle ne comprenait rien à ce qui se passait. Elle lui avait semblé infiniment lasse. Que pouvait-il lui dire pour la rassurer ? Il ne savait vraiment pas ce qui allait advenir. Il ne cessait de se reprocher son comportement stupide dans cette affaire. Pourquoi s'était-il embringué dans ces mensonges ? Ce policier, au fond semblait plutôt l'avoir à la bonne, pourquoi n'avait-il pas pu lui faire confiance ? Bien sûr, il voulait protéger Chloé, éviter à tout prix qu'elle soit inquiétée, mais était-ce la seule raison ?

Il commence à comprendre qu'il s'est fourvoyé.

Il serait tenté de tout avouer, pour se libérer de ces affres, mais il se rend compte que ses mensonges sont devenus injustifiables à présent… Il s'est laissé piéger, il peut toujours clamer son innocence, personne ne le croira !

Au fond, le problème est que, par habitude, il se sent coupable. Ouais ! C'est ça, coupable de tout, depuis toujours. Là, en l'occurrence, il s'est laissé entraîner dans cette histoire foireuse de vol, contraint de couvrir Dany… Paradoxalement, coupable de pas avoir eu le culot de piquer la bagnole et d'avoir, en quelque sorte, trahi son pote.

Coupable vis-à-vis d'Helena, de Chloé, de Zora, de Momo, de tous… Coupable de ne pas les avoir aimés complètement, jusqu'au bout. Coupable aussi de n'être qu'à moitié beur, pas vraiment délinquant, pas assez sérieux, jamais vraiment d'un côté, sans jamais trouver l'équilibre, comme s'il ne parvenait pas à se décider à choisir son camp :

« Putain ! Je serai jamais rien qu'à moitié ! »

Coupable de n'avoir pu changer les choses, d'un manque de solidarité. Mais aussi, beaucoup plus profond, coupable de ce monde pourri, coupable de supporter, de s'accommoder, de ne pas oser, d'être complice.

Le magma, quoi !

Il regarde par la fenêtre et voit passer Momo. D'en bas, il lève la tête vers l'immeuble, comme s'il cherchait à l'apercevoir, lui.

Une bouffée d'amitié le saisit et — s'il n'était aussi las — il descendrait illico le retrouver, mais... autre chose l'en dissuade. Si Momo a tourné son regard vers l'appartement, c'est qu'il a vu arriver quelqu'un, dont il a supposé qu'il venait pour Malik. Il aperçoit maintenant la voiture de police et le flic qui se dirige vers l'entrée de l'immeuble. Momo cherchait à le prévenir.

Malik se sent à bout. C'est sûr, il va craquer et tout lâcher, tant pis ! Il n'en ressent plus aucune appréhension, plus que du soulagement.

Faut bien que ça se finisse !

Il est dix-neuf heures quand Simon sonne à la porte.

Malik ouvre, le visage sombre, le regard mauvais, le front barré par un grand pli.

Simon observe la lèvre enflée et le bleu sur la joue :

— Tu t'es battu ?

— Non, je suis tombé !

— Quel maladroit tu fais ! Bon, arrête maintenant. De quoi as-tu peur, Malik ? J'aimerais bien le savoir. Je voudrais comprendre.

— Mais vous vous gourez, je n'ai pas peur, je me méfie, j'ai pas confiance ! Parce que c'est toujours les mêmes qui trinquent, avec vous !

— Tu te trompes. Je ne suis pas contre toi.

Ça, Malik le savait, mais ça n'avait pas suffi.

— Tout de même, j'aimerais bien que tu m'expliques ce que tu foutais cette nuit-là sur les quais, avec Chloé ! Si c'était qu'une ballade d'amoureux... Avoue que c'est un drôle d'endroit et que la coïncidence est troublante.

Silence, Malik semble ne pas respirer puis, comme avant de plonger, il prend une grande inspiration :

— OK, vous savez ! Bon, c'est tant mieux ! J'en ai ras le bol !

— Que faisiez-vous là-bas ?

— Mais rien ! Ça, je vous l'ai déjà dit ! rien !

— Alors, raconte-moi tout depuis le début, qu'est-ce qui s'est passé ?

— Pff ! Si je vous redis « rien » ! Vous allez pas me croire !

Il expire bruyamment :

— J'allais rentrer chez moi, vers dix heures comme j'ai dit et je suis tombé sur Chloé. Elle traînait par là dans l'espoir de me trouver. On est allé boire un pot ensemble, écouter de la musique, c'est pour ça qu'on est rentré tard, ensuite on s'est baladé sur les quais pour rentrer, voilà, c'est tout. Mais bien sûr, ça fait pas votre affaire !

— Arrête de faire ta sale caboche ! Je te crois, figure-toi ! Et j'ai deux bonnes raisons de te croire ! Et vous n'avez rien vu ? Croisé personne ?

— Non, personne... Ou alors, on n'a pas fait gaffe !

— Bon, et bien ça me suffit pour le moment. Tiens, c'est pour toi, dit simplement Simon en tendant la lettre et le paquet. Tu vois, c'était juste le facteur ! Pas la peine de s'affoler !

Il met la lettre entre les mains de Malik.

— Ça, c'est la première raison.

Il lui remet la petite boîte.

— Et ça, c'est la deuxième bonne raison.

Puis Simon fait un petit salut amical, claque la porte, le laissant éberlué avec ce colis sur les bras et cette lettre dans les mains.

Malik n'en revient pas ! Ce flic l'a bluffé, lui qui s'attendait pour ainsi dire à se faire embarquer !

Il ouvre la lettre, les doigts nerveux, et parcourt les premières lignes en diagonale, s'arrête, reprend, recommence, le souffle suspendu, envahi de doutes et cloué de stupéfaction.

Cher Malik,

Je t'écris dans le train et je n'ai que ce carnet comme papier.

J'espère que cette lettre te parviendra, grâce à cette amie de Pierre, la personne de l'association qui m'a aidée. Il m'avait indiqué cette association parce que je n'en pouvais plus et j'ai pu trouver le courage de partir avec leur aide. Je ne pouvais plus supporter cette vie et il était temps pour moi.

Je ne voulais pas devenir comme Sveltana, droguée et désespérée !

Hier soir, je t'ai attendu. Je voulais te raconter et j'aurais tellement aimé te voir avant de partir mais deux personnes de l'association sont venues me chercher et je ne pouvais plus attendre, peut-être es-tu passé après ?

Ensuite, j'ai été hébergée pour la nuit et ce matin j'ai pris le train pour Paris. Là-bas, d'autres personnes m'attendent pour me conduire dans un centre où on m'aidera à me reconstruire, paraît-il. Il faut réapprendre à vivre et cela ne sera pas facile d'oublier toutes ces choses horribles et ce que j'étais devenue.

J'espère pouvoir un jour retrouver une vie normale.

Je veux rentrer chez moi en Ukraine et retrouver ma famille le plus vite possible.

Je ne t'oublierai pas, un jour peut-être je pourrai revenir en France et nous nous reverrons, cette pensée m'a aidée.

Je t'embrasse.

Helena

PS : je t'ai laissé un petit souvenir pour que tu ne m'oublies pas complètement : le bracelet que tu trouvais joli, c'est Sveltana qui te le donnera, tu sais où la trouver, même si tu ne la connais pas, elle te reconnaîtra.

Au fond de l'enveloppe, une autre enveloppe pliée et quelque chose dedans. Un petit bracelet gravé d'un prénom : Helena.

Malik n'a pas l'habitude des larmes, alors elles ne viennent pas. Choqué, le cœur bringuebalant, pour en finir avec les surprises, il se rue sur le paquet, déchire le papier qui l'entoure, une boîte. Il soulève le couvercle, explore le contenu de la boîte, des babioles et enfin au fond des photos.

Des photos de classe ! Il se reconnaît à onze ans avec sa classe et… Anna !

Anna ?

Anna et ce flic ? Ah d'accord !

Putain ! Ce flic, quand même !

Anna ! T'es trop forte !

Épilogue

Vaguement déconfit après cet épisode, Simon se demande s'il aura jamais l'occasion de revoir Malik. Il a le cœur brouillé en songeant à la boîte et aux photos dont il s'est séparé, est-ce un premier pas ? Il n'ose formuler la suite.

Il songe aussi à ce pauvre homme, Pierre Lagrange, va-t-il s'en sortir ? Il parierait que oui et il sait pourquoi.

Mais ce malaise qui lui reste, c'est aussi sans doute parce qu'au bout du compte il reste avec une énigme sur les bras ; Il se souvient de ce dimanche matin glacial, il s'était juré de ne pas laisser cette mort inexpliquée. Il n'aura rien élucidé, à peine aura-t-il su mettre un prénom sur la victime.

Ce sentiment d'impuissance face à ce crime lui laisse un goût amer de défaite. N'ayant pas le cœur à rentrer, il passe en ville et s'attarde un moment dans un restaurant.

Puis repoussant encore l'heure d'affronter la solitude, il se dirige vers les quais, attiré par ce lieu, comme s'il n'en avait pas vraiment fini avec cette enquête irrésolue.

Il flâne le long du fleuve. Il revoit le corps inerte de la

fille sur le béton et se souvient qu'il avait dû, un moment, fermer les yeux, frappé par l'image d'Anna, étendue sur un autre trottoir, un an auparavant. La petite phrase : « À ce soir sale flic ! » avait même sifflé à ses oreilles.

Le souvenir de cet autre matin lui revient, intact, l'image d'Anna et la petite phrase en guise d'au revoir, lâchée avec son sourire espiègle : « À ce soir sale flic ! ». Ce soir-là, un collègue venu sur les lieux de l'accident, allait l'appeler en urgence, il arriverait trop tard : Anna venait de mourir sur le trottoir.

Jamais plus il n'entendrait le son de sa voix.

Ces cinq petits mots acidulés, les derniers mots, sonnent depuis, régulièrement, dans sa tête, n'importe quand, le saisissant au dépourvu. Docile, il s'est accoutumé à cette musique et depuis, il vit avec.

Accoudé à la balustrade, il regarde s'écouler la Garonne boueuse, contrariée par le flot marin qu'elle esquive en dessinant des remous tourbillonnants.

Descendue immature de l'Espagne, elle a roulé ses galets comme le parler des montagnes, embarqué ses affluents, imprévisible et capricieuse. Mais ici, entre le Pont-de-pierre et le pont d'Aquitaine, elle a atteint sa plénitude. Sereine, elle ondule en longeant les berges du Port de la lune avant de s'élancer pour le grand voyage.

Par-dessous l'arche géante, cette nouvelle porte de l'Aquitaine, on devine la promesse de l'océan.

Remerciements

Je remercie toutes les personnes qui m'ont inspiré ce roman et celles qui m'ont encouragée à l'écrire.

Je remercie mon mari qui a cru en moi et ma sœur qui m'a accompagnée.

Je remercie le comité de lecture de l'intérêt qu'il m'a porté et mon éditeur de la confiance qu'il m'accorde.

Je remercie tous mes lecteurs de leur attention.

Dernières nouveautés 2010

Thrillers et policiers

PRIX VSD DU POLAR 2010

Dernière station

Jean-Christophe Tixier

Paris. Printemps chaotique.
Une jeune femme est retrouvée assassinée à son domicile. Nue, vidée de son sang, un mystérieux signe incisé au scalpel sur l'abdomen.

Le commandant János Lefort est chargé de l'enquête. Ce qu'il croyait être une chance pour lui donner matière à écrire son roman, va rapidement se transformer en un tourbillon terrible qui aura raison de toutes ses certitudes. Pris dans l'enchaînement des découvertes macabres, hanté par son passé, il va tenter de trouver un début de logique à cette affaire dans laquelle il s'enlise.

Pour l'aider, il voudrait pouvoir compter sur un flic révoqué de la police, surnommé l'Ours. À condition que János parvienne à le dompter.

GAGNANT DU GRAND PRIX
***Femme Actuelle* 2010**

CATÉGORIE THRILLER

L'homme aux papillons

David Moitet

Êtes-vous prêt à accompagner Alex Ablance dans sa descente aux enfers ?

À 31 ans, Alex Ablance est un jeune chef de groupe de la prestigieuse brigade criminelle et mène une vie presque parfaite. Un appel anonyme plonge l'enquêteur du 36 quai des Orfèvres au cœur d'une curieuse mise en scène. On a découvert son nom sur un cadavre ! Le mort, affublé d'un costume flambant neuf, tient entre ses mains une enveloppe contenant un poème et une photo déchirée…

Ablance se lance sur les traces du mystérieux poète, mais les apparences sont parfois trompeuses… Il lui faudra affronter ses propres démons, et échapper à ses collègues pour faire éclater la vérité, au risque de réveiller un passé qu'il ne soupçonnait pas.

**Un roman plébiscité
par un comité de lecture grand public.**

La ronde des innocents

Valentin Musso

Une course contre la montre qui conduit le lecteur dans l'univers des enfants précoces. Un thriller sous forme de double enquête palpitante qui révélera l'existence de terribles manipulations...

Vincent Nimier croyait tout connaître de son frère Raphaël, jusqu'au jour où celui-ci est retrouvé torturé et assassiné sur un sentier des Hautes-Pyrénées. Grâce à une mystérieuse vidéo, il découvre alors que son frère avait une femme et un fils, disparus il y a des années sans laisser la moindre trace. Vincent se lance à leur recherche, mais il ne sait presque rien d'eux… pas même leur nom.

Une seule certitude : ils sont en danger de mort et les hommes qui ont massacré Raphaël feront tout pour les retrouver avant lui !

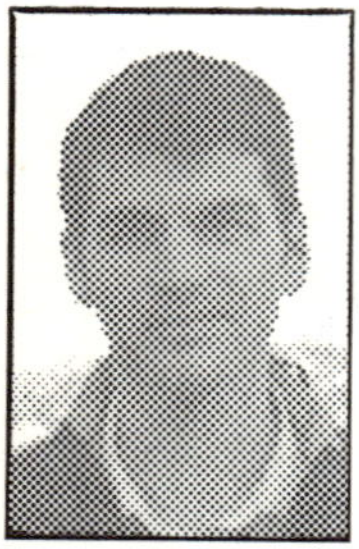

Valentin Musso

32 ans, agrégé de lettres.
Enseigne la littérature et les langues anciennes dans les Alpes-Maritimes.

**Un roman plébiscité
par un comité de lecture grand public.**

Manuscrit évalué sous pseudonyme

GAGNANT DU PRIX VSD
DU POLAR 2010

Le tueur intime

Claire Favan

Attention ce roman n'est pas à mettre entre toutes les mains. Vous allez entrer dans la tête du tueur… et avec Will Edwards vous n'en sortirez pas indemne. On vous aura prévenu !

À quinze ans, Will a déjà conscience de sa différence. Solitaire, maltraité, il jette son dévolu sur une de ses camarades de classe. Ce qui n'aurait dû rester qu'une banale amourette devient une véritable obsession pour celui qui se révèle déjà comme un prédateur redoutable. Car Will est un tueur en série en devenir qui se construit pas à pas.

Lorsqu'il estime le temps venu de livrer ses victimes au monde, il part sur les routes des États-Unis. Sa signature déroutante ne tarde pas à attirer l'attention du FBI. Pourtant, l'enquête de l'unité spéciale s'enlise.

Un nouveau profiler, RJ, arrive alors en renfort dans l'équipe. Tous les espoirs reposent sur lui pour démêler les mises en scène de ce tueur diabolique.

Le tueur intime

Le roi des crânes Laurent Guillaume

La suite de MAKO

Après vingt ans de Brigade anti-criminalité, le major Makovski, dit « Mako », sent de plus en plus la crasse lancinante de la rue lui coller aux rêves. Il accepte donc une affectation aux Stups, abandonnant les rondes de nuit, ses collègues et l'adrénaline. Mais les Stups ne sont pas non plus une promenade de santé : la brigade a son compte de sordide. Mako, pourtant, parait s'assagir, allant même jusqu'à envisager de se reconstituer un semblant de vie…

Mais, lorsqu'une jeune juge est poignardée dans le parking même du Palais de justice, la machine s'emballe et les démons de ses vieilles colères refont surface. Il n'est bientôt plus question que de l'instinct du chasseur, de celui de la survie… Surtout quand la proie se révèle plus puissante que le prédateur, et que le « roi des crânes » nage dans les mêmes eaux que Mako…

Salué par les grands noms du genre

Olivier Marchal : *Guillaume nous touche par son écriture sans concession, ses personnages sont ambigus et attachants malgré leur violence et leurs défauts.*

Laurent Scalese : *Ici tout sonne juste. L'intrigue est soignée mais aussi, et surtout, l'aspect humain. Flics ou voyous, les personnages sont si vrais qu'on peut les toucher du bout des doigts.*

Franck Thilliez : *Avec Laurent Guillaume, c'est comme si les films de Marchal avaient été transformés en romans ! Écrit au scalpel.*

Prémonitions

David Hepburn

Un thème universel et captivant : le prolongement de la vie.

Dans le secret du laboratoire Antheor, Victoria Steinberg a mis au point un protocole révolutionnaire permettant de retarder l'horloge biologique de plusieurs dizaines d'années. Le plus vieux rêve de l'humanité est donc bien sur le point de se réaliser.
Cependant, le protocole GENESIS n'est pas passé inaperçu, et va rapidement devenir l'objet de toutes les convoitises…

Le cercle du silence

David Hepburn

BEST-SELLER
Plus de 100 000 lecteurs enthousiastes !

Autres nouveautés 2010

Le bouclier de sainte Odile

Yves-Olivier Muhlheim

À la fois roman d'aventures, enquête et chasse au trésor, intrigue policière, voyage initiatique au cœur du haut Moyen Âge… Entre légende historique et réalité contemporaine.

Aloyse Christmann, journaliste à Strasbourg, et Jean Wacht sont tous deux rescapés de la catastrophe aérienne du mont Sainte-Odile. Un mystérieux livre sacré, dans la famille de Jean depuis des millénaires, disparaît.

Les deux hommes se lancent alors à sa recherche avec l'aide d'un professeur d'histoire à la retraite, un rien irrévérencieux, et d'une jeune policière dynamique et sportive. L'enquête nous conduira au cœur d'une Alsace chargée d'histoire et de mystère, dans les sous-sols d'anciennes demeures, sur les traces d'un trésor mérovingien légendaire.

**Un roman plébiscité
par un comité de lecture grand public.**

GRAND PRIX

Président du jury :

COUP DE CŒUR DES LECTRICES

Le désir de vivre d'une femme qui refuse de baisser les bras devant la fatalité d'un destin tragique.

Dans une ferme isolée, Marie vit un enfer auprès d'un mari despote et jaloux épousé à l'adolescence. Issue d'un milieu urbain, elle affronte courageusement l'âpreté du monde paysan, le machisme et la rigidité de sa belle famille. Survient alors Martin, vétérinaire simple et décontracté, ébloui par l'intelligence et la beauté de Marie, dont il tombe éperdument amoureux.

Amants désespérés renonçant à leur amour par loyauté, ils se retrouveront enfin pour vivre leur grande histoire d'amour !

Un roman plébiscité par un comité de lecture grand public.

GAGNANTE
Prix Palissy
2010

20 ans du Prix, parrain Francis Cabrel

Frère du vent

Monique Plantier

Entre action et humour, les pérégrinations au Tibet d'un trio de personnages hauts en couleur : la jeune bourgeoise parisienne, le capitaine du GIGN et le moine tibétain.

À la suite d'une prise d'otages, Alex, capitaine du GIGN obsédé par son métier, doit sauver une personnalité tibétaine proche du dalaï-lama. Une succession d'événements le conduit sur les hauts plateaux himalayens flanqué d'une journaliste people, Charlotte Bâton de la Butte, et d'un moine bouddhiste. Ces individus que tout oppose découvriront les nomades Khampas ainsi qu'un mystérieux naldjorpa, « homme à la parole secrète ». Au bout de l'aventure se trouvent d'autres voies que ni Alex ni Charlotte ne pensaient emprunter un jour !

Frères du vent
Monique Plantier

Photo couverture : Simone Gélin

Cet ouvrage a été mis en pages
par Studio Ben à Argenteuil
et composé en ITC Berkeley Old Style

Impression réalisée sur CAMERON par

CPI
BRODARD & TAUPIN

La Flèche

pour le compte des Éditions

Les Nouveaux Auteurs

Dépot légal : Juillet 2010 – N° d'impression : 59226